dtv

Ein Hundert-Euro-Schein geht im Laufe eines Tages – und dieser Tag ist ein Mittwoch – von Hand zu Hand, und Wolf Wondratschek lässt die Menschen, zu denen diese Hände gehören, vor unseren Augen lebendig werden. Und der oder die kann ein Automechaniker, ein Friseur, ein Schlafwagenschaffner oder ein Boxer sein oder auch einer der feinen Raucher, die sich in einem Tabakgeschäft versammeln. Auf geheimnisvolle Weise sind alle mit allen verbunden, auch wenn sie ihr ganz eigenes Leben führen und Erstaunliches erlebt haben. „Wondratscheks Geschichten strahlen", wie ‚Die Zeit' schrieb, „Gelassenheit aus, Grazie und Eleganz!"

Wolf Wondratschek, 1943 geboren, lebt in Wien. Sein Gesamtwerk ist bei dtv lieferbar.

Wolf Wondratschek

Mittwoch

Roman

Deutscher Taschenbuch Verlag

Ausführliche Informationen über unsere Autoren und Bücher finden Sie auf unserer Website
www.dtv.de

MIX
Papier aus verantwortungsvollen Quellen
FSC® C019821

2015 Deutscher Taschenbuch Verlag GmbH & Co. KG, München
Lizenzausgabe mit Genehmigung des Verlages Jung und Jung,
Salzburg und Wien

Umschlagkonzept: Balk & Brumshagen
Umschlagfoto: Lilo Rinkens
Druck und Bindung: Druckerei C.H.Beck, Nördlingen
Gedruckt auf säurefreiem, chlorfrei gebleichtem Papier
Printed in Germany · ISBN 978-3-423-14408-7

„… und wie das Leben ist,
das Menschen sich gefunden …“

Friedrich Hölderlin

Es ist ein Mittwoch.

Ein Mann, ruhig, kultiviert, von bedächtiger Eleganz, hinterlegt als Sicherheit, dass ein für ihn reserviertes Zimmer bis zu seiner Entscheidung, es tatsächlich zu beziehen, frei bleibt, einen Einhundert-Euro-Schein am Empfang eines kleinen Familienhotels.

Es ist ein strahlend schöner Vormittag.

Die Seifenblasen, die den Tag noch strahlender, noch schöner machen, sind das Geschenk eines Kindes, das sich, von der Mutter gehalten, hoch oben aus einem Fenster beugt und, vorsichtiger als jeder Erwachsene es könnte, in eine am Griff befestigte Schlaufe atmet. Eine davon zerplatzt unbemerkt an der Schulter eines in offenkundig guter Laune über eine Straße eilenden Mannes.

Er ist, den grünen Geldschein fest in der Hand, auf dem Sprung vom Hotel zu einer Autowerkstatt gegenüber, um längst fällige Schulden bei seinem Mechaniker zu begleichen; der hatte ihm für seinen kleinen Garten zwei Fuhren Erde besorgt, einen Drahtzaun neu gespannt und gleich auch noch, mit wenigen Handgriffen, den Rasenmäher repariert. Der Mann hatte ihm ein Bier spendiert und selbst eins getrunken und war dann, nachdem sie sich verabschiedet hatten, in sein Häuschen gegangen und über dem ersten Satz eines Romans, den er aus dem Hotel mit nach Hause genommen hatte, eingeschlafen.

Er war kein starker Leser, und ein Satz wie „Winde vernichteten in jenem Jahr die Ernte“, mit dem das

Buch anfing, war ganz einfach nicht das, was ihn hätte wach halten können. Außerdem waren ihm die Fuhren Erde nicht aus dem Kopf gegangen, mit denen er sich am Wochenende beschäftigen würde. Er konnte sie, wenn er nur an sie dachte, riechen, und nichts riecht er lieber; nur Zirkus riecht besser. Er fühlte, wie er sich auf die Arbeit in seinem Garten freute und wie ihn der Gedanke, alle vier Richtungen des Universums könnten ihren Schnittpunkt in dem Haufen Erde da draußen haben, glücklich machte. Erde war das Beste, was es auf der Welt gab, einfache Erde, fruchtbare Gartenerde – und kein Wind könnte dem, was da bald wachsen würde, etwas anhaben. Erde war der Anfang aller Dinge und, wenn man unter die Erde kam, das Ende; so war es – und er war mit seinem geradezu kindlichen Glauben daran zufrieden. Erde war alles, was heilig war, Erde und Wasser – das Herz aller Dinge. Der Geruch frischer feuchter Erde löste in seinem Gehirn Reflexe aus, die alles, was ihn vorwärtstrieb, verlangsamten; es glich dem Zusammenfließen großer Ströme.

Aber so viel Zufriedenheit rächt sich, denn in der Nacht hatte ihm ein Albtraum zu schaffen gemacht, in der Hauptrolle er selbst, als Mann ohne Glück, als Mann ohne Hände. Eine Scheune hatte gebrannt, und ihm war kein Trick eingefallen, wie man sich, wenn man keine Hände hat, mit einem Eimer Wasser oder einem Gartenschlauch hätte nützlich machen können. Ein Mädchen hatte ihm einen Ball zugeworfen, den er – wie sollte das auch ohne Hände gehen – nicht fangen konnte. Ebenso wenig war er in der Lage gewesen, seinen Koffer (welchen Koffer?) zu öffnen, wozu ihn ein Zollbeamter aufforderte, der ihn im Abteil eines Zuges, den bestiegen zu haben er sich nicht erinnern konnte, zuerst mit einem Stoß gegen die Schulter und, als das wenig half, mit einem regelrechten Würgegriff aus dem Schlaf geholt hatte. Warum war er eigentlich nicht spätestens jetzt aufgewacht? Aber nein, der Traum hielt ihn im Schlaf fest wie einen Gefangenen, er hatte sogar noch eine weitere wirre Überraschung parat: er holte, gleichsam in einer Atempause, drei ihm bekannte Menschen auf seine Bühne, Freunde von ihm, von denen er wusste, dass sie gestorben waren. Er sprach mit den Freunden, von denen zwei durch Selbstmord umgekommen, der dritte von Unbekannten erschlagen worden war, über seine Verwunderung, sie so wohlauf und lebendig, ja richtiggehend munter anzutreffen. Aber das interessierte sie nicht. Sie benahmen sich, als sei alles in Ordnung. Keiner der drei machte den Eindruck, ihn plage der Kummer, nicht mehr am Leben zu sein, aber sie zeigten auffallend wenig Freude an der Tatsache, ihn zu sehen. Was nur, dachte er, habe ich mir zu schulden kommen lassen? Auch konnte er keine Antwort geben auf ihre Anschuldigung, an ihren Tod geglaubt zu haben.

Ein mächtiger, in Blüte stehender Baum, der für einen Moment ganz das Bild seines Traums ausfüllte, schien ihren Anspruch auf ein ewiges Leben zu bestätigen. Aber er saß immer noch im Zug.

Der Zöllner, einem Raufbold ähnlicher als einem Beamten, hatte die Hilflosigkeit, mit der er versuchte, seine Papiere aus der Innentasche seines Jacketts zu befördern, für so verdächtig gehalten, dass er ihn am nächsten Bahnhof der Polizei übergab, die ihn in eine Zelle sperrte, ein geheimnisvoller Ort aus gläsernen Steinen, die in der Hitze des Feuers schmolzen. Als wollte es den Tanz der Flammen nachahmen, bewegte sich ein überdimensional ausgewachsenes Eichhörnchen auf ihn zu und von ihm fort, eine buschige, aber gut geölte Sprungfeder, beschäftigt mit dem Vergnügen, lebendig und aller Sorgen um das leidige Geschäft der Futtersuche ledig zu sein. Es schien diesen Zeitvertreib mit Humor und Anmut zu genießen. Manchmal saß es ganz aufrecht und still da, die Pfoten unterm Kinn, was aussah, als sei es mit einer Näharbeit beschäftigt, und schien zufrieden damit, dem Spiel seines Schattens zuzuschauen. Erst das Geräusch des jetzt hart gegen eine Wand geworfenen Balles machte seinem Auftritt ein Ende und dem noch immer Schlafenden klar, dass da jemand war, der auf ihn wartete, und es war keine Überraschung, wen er sah: das Mädchen, das ihm den Ball zugeworfen und ihn ausgelacht hatte; es war von der Gefängnismauer gesprungen und schaute ihn jetzt mit großen Zähnen, größer als ihr Gesicht, an. Und stieß dann einen Schrei aus und deutete auf ihn. Wie man mit einem einzigen Schrei einen so unglaublichen Lärm machen kann – und welche Stimmgewalt einem so kleinen zierlichen Körper entströmen konnte. Er ist es, schrie sie, er ist es, ja! Und jemand antwortete: Also gut! Kein Problem.

Er war völlig benommen. Wie schnell sich ein so junges Gesicht im Zorn in eine giftige Grimasse verwandeln kann! Wie ihre Augen hell wurden vor Hass. Wie der Finger, der auf ihn deutete, einer Klinge glich, scharf genug, ihn aufzuschlitzen. Stand er etwa im Verdacht, die Scheune abgefackelt zu haben? Der, der, der, schrie sie, hüpfte herum und gab ein kurzes gekünsteltes Lachen von sich.

Das Rätsel, wie mühelos es einem der Uniformierten dann allerdings gelang, ihm, noch immer ein Mann ohne Hände, Handschellen anzulegen, überlassen wir am besten der Phantasie für Träume zuständiger Wissenschaftler.

Der Mechaniker, der nicht hätte sagen können, ob er überhaupt jemals einen Traum gehabt hat, gönnt sich – wie immer in seiner zweiten Frühstückspause – in seiner Stammkneipe ein Bier, genehmigt sich dazu, was er sich nicht immer leistet, noch einen Obstler und setzt, während er von einem belegten Brötchen, bevor er hinein beißt, die Tomatenscheiben entfernt und auf dem Fernsehschirm über dem Tresen die Übertragung eines Pferderennens verfolgt, den Hundert-Euro-Schein auf Sieg für Pennyweight, eine irische Stute – eine Wette gegen den nichtsnutzigen, aber schlauen Sohn des Gastwirts, einen Burschen, der jedem, auch wenn er ihm völlig unbekannt ist, gerne auf die Schulter klopft, immer ein bisschen zu heftig. Sein Vater hat es aufgegeben, ihm das abzugewöhnen. Er hat ihn, wie es scheint, überhaupt aufgegeben. Die Haare sind ihm dünn und grau geworden. Er kann kein Foto von früher mehr anschauen, als der Junge ein Baby und sein ganzer Stolz gewesen war. Kaum zu glauben, dass dieses niedliche kleine Kerlchen sich eines Tages umdreht und einem, mir nichts dir nichts, die Schnäpse wegputzt. Als ich ihn einmal beim Klauen erwischte, er hatte die Hand schon in der Kasse, war sein einziger Kommentar: Sag mal, übertreibst du nicht ein bisschen? Was eigentlich genau die Frage war, die ich hätte stellen sollen.

Der Gastwirt hatte die Kartons mit den Alben in den Keller geschafft. Sollen sie dort bis in alle Ewigkeit verschimmeln wie seine Boxhandschuhe und der Sandsack, wie so vieles, was vorbei und Vergangenheit war. Ich frag mal, wenn es soweit ist, im Himmel nach, wie so etwas möglich ist. Ich, ein unbescholtener ehrlicher Mann, ein Mann mit einem guten ehrlichen Namen, der vom Allmächtigen nur wissen möchte, womit er seinen Zorn verdient hat. Und die Schande, einen Sohn wie den hier haben zu müssen, einen, der nichts tut und nichts taugt.

Das Gefälle in der Beziehung zwischen Vater und Sohn lässt sich am einfachsten an einem einzigen Wort verdeutlichen, dem Namen des Burschen, seinem Vornamen. Seine Eltern hatten ihn auf den Namen Florian getauft, was dann zum Kosewort Floh verniedlicht wurde, „unser lieber kleiner lustiger Floh“, wie sie hinten auf Fotos schrieben, die sie gerne an Verwandte verschickten. Da war die Welt noch in Ordnung. Als der Junge dann älter wurde und die ersten rotzigen Antworten gab, hatte das Kosewort schnell ausgedient. Aus Floh wurde wieder Florian. Dann begann die Zeit, wo ihm seine Eltern so lästig waren wie der Name, mit dem sie ihn riefen – und auf den er dann folgerichtig auch nicht mehr reagierte. Einer, der sich, ohne sich zu waschen, mit seiner Straßenkleidung ins Bett haut, hat andere Ansprüche. Auch seine Freunde hatten für Umständlichkeiten keinen Sinn und aus Florian erst einmal Flozzy gemacht, die Sache dann aber – und es musste so kommen – abgeschliffen zu Fozzy. Alle, mit denen er zu tun hat, nennen ihn seither so. Er wird sich diesen Namen auf die Haut brennen lassen; er weiß auch schon die Stelle: hinten am Hals über dem letzten Wirbel.

Einfach oder nicht, der Unterschied zwischen Florian oder Floh und Fozzy macht die ganze Distanz deutlich, die einen Vater und einen Sohn trennen kann. Zu einem ihm unbekannten jungen Mann, der sein Sohn ist (sein Sohn war, wie er sich korrigiert), gesellt sich ein Name, der ihm nie über die Lippen käme; es fällt ihm schon schwer genug, ihn, wenn es sich nicht vermeiden lässt, Florian zu nennen.

Als er wegen einer Verhaftung seines Sohnes einmal vorgeladen worden war, der Grund war eine Schlägerei mit beträchtlichem Sachschaden am Mobiliar einer einschlägig bekannten Gaststätte gewesen, hatte ihn der ihn vernehmende Polizeibeamte gefragt, ob der gestern Nacht arretierte Herr Florian Ahrens sein Sohn sei, und er hatte geantwortet: Nein! Nach einigem Hin und Her war er bereit, die Aussage abzuschwächen: Ja, mein Sohn, dem Namen nach. Es sei bei ihm eine Waffe gefunden und sichergestellt worden, wurde ihm mitgeteilt, ob er dazu eine Aussage machen könne oder wolle.

Was für eine Waffe?

Ein Messer!

Was für ein Messer?

Das hier! Ein Springmesser, eines mit sehr scharfer Klinge, sagte der Beamte und legte es vor ihn auf den Tisch. Wollen Sie etwas zu Gunsten Ihres Sohnes, zu seiner Entlastung vorbringen?

Nein, sagte er, nichts, und bat um ein Glas Wasser. Behalten Sie ihn, es wäre besser.

Jedem schlägt mal seine Stunde, und hoffentlich, denkt der Gastwirt, bin ich nicht dabei, wenn es so weit ist. Will nach Australien. Soll er doch. Hat eine Bekanntschaft dort. Angeblich eine, die die Wüsten liebt. Wahrscheinlich spindeldürr wie er. Was will einer, der es immer eilig hat, in Wüsten? Ernährt sich von dem, was er von den Tischen, die er abräumt, nimmt, Essensreste, abgestandenes Bier, auch wenn jemand reingespuckt hat. Bedient sich, um keine Umstände zu machen, mit den Fingern. Sollte ihn, Allmächtiger, besser totschlagen. Aber sachte, denkt er. Einem Kind, deinem einzigen, den Tod wünschen?

Fang besser friedlich an. Nimm ihm die Spielkarten

weg! Sag ihm, dass mal wieder ein frisches Hemd fällig wäre, bei den Flecken vorne. Und dass eine Kneipe kein Rummelplatz ist. Wasch dir wenigstens zwischendurch mal den Dreck von den Händen. Wasch dich überhaupt mal. Und die Schultern, halte die Schultern gerade! Sag ihm das. Sag, was du willst. Sag am besten nichts mehr.

Es geht im Leben des Gastwirts zu wie in der Zeitung. Ein kleines Leben, in das nie auch nur ein Sonnenstrahl fällt. Am besten man ist, wenn man heim kommt, zu müde, um die Augen offen zu halten. Und dann jede Nacht ein Lärm draußen, dass die Fensterscheiben beben. Alles, was an Autos aus der Stadt muss. Die fahren einem fast über die Vorhänge. Was eine Kneipe abwirft, reicht nicht, um einen Streit mit dem Hausbesitzer zu riskieren, mit irgendwem, der was ändern könnte.

Seine Frau, die reinste Gutherzigkeit, bis sie sich gehen ließ und mit dem Trinken anfing, gleicht mehr und mehr einem Gespenst. Sie war, als er spät genug dahinter kam, bereits kaputt von dem Fusel, redete, wenn sie überhaupt noch den Mund aufmachte, wirres Zeug, jedenfalls nichts, was als Erklärung dafür hätte dienen können, was mit ihr los war, was ihr zugesetzt und sie nach und nach zu einem so hoffnungslosen Fall hatte werden lassen. Dass sich ihr Vater zu Tode gesoffen hatte, war es das? Dass der Sohn seit einem Unfall, einem Motorradunfall, auf einem zu kurzen Bein herumhumpelt? Dass sie sich an allem und jedem mitschuldig fühlte? Der Streit mit der Mutter, die gegen eine Ehe mit einem Kneipenwirt und danach nie mehr wie eine Mutter zu ihr gewesen war? Läufst ausgerechnet einem Kneipenwirt und damit deinem Untergang in die Arme? Diese Frau hat es ihm, als er ihre Tochter heiraten wollte, ins Gesicht gesagt. Das geht nicht, mein Herr, hat sie gesagt. Sie ist nichts wert, hat sie gesagt. Sie hat ein Schicksal! Nehmen Sie eine andere. Vielleicht war es das, was sie umgebracht hat, der Fluch fehlenden Vertrauens. Vielleicht waren es aber auch nur die Ärzte im Krankenhaus gewesen, die bei einer Untersuchung etwas in ihr entdeckt hatten, was da nicht hingehörte? Er jedenfalls hat seither nie mehr auch nur einen Tropfen Alkohol zu sich genommen.

Alles, was an ihr liebenswert gewesen war, war dahin, die Haut, die Zähne, die ganze Figur. Schlurft nur noch herum, wenn überhaupt. Sitzt da, als sei das Zimmer ein Grab. Es riecht nach Urin, nach Sterben, nach Tod. Er reißt, wenn er spätnachts nachhause kommt, die Fenster auf. Sollen die Laster Lärm machen, wie sie wollen. Sollen sie über uns hinweg fahren. Aber sie muss Luft kriegen, denkt er, und kann eine Stinkwut kriegen, wenn sie nicht atmet.

Die Nahrung, die er ihr in den Mund schiebt, bleibt auf ihrer Zunge liegen. Dann hat er eine Eingebung! In Schokoladensoße getunkte Birnen! Was das immer für Erinnerungen bei ihr ausgelöst hat. Sie waren jung und verliebt gewesen damals und glaubten daran, dass sich daran nie etwas ändern würde. Sie glaubten daran, wie man an ein Glück glaubt, das man sich erarbeiten, sich mit Fleiß und Ehrlichkeit verdienen kann. Wie zur Aufmunterung lagen da diese in Schokoladensoße getunkten Birnenschnitze auf ihrem Tellern; eine Köstlichkeit, die sie sich damals kaum leisten konnten, weshalb sie sich dieser kleinen Extravaganz auch immer ein wenig schämten; und tatsächlich hatte sie sich schon am ersten Bissen fast verschluckt. Die Wirkung war Liebe, und das Gefühl, sich bisher nur von Abfällen ernährt zu haben.

Er konnte vor einem Jahr, einem halben Jahr noch, hoffen, sie mit ihrer Lieblingsspeise zu verführen, wieder gut zu sich selbst zu sein und einsichtig gegenüber den Sorgen, die er sich um sie machte, vernünftig und endlich bereit, wieder gesund werden zu wollen. Aber sie bleibt für ihn unerreichbar, sie reagiert nicht. Sie erinnert sich nicht. Sie weiß nichts mehr von ihrem Leben.

Sie konnte die Hand, wenn sie sie sich vor ihr Gesicht hielt, nicht erkennen. Sie wusste nicht einmal mehr, dass es eine Hand, noch weniger, dass es ihre eigene war.

Sie war zu krank, um an einer Blume zu riechen.

Manchmal, wenn er von der Arbeit nach Hause kommt, weint er.

Er schläft, eine Art improvisiertes Nachtlager, auf dem Küchenboden halb unter dem Tisch auf einer Matratze und denkt, wenn er nicht schlafen kann, an Scheidung. Aber los wird man so eine auch nach einem Richterspruch nicht. Mein Sohn, ihr Sohn. Beide aus dem Leim.

Er hat sie bis zuletzt versorgt, bis sie es hinter sich hatte.

Friede ihrer Asche. Sie hätte aber, so wenig wie sie noch war, auch gleich so in eine Urne gepasst.

Das geht nicht in seinen Kopf, wie man so ein Pech haben kann.

Obwohl er mitkriegt, dass Pennyweight das Feld mit einigem Vorsprung anführt, hat der Sohn des Gastwirts seine Hand trotzdem schon mal vorsorglich auf den Schein gelegt, der da liegt. Mit der anderen schiebt er sich die Tomatenscheiben in den Mund, die der Mechaniker verschmäht und auf dem Teller liegen gelassen hat. Fruchtfleisch tropft ihm vom Kinn, das Hemd kann einem wirklich leid tun. Der ganze Junge kann einem leid tun. Wenn er sich überhaupt auf etwas konzentrieren kann, dann auf Pferde. Er ist einer jener typischen Kleinwetter, die jede freie Minute bei Buchmachern oder in Wettbüros herumlungern und die Informationen, die sie aufschnappen, als Eingebungen verkaufen.

Ich will ja keinen Streit mit Ihnen, Mann, sagt er, aber Penny geht da oben, wenn ich das richtig sehe, gerade die Luft aus.

So?

Pennyweight geht gut. Er liegt noch immer in Führung, wenn auch nicht mehr so überlegen.

Das Feld kommt näher. Er kann nicht verlieren, denkt der Mechaniker, er schafft es. Lass ihn, ruft er.

Weg mit der Peitsche. Lass ihn laufen. Lass ihn einfach nur laufen, verdammt.

Der Junge ist auffallend ruhig. Oh je, Mann, ehrlich. Der geht baden, Mann, der bringt's nicht. Ich hab's doch gewusst, Mann.

Unmöglich, denkt der Mechaniker, aber der Junge könnte recht haben. Die Sache sieht nicht mehr so gut aus. Die Meute ist drauf und dran, zu Pennyweight aufzuschließen und wieder um den Sieg mitzumischen. Enges Rennen jetzt, jeder gegen jeden, bis auf einige Nachzügler! Und dementsprechend laut schreit der Kommentator in sein Mikrophon, seine Stimme überschlägt sich. Das ist auch eine Kunst, denkt der Mechaniker, die Luft anhalten und gleichzeitig wie ein Irrer drauflos brüllen zu können – und was für ein Gedächtnis die Kerle haben für die Namen der Pferde; das sind wahre Zungenbrecher, in allen möglichen Sprachen auch noch.

Selbst der Gastwirt riskiert jetzt, wenn auch nur kopfschüttelnd, einen Blick und schaut dann den Mechaniker an. Ich verstehe, ehrlich gesagt, nicht, Christian, dass Sie auch nur einen Cent auf Pferde wetten, wo Sie doch nur was vom Boxen verstehen.

Er versteht es selbst nicht. Es war eine Dummheit. Und mehr als sein Recht auf eine Dummheit kann er zu seiner Entschuldigung nicht vorbringen.

Und es stimmt. Sie reden gern über Kämpfe, auch wenn sie wissen, dass es genug böse Buben auch in diesem Sport gab und gibt. Aber sie lieben das Boxen. Sie können die Boxweltmeister im Schwergewicht hersagen, und das vom Jahr 1930 an. Und Runde für Runde und Schlag für Schlag können sich die beiden die Nacht des 1. Oktober 1975 ins Gedächtnis rufen, als der kleinwüchsige, aber große Joe Frazier nach der vierzehnten Runde nicht mehr weitermachen konnte. Der Mechaniker war noch ein kleiner Junge gewesen, als er nachts, an seinen Vater gekuschelt, vor dem Fernseher saß und Mühe hatte, die Augen offen zu halten, aber er kann sich erinnern.

Der Gastwirt hatte, nur zum Spaß und lange her, selbst ein wenig geboxt – und für das Vergnügen mit ein paar Narben und einer gebrochenen Nase bezahlt, die er sich nie hatte richten lassen; sein Körper weist noch weitere kleinere und größere Narben auf, die auf Messerstechereien zurückgehen, Andenken an eine Zeit, in der er keinen Spaß verschmähte und keine Einladung zu einem Streit ausschlug. Er hat sie unter „meine lebensgefährlichen Jahre" im Gedächtnis gespeichert.

Der Mechaniker, dreißig Jahre jünger, war nie selbst aktiv geworden, aber wie sein Vater von Kindesbeinen an von den Athleten im Boxring begeistert. Manchmal, um nicht aus der Haut zu fahren, schlägt er, wie Boxer es im Training tun, mit einem Baseballschläger auf einen Stapel alter Reifen ein, die er in einem Nebenraum der Werkstatt für diesen Zweck aufbewahrt hat. Es gibt kein probateres Mittel gegen schlechte Laune. Hin und wieder verschenkt er alte, liegengebliebene Reifen an Kinderspielplätze, Haftanstalten oder kleine private Boxclubs; einmal hatte einer welche mitgenommen, ein nicht gerade sehr gesprächiger, aber sympathischer alter Trainer, dessen Auto auf der Rückreise von einer Boxveranstaltung liegengeblieben, vom ADAC zu seiner Werkstatt abgeschleppt und von ihm, noch bevor er seinen ersten Kaffee getrunken hatte, mit wenig Aufwand wieder fahrtüchtig gemacht worden war.

Kann ich noch etwas für Sie tun?

Ein Boxer ist nicht wichtiger als ein Glas Wasser, hatte der Trainer geantwortet, und im Moment wäre mir Wasser lieber.

Der Mechaniker hatte ihm auf der Toilette eine Plastikflasche abgefüllt und sie ihm gereicht.

Einen Kaffee vielleicht noch?

Der Trainer hatte die Hand auf die linke Seite seiner Brust gelegt und den Kopf geschüttelt. Das Herz.

Man hatte ihm angesehen und erst recht seinen zwei Schützlingen, dass es für sie nicht gut gelaufen war. Da standen zwei übel zugerichtete junge Burschen, schläfrig, schlecht gelaunt und nach einer Nacht in einem kalten Auto durchgefroren, im Hof und waren an allem, was um sie herum vorging, uninteressiert. Aber er kriegte sie munter. Sie haben gleich den ganzen Kofferraum mit alten Reifen vollgeladen.

Ich hatte auf Frazier gewettet, sagt der Gastwirt. Ich war sicher. Alle waren wir sicher.

Der Mechaniker nickt: Es war haarscharf.

Der Gastwirt geht zur Spüle und beginnt, Gläser abzuwaschen. Dann dreht er sich noch einmal um. Frazier saß in seiner Ecke und hat geweint, und aus seinen Augen kam Blut.

Und dann, plötzlich, fliegt ein Glas.

Der Mechaniker fährt herum und sieht noch die Scherben fallen.

Der Junge bleibt ruhig.

Es fliegt noch ein Glas.

Keine Wetten mehr an meinem Tresen, überhaupt keine mehr. Der Gastwirt reißt sich seine zerknautschte Mütze vom Kopf. Schluss damit. Ich will das nicht.

Das Rennen ist gelaufen. Sie haben ihn doch tatsächlich noch abgefangen. Und sie haben ihn nicht nur abgefangen, sie haben ihn am Ende richtiggehend stehen lassen. Aber kann wer, verdammt nochmal, ahnen, dass ein in allen Rennen zuvor überlegener und auch hier als Favorit gehandelter Gaul kurz vor dem Ziel gegen einen Außenseiter wie Throwaway und noch ein Pferd, dessen Namen er sich nicht merken und noch weniger aussprechen kann, irgendwas Französisches, um mehr als eine Länge einbricht?

Tut mir leid, Mann, ehrlich.

Schon gut, sagt der Mechaniker, egal.

Aber ganz so egal ist es ihm auch wieder nicht, vor allem nicht das Grinsen, mit dem ihn der Junge anschaut.

Wie wär's mit noch einem Obstler? Der Junge hält ihm eine Schachtel hin. Oder 'ne Menthol?

Hör zu, sagt der Mechaniker, entscheidet sich aber, den Gedanken, der ihm durch den Kopf geht, für sich zu behalten. Es wäre albern, einem wie ihm erklären zu wollen, dass es Leute gibt, die sich nicht so einfach wie er damit abfinden, wenn eine Sache stinkt.

Lag nicht am Pferd, sagt der Junge, das läuft, wenn man es lässt, von alleine.

Du sagst es!

Na ja, was soll man machen, Mann.

Sah ganz danach aus, dass auf meinem Favoriten der Falsche saß.

Oder der Richtige! Wie man's nimmt.

Der Junge redet zu viel, denkt er. Verdammt zu viel für einen, der schon mal gesessen hat. Was, wenn nicht die Klappe halten, lernt man denn im Knast?

War nur ein Scherz, Mann! Machen Sie sich keine Gedanken.

Klar, ein Scherz.

Irgendwie hat er mit dem Jungen Mitleid. Die Mutter wenige Jahre nach seiner Geburt mehr und mehr nur noch das Fragment eines Menschen, der Vater überfordert, humorlos, unfähig, einem Kind das Gefühl zu geben, ein Leben vor sich zu haben, das zu beginnen und durchzustehen sich lohnt. Sie haben vergessen, ihn zu lieben. Er hat nie in Augen geschaut, die neugierig auf ihn waren, stolz auf ihn, voller Vertrauen. Ein Kind, aufgewachsen in der Angst zu versagen.

Da er keine Antworten bekam, stellte er das Fragen ein. Setz dich und iss. Sei still. Schlaf. Eines Tages hörte er auf, seinem Vater zu gehorchen. Er hörte auf, ihm auch nur zuzuhören. Er machte den Mund höchstens auf, wenn er telefonierte. Für ihn waren seine Eltern, wie er sagte, „ein Fall für den Friedhof". Da er zuhause kein eigenes Zimmer hatte, nicht einmal ein kleines abgetrenntes Kabuff, in dem er für sich sein konnte, rauchen, die Musik bis zum Anschlag aufdrehen und ein Brathähnchen, eine seiner Lieblingsspeisen, herunterschlingen, trieb er sich Tag und Nacht auf der Straße herum. Er kam nur noch nachhause, um die Wäsche zu wechseln.

Jetzt, wo er sich allein behaupten musste, fiel er erst richtig auf die Schnauze. Er war ein Anfänger, zu dünn, zu ungeschickt, und – noch – nicht verschlagen genug. Er dachte sich böse Dinge aus. Was war das Böseste, was er sich zu tun traute? Was war es, was einen zum Mann machte? War es Grausamkeit, als er einen Vogel, den er verletzt auf der Straße entdeckt hatte, wie eine Flasche Bier, die er ausgetrunken hatte, gegen die Wand warf – oder wollte er das Tier, bevor es sich eine Katze schnappte, erlösen?

Er war zu jung, um keine Fehler zu machen, aber er machte sich. Er machte sich hart. Wer nichts bekommt, stiehlt. Wer kein Geld hat, besorgt es sich. Wer ein Auto braucht, knackt eines. Das andere ergab sich: Alkohol, Drogen, Mädchen. Aber auch da steckte er schnell in der Klemme. Einer, der geschlagen wurde, wird vor jeder Hand, die ihn berührt, zurückschrecken. Es brachte ihn fast um, sich so zu geben, wie er eigentlich war, schüchtern, liebenswert, einfach ein Junge wie jeder. Oder hatte er nur die falschen Schuhe an?

Klar, dass er die Schule schmiss.

Eine seiner Lehrerinnen soll er einmal gefragt haben: Weißt du, wer ich bin?

Wer er war? Ein Fall für die Polizei.

Er versucht, sich schlauer zu geben, als ihm gut tut, weil das dort, wo er sich herumtreibt, gefährlich werden kann. Da nützt ihm kein Grinsen.

Sagen Sie mir das nächste Mal einfach vorher Bescheid, Mann, wenn Sie was wissen wollen. Ich meine, was Pferde angeht.

Ich melde mich bei Bedarf, mein Junge.

Kein Grund zum Ausflippen, Mann. Das wird schon.

Für die Bemerkung „Man muss sich ständig wechselnden Situationen eben gewachsen zeigen!" hätte er dem Burschen am liebsten das Licht ausgepustet – oder, noch lieber, das Vergnügen einem Pferd überlassen, das nach ihm ausschlägt.

Leider passiert ihm das manchmal eben doch noch, dass er einfach nicht glauben will, was er weiß. Ein Pferd hat gegen Geld keine Chance, und keine gegen den Jockey, der es reitet. Sie sterben nicht aus, die großen und kleinen Gauner, die Spezialisten für Bestechung, Betrug und Schiebereien, und sie werden, der Strolch neben ihm ist der Beweis, immer jünger, und sie schlafen nicht. Und ihre Methoden sind immer noch die alten. Das Gesetz des Durchschnitts: Sei nicht ehrlicher als unbedingt nötig! Sie haben ihre Hand an jedem Huf und ihre Finger an den Spritzen, mit denen sie Pferde kalt oder heiß stellen; sie haben ganze Wohnungen voll mit dem Zeug.

Der Mechaniker war immer ein Mann gewesen, der daran glaubte, dass ein Händedruck einen Menschen erziehen kann; so hatte er seinen Sohn großgezogen, mit einem Handschlag, nicht mit Worten. Es war eine Geste, mit der er ihm sein Vertrauen zeigte. Er gab ihm die Hand wie andere ihre Hand zum Schwur erheben. Es war seine Art, seinen Respekt auszudrücken, sein Einverständnis, seine Liebe.

Bei den Rennen gab er keinem die Hand. Es war längst lächerlich, sich die Wahrheit nicht eingestehen zu wollen. Er war einfach zu alt für den ganzen Budenzauber an den Wettschaltern oder draußen am Sattelplatz. Er kannte die Drahtzieher, nicht die ganz wichtigen, nicht die im Hintergrund, aber ihre Zuträger – und die Art, wie sie sich untereinander verständigten. Ein Blickkontakt als Frage, ein Kopfnicken als Antwort, ein Anruf als Drohung.

Und draußen rannten die Pferde, jedes einzelne ein Tier voller Kraft und Schönheit.

Wie hatte der Junge gesagt? Ein Pferd läuft, wenn man es lässt, von alleine. Er hatte recht. Es könnte so einfach sein. Man kann darauf wetten oder es sein lassen, von mir aus. Aber lasst sie laufen, lasst sie doch, eines schneller als andere, einfach laufen.

In meiner Werkstatt sind die Dinge, wenn man sich auskennt, unkompliziert. Auf dem Rennplatz – und nicht nur dort – werden die Dinge, je mehr man sich auskennt, immer komplizierter. Ich will damit sagen, dass ich, wenn ich nicht arbeite, Fehler mache. Die meisten Fehler, die ich mache, mache ich mit sauber gewaschenen Händen. Er schaute sie an, zwei frisch mit Kernseife gereinigte Hände, die Hände eines Arbeiters.

Aber als Wettkönig sollte ich in Rente gehen.

Er legt die Hand auf die Hand des Jungen, der seine Hand noch immer flach auf dem Geldschein liegen hat. Gib einem Ganoven die Gelegenheit, anständig zu werden, und er hält dich für bekloppt.

Der Junge schaut den Mann an, der mit ihm redet. Ihm gefällt nicht, was er sagt. Und auch der Blick, mit dem er ihn mustert, gefällt ihm nicht. Was glaubt er, wer er ist? Glaubt er, ich gehöre zur gleichen Bande wie die, auf die es ankommt? Und wenn schon, denkt er, hält er mich halt für einen Ganoven.

Das ist das, was mein Alter nicht kapiert, Mann. Ich glaub nicht, dass er heute schon so viel umgesetzt hat wie ich gerade.

Der Sohn des Gastwirts nimmt seine Mütze und den spielend eingestrichenen Gewinn und bezahlt damit, es ist inzwischen Mittag, ein Mädchen in seinem Lieblingsbordell, einem Haus mit dem schönen Namen „Zum Goldenen Dattelbaum“. Er glaubt, Ansprüche stellen zu können. Mehr als einmal hat das Mädchen Mühe, ihm klar zu machen, dass nicht alles, was er will, käuflich ist, für kein Geld der Welt; vor allem keine Intimitäten. Er greift trotzdem nach allem, was ihm gefällt. Er braucht das offenbar, um, wie er sagt, „in Form“ zu kommen. Nichts ist vor ihm sicher. Nicht dass sie an schwierige Freier nicht gewöhnt ist, sie kann, wenn es sein muss, die Krankenschwester spielen, die strenge Tante, das verdorbene kleine Luder, aber Hände weg von ihrer Frisur. Überhaupt Hände weg, auch von der neunschwänzigen Katze, die er auf der Fensterbank entdeckt hat – und die sie ihm gleich wieder aus der Hand nimmt. Nein, keine Peitsche! Her damit! Das nicht auch noch! Sie hat gleich Feierabend, Schichtwechsel. Sie hätte, selbst gegen einen Aufpreis, für die Prozedur einer Züchtigung auch gar keine Nerven mehr.

Das gerade eben noch eindrucksvoll zurechtgemachte Mädchen hat sich nach diesem etwas anstrengenden Kunden abgeschminkt, umgezogen, ihr an einem Goldkettchen baumelndes goldenes Kreuz, das Andenken einer geplatzten Verlobung, um den Hals gelegt, den letzten Rest eines Joints, den sie fast vergessen und liegen gelassen hätte, geraucht und, bevor sie das Haus verlässt, noch schnell im Gemeinschaftsraum unten einen Tee getrunken und ihre Sonnenbrille aufgesetzt. Niemand käme auf die Idee, sie für die Person zu halten, die sie gerade noch gewesen ist. Ein kurzer Anruf bei einer ihrer Freundinnen, einer Friseuse, der sie wegen einem Polojäckchen, einem Fummel in ihren Lieblingsfarben Grün und Gold, das sie ihr abgeschwatzt hat, noch das Geld schuldig ist. Sie weiß ja, was Friseusen so verdienen. Sie war bis vor kurzem selbst eine. Ich komm mal schnell auf einen Sprung vorbei, um dir das Geld zu geben, sagt sie. Außerdem hat sie Neuigkeiten, gute Neuigkeiten, sehr gute, vorausgesetzt natürlich, sie macht nicht wieder einen Rückzieher.

Das Zimmer neben ihrem wird frei. Eine Schwarze, bei der sie sich – und nicht nur sie – immer gefragt hat, warum eine wie sie überhaupt anschaffen geht, mit einem Afro-Look, der kein Look ist, sondern Natur, und einem Arsch wie ein Sonnensegel, echt eine Attraktion; sie wurde, weil ihre Papiere nicht in Ordnung waren und die Polizei zur Kontrolle da war, gleich in Gewahrsam und mitgenommen.

Das ist das, was sie noch mehr hasst als Betrunkene, eine Razzia. Und wenn sich jemand nicht entscheiden kann. Was hat sie nicht schon auf ihre Freundin eingeredet, ganze Nächte lang. Sie hat das Alter, die Figur, die Klamotten. Sie hat auch sonst die richtige Ausrüstung: Kulleraugen, Schmollmund und vorne nicht zu viel. Das bisschen, was man können muss, lernt man. Das geht schneller als es dauert, „Alle meine Entchen" zu singen. Wenn du willst, sagt sie, lass ich dich erst einmal zuschauen. Ich hab da einen, der das gern hat, wenn eine dabei ist, die zuschaut. Du musst gar nichts tun. Wenn er was von dir will, lass mich das machen. Ich hol aus dem, wenn ich in der Stimmung bin, in einer Stunde mehr raus als du in einer Woche verdienst, inklusive Trinkgeld. Sieht nicht gerade appetitlich aus, der Mann ist aber so ziemlich nett. Bringt Blumen mit und so. Sagt, dass mir nichts passieren soll und so und dass er für mich betet. Er hat immer Zettel einstecken, wo er was aufgeschrieben hat, eine Art Spickzettel oder Wunschliste. Muss ihn mal fragen, ob er Lehrer war, und wann er vorhat, mich zu benoten. Mit der Brille war das auch so. Da stand Brille auf seiner Liste. Und irgendwann hatte er eine dabei, die aber nicht passte. Also geh ich los, kauf eine und setz sie, weil er das so will, das nächste Mal für ihn auf, eine ganz normale altmodische schwarze Brille mit Fensterglas, was mich, wie er findet, richtig toll unschuldig aussehen lässt. Komischer Vogel. Will mich privat treffen. Will mir eine kleine Wohnung kaufen, was ihn, wie er sagt, nur einen Anruf kostet. Ich muss aufpassen, dass ich mich da auf nichts einlasse. Ich hab das natürlich immer mit den nettesten Worten abgelehnt. Hab jaja gesagt, jaja, und ihn dann, wie er es gerne hat, hergenommen, ganz lieb natürlich, weil er seit einem Jahr einen Herzschrittmacher und sein Arzt ihm Frauen verboten hat.

Sie hat keine Ahnung, was Männer zu käuflichen Frauen treibt, und ausgerechnet zu ihr, und was es ist, was sie glücklich macht. Aber ohne das, ohne glücklich zu sein, geht er bei mir nicht nachhause. Und Glück ist, wenn er einen letzten leisen Seufzer von sich gegeben hat, was schnell geht. Wenn es nur bei jedem so ginge! Er hält sie danach noch eine Weile an den Handgelenken fest, was sie ihm, aber nur ihm, erlaubt, weil es wahrscheinlich nichts Perverses ist, sondern eher was Zärtliches, ein Handgriff, der ihm offenbar etwas bedeutet. Keine Ahnung, was es sein könnte. Am besten, man ist, so gut und geschickt es geht, beruflich zu Diensten und zerbricht sich nicht auch noch privat den Kopf darüber, was einem Gast ein Handgelenk bedeutet.

Sie hat Kolleginnen, die ganz ähnliche Geschichten erzählen.

Von einem, der sich vor sie hinkniet, ihr die Füße streichelt, ihre Zehen liebkost, der keine Anweisungen wünscht, keine Einmischung, kein Gespräch.

Von einem, der eine Frau wie ein Gemälde betrachten, wie ein Kunstwerk bewundern will. Wie eine Madonna. Die Mutter Gottes persönlich! Der würde eine Frau nie auch nur berühren; und will auch selbst keinen Kontakt. Er macht es sich selbst. Schlägt seinen Schwanz mit der flachen Hand hart, von einem Ekel hypnotisiert, der ihn, wahrscheinlich seit er ein Kind ist, quält. Das sind die Gefährlichen, die heiligen Narren, die einem zwar die Arbeit erleichtern, einem aber auch Angst einjagen können! Sex als Blasphemie, als Gotteslästerung.

Fragt mich doch neulich tatsächlich einer, was es kostet, ihn nachts auf einen Friedhof zu begleiten. Nach sowas brauch ich Urlaub!

Eine Kollegin, die sich Kim nennt, hat sich ein Zungenpiercing stechen lassen. Ein Kunde, eigentlich so etwas wie einer ihrer Stammfreier, reagierte darauf. Er hätte noch nie eine Frau geküsst, erzählt er, die ein Zungenpiercing habe.

Na und?

Er sei neugierig. Er will, dass ich ihn küsse. Er will diesen Kitzel, er will ihn um jeden Preis. Dafür gibt es keinen Preis, erklärt sie ihm. Ich stecke meine Zunge nicht in deinen Mund. Und was macht er? Er zieht seine Armbanduhr vom Handgelenk. Da, sagt er, das ist der Preis, und drückt sie mir in die Hand. Sie kennt sich mit Uhren nicht aus, aber das Ding hier war was wert, das sah sie, und nicht wenig. Was für ein Geschäft, dieses kleine billige Kügelchen auf meiner Zunge gegen Gold!

Und?

Augen zu und durch.

Sie zeigte auf ihr Handgelenk.

Wow!

Dem ist richtig einer abgegangen. Der war fix und fertig. Ich aber auch. Dass ich das gemacht habe. Dass ich ihm meine Zunge reingesteckt habe. Als es vorbei war, wollte ich aber doch noch von ihm wissen, was das soll. Kann es sein, dass bei dir irgendwas im Kopf nicht in Ordnung ist?

Erst druckste er herum. Und sagte dann: Ich habe eine Tochter.

Interessant. Und?

Die hat das auch.

Danach war Kim ein paar Tage lang nicht erschienen, und als sie wieder arbeitete, sah sie noch immer ziemlich mitgenommen aus. Natürlich gab es nur Gerüchte. Irgendwer soll die Geschichte mit dem Zungenkuss herumerzählt haben, vielleicht nur aus Neid. Außerdem gibt es bei uns so etwas wie ungeschriebene Gesetze, oder es gibt sie, besser gesagt, zwischen den Mädchen, die anschaffen, und denen, die sie anschaffen schicken. Und die Jungs, auch wenn sie es nicht zeigen und nicht wahrhaben wollen, sind alle eifersüchtig. Sie sind, was das angeht, schlimmer als jeder Spießer. Und sie trinken, was sie unberechenbar macht. Kims Kerl jedenfalls hört die Geschichte, will die Uhr sehen, sieht sie, will wissen, was sie dafür gemacht hat, wie das genau war, ganz genau, er will mehr wissen, als Kim selbst weiß, und schlägt um sich. Er mischt sie nach Strich und Faden auf. Sie sah wirklich aus wie ein Häufchen Elend. Wir saßen irgendwann hinten in der Küche zusammen und reden so. Und was höre ich? Sie verteidigt ihn. Sie versteht ihn. Ich liebe ihn, sagt sie. Was immer ich sage, sie schüttelt nur den Kopf. Sie hat keine Angst vor ihm, sie hat Angst, dass er sie abschiebt, sie verkauft, an einen anderen Kerl, einen anderen Club. Vor allem hat sie Angst, er könnte aufhören, sie zu lieben. Arme Kim! Dass sie sich vielleicht gewaltig irrt und er damit, sie zu lieben, überhaupt nie angefangen hat, dieser Gedanke kommt ihr gar nicht.

Ich stehe, wenn ich mit einem auf dem Zimmer bin, der mir nicht ganz koscher vorkommt, ohnehin immer in Reichweite des Alarms. Man kann nie wissen. Eine Situation einschätzen, bevor sie lebensgefährlich wird, verlangt einem mehr ab als Fingerspitzengefühl; und ob einer verrückt spielt oder tatsächlich durchdreht. Unsere Jungs machen ungern Gefangene, und außerdem bleibt einem immer was hängen, wenn man nicht allein klar kommt. Wahrscheinlich melde ich mich demnächst bei einem Kurs für Selbstverteidigung an. Für die rücksichtsloseren Dinge bin ich einfach nicht fit genug, nicht genug trainiert – und, das ganz sicher, auch immer noch zu gutmütig.

Sie hat, nachdem sie den Job als Friseuse geschmissen hatte, erst als Kosmetikerin gearbeitet und danach ein halbes Jahr in einem Topless-Club an der Stange, war dann aber nach einem Streit mit einer Kollegin gekündigt worden, einem Streit, bei dem sogar Blut floss, weil er, allzu temperamentvoll, mit hochhackigem Schuhwerk ausgefochten wurde; um ein Haar hätte sie dabei ein Auge eingebüßt. Im Urlaub auf Malta, wobei alles Ersparte draufging, sprach sie ein junger Mann an, dem die Narbe auf ihrem linken Augenlid auffiel; er hatte als ehemaliger Berufsboxer ein Auge für Blessuren – und selbst einen Cut, der im Gegensatz zu ihrer Verletzung von einem Kopfstoß herrührte, schlecht genäht und deshalb schlecht verheilt war. Sie verbrachten die restliche Ferienwoche gemeinsam, schöne Tage, die ersten zwei wenigstens, von denen sich beide etwas erhofften. Es kam, schon am ersten Abend, zu einer schnellen Verlobung. Es war kein bindendes Versprechen, aber ernster gemeint als nur ein Scherz. Sie wollten gut zueinander sein, aufrichtig, zuverlässig. Als Höhepunkt der kleinen Feierlichkeit kam es zu einem Absturz in einer Diskothek und danach noch in einem Nachtclub. Sie waren am Nachmittag des nächsten Tages immer noch nicht nüchtern.

Keiner wagte das Geständnis, sich verliebt zu haben.

Geld schien keine Rolle zu spielen. Er hatte seinen Sport nach ein paar Niederlagen früh und, wie er sich zugute hielt, rechtzeitig an den Nagel gehängt, ein ererbtes Reihenhäuschen verkauft und sich mit dem Erlös in ein Speditionsunternehmen eingekauft, was erst einmal genügend abwarf; er hatte außerdem Anteile an einer Immobilie erworben, einer Villa, die bald nur noch als Die Weiße Villa bekannt war, einem als Privatclub getarnten Bordell, bestückt mit Prostituierten mit Papieren und Manieren, allererste Sahne, keine Laufkundschaft. Es sprach sich die Qualität dieser Adresse schnell herum, und wie in einem Restaurant, das wegen seiner Küche berühmt ist, gingen die Reservierungen ein, von wem auch immer, Banken, Versicherungen, Politiker, Privatleute. Ein wenig Geselligkeit, ein Abend unter Freunden und Geschäftspartnern; mal was unter Männern. Einmal war, gegen ein Bestechungsgeld in nicht unbeträchtlicher Höhe, sogar die Erlaubnis erteilt worden, es dürften auch Damen mitgebracht werden; ein Firmenchef, ein hohes Tier der Wirtschaft, hatte es nicht geschafft, seiner bisexuell veranlagten Gattin den Wunsch abzuschlagen, auch einmal ein Bordell besuchen zu dürfen.

Der Boxer hatte sich seine Beteiligung an diesem Unternehmen von Freunden aufschwatzen lassen. Es war dies kein Geschäftszweig, an dem ihm etwas lag, aber seine völlig ungewisse Zukunft machte ihm Sorgen, und Geld erlaubte ihm ruhigere Nächte. Mit Geld in der Tasche brauchte man nicht zu reden, nicht mit jedem. Geld war eine Waffe, die immer geladen war. Es war auch, wenn man es hatte, ein Spielzeug. Aber noch war er nicht reich, sondern ein Anfänger – und wie alle Anfänger ein Angeber. Was wäre Geld wert, wenn man nicht zeigt, dass man es hat? Es war sein Stolz, sich nicht einladen zu lassen, schon gar nicht von einer Frau; was zu ersten Verstimmungen zwischen ihnen führte. Sie hatte nämlich keine Lust, die von ihm repräsentierte Männerwelt zu knacken, eine Welt, deren Gesetze ihr bekannt, persönlich aber ziemlich zuwider waren. Männer seines Schlags kennen kein unkompliziertes direktes Begehren. Sie bleiben, selbst wenn sie eine Frau im Arm halten, auf Distanz. Sie können witzig sein, auch auf eigene Kosten, aber sie gehen kein Risiko ein. Sie geben bestenfalls schwer deutbare Signale. Sie haben, könnte man sagen, Fernweh nach Frauen. Es ist angenehmer, Beweise schuldig zu bleiben. Dass Frauen, die sich verliebt haben, Treue einfordern, bekommt in der Männerwelt keiner gut. Es fehle ihnen, wird ihnen nachgesagt (und vorgeworfen), das Talent zur Improvisation. Und spreche keine davon, dass auch ein Mann ein Herz habe; nur ein Arzt, und auch der nur im Notfall, darf darauf zu sprechen kommen.

Ein eigenes Leben kann sich jede, die sich darauf einlässt, abschminken.

Es war am dritten Tag – er war mit seinem frisierten Schlitten die Küstenstraße hoch an den Strand bei St. Julian's schwimmen gefahren, sie in ihrem Hotel in Sliema geblieben –, als sie sich die Frage stellte, was es sein könnte, was der Boxer mit ihr vorhatte. Seine Begabung testen, sich vielleicht doch verlieben zu können? Den Abgebrühten spielen, der sein Bedauern für sich behält, sollte eine kaum begonnene Liebesgeschichte, wie bald auch immer, zu einer Affäre verkümmern oder zu noch weniger, einem Flirt? War das sein Ernst, dass er sie beim Aufwachen gestern mit einem *Komm her, Flocke* in den Arm hatte nehmen wollen? Ganz wach und schon einigermaßen wieder nüchtern konnte er jedenfalls nicht gewesen sein, und sie war nicht in der Laune, es zu überhören. Sag das noch mal, warnte sie ihn, und ich krieg Fieber. Also sei so gut! Spar dir deine Nettigkeiten auf für die anderen dreihundert Mädchen, die dir noch begegnen.

Das saß. Das hört sich keiner der Kerle lange an; was zu der letzten bisher unbeantworteten Frage führt, ob sie es bei ihm tatsächlich mit einem Repräsentanten der Männerwelt zu tun hatte – oder nur mit einem Abfallprodukt derselben.

Sie will von einem Mann entzündet, in Brand gesteckt, in Feuer getaucht werden. Sie will vögeln. Nach Strich und Faden.

Der Boxer redete, wenn er überhaupt dazu aufgelegt war, von seinem Sport, den wenigen Kämpfen, die er versiebt hatte. Er redete von seinem Talent, von seinem Trainer, der an ihn geglaubt hatte. Er hatte sich vor dem entscheidenden Kampf den Kopf kahl scheren lassen. Er hatte nie härter trainiert. Er war drauf und dran, es zu beweisen. Er würde, hoffte er, sein Geld mit dem Boxen verdienen, genug Geld. Er hatte ein paar Qualitäten, nicht unbedingt technische, aber physische. Er war robust. Er konnte, wenn er getroffen wurde, was vertragen. Und er war keiner, der leicht blutete. Die Haut hatte gehalten, bis auf den Cut unterhalb der rechten Augenbraue. Bis das ausheilt, wäre sein Leben vorbei. Sie hatten ihn noch in der Kabine zusammengeflickt. Er hatte dem Kämpfer, der nach ihm dran gewesen war, viel Glück gewünscht, sich kurz auf die Pritsche gelegt und durchgeatmet, seinen Spind leergeräumt, alles in seine Sporttasche gepackt, seinem Trainer die Hand gegeben und sich entschuldigt.

Musst dich nicht entschuldigen, mein Junge. Wir wussten ja, dass er hart schlagen kann.

Kann ich auch. Ich kann auch hart schlagen.

Ich hab noch von keinem, auch wenn er nichts als Prügel bezogen hat, was anderes gehört. Er besah sich die Wunde. Sieht nicht gut aus.

Tut mir leid, Trainer.

Immer mit der Ruhe, hab ich dir gesagt, bleib in den ersten Runden erst mal weg von dem Burschen, geh in Deckung, lass ihn sich austoben.

Hab ich doch gemacht.

Dann hab ich's nicht gesehen.

Ich mein, ich hab's versucht, Trainer, aber was sollte ich machen?

Einen Mexikaner, auch wenn er einen Kopf kleiner ist, nicht unterschätzen.

Der wurde und wurde nicht müde.

Jeder wird müde.

Der nicht.

Du hast alles, was man nur falsch machen kann, falsch gemacht, mein Junge. Lass gut sein. War nicht dein Tag heute.

Der hat alles, wie es kam, genommen.

So sind sie. Sie sterben lieber als zu verlieren. Es liegt gegen solche Burschen immer Blut in der Luft.

Es schoss heraus wie aus einem Wasserhahn.

Ich hab dich gewarnt. Pass auf seinen rechten Haken auf. Pass verdammt noch mal auf, dass er dich damit nicht erwischt. Ich dachte, du hast es begriffen.

Ich hab ihn nicht kommen sehen.

Der Trainer hatte es ihm schonend beibringen wollen. Es fehlte dem Jungen nicht an Mut, er war tapfer, er hatte Talent, wenn auch nicht das Talent, intelligent zu boxen. Es fehlte ihm an der Inspiration, einen Gegner zu Fehlern zu zwingen, ihn durch etwas Unvorhergesehenes, Überraschendes, durch etwas, das man nicht trainieren kann, aus dem Konzept zu bringen. Er begriff nicht einmal die schlichte Notwendigkeit, sich niemals, selbst wenn er seinen Gegner mit einem guten Schlag getroffen hatte, auf eine Prügelei einzulassen. Aber sein Hauptfehler war, dass er mit dem Kopf dachte statt mit dem Körper, was einfach nicht schnell genug war. Denk mit den Händen, wie oft habe ich ihm das gepredigt. Es gab Boxer, die das konnten. Und es gab die Ausnahmen, die noch mehr konnten, weil sie nicht nur mit den Händen denken konnten, sondern mit den Beinen. Robinson war so einer, und natürlich Ali. Sie haben sich, wahrscheinlich ohne *überhaupt* zu denken, ganz dem Rhythmus ihrer Bewegungen überlassen, ihrem guten Auge, einem Instinkt, der sie anderen, auch viel kräftigeren Gegnern überlegen machte. Alles Eigenschaften, wie sie ein Ali und Robinson und wahrscheinlich auch einer wie der gute alte Jack Johnson im Blut hatten. Das Beste war natürlich: überhaupt nicht denken, sondern wissen – was man unterm Strich dann getrost und ohne Übertreibung Genie nennt.

Er hatte einmal spät nachts in seinem Hotelzimmer wach gelegen und war beim Fernsehen bei einem Interview mit einem Mann ungefähr seines Alters hängengeblieben, der wie ein Gespenst aussah, kränklich, wie faules Wasser, und sein Gesicht war hart, eigenartig unbeweglich, irgendwie ramponiert, aber nicht wie das eines von schweren Schlägen gezeichneten Boxers, sondern wie das bis auf die Schädelknochen ausgezehrte, bleiche, blutleere Gesicht eines zur Besinnung gekommenen Wahnsinnigen, von denen der Trainer, als er noch ein kleiner Bub war, nach dem Krieg viele gesehen hatte; er hatte sie vor allem deshalb so gut in Erinnerung behalten, weil sie nicht redeten, nicht mehr, sie waren wie für immer verstummt; umso ungewöhnlicher der hier, der viel, schnell und temperamentvoll und offenbar nicht ohne Witz redete, denn der Interviewer reagierte auf vieles, was sein Gesprächspartner von sich gab, amüsiert. Der Trainer kapierte nichts von dem, um was da gestritten wurde, aber ihn faszinierte die Erscheinung dieser Person, die aussah, als habe sie sich selbst aus dem Hut, den sie auf dem Kopf hatte, gezaubert. Eigentümlich war zudem, dass sie sich weniger mit dem, dem sie gegenüber saß, zu unterhalten schien als mit den Gedanken, die sie hatte, mit den Einfällen, die sie nur so aus dem Ärmel schüttelte. Zum Beispiel vertrat der Mann die Ansicht – und das machte den Trainer, der schon abschalten wollte, wieder wach –, dass Menschen mit allem denken könnten, auch mit dem Knie. Er selbst, sagte er, denke bei allem, was er tue, sogar bevorzugt mit diesem Teil seines Körpers. Es gebe viel zu denken, und nicht alles, bei weitem nicht alles, dürfe man dem Kopf überlassen. Man müsse seine Gedanken „wie ein Hirte die Herde seiner Schafe" geduldig grasen lassen, sie durch die Landschaften des eigenen Körpers wandern und da und dort wie von selbst frische Nahrung finden lassen. Dem Trainer gefiel das. Er glaubte zu verstehen, was der sonderbare Gast da sagte. Mit dem Knie denken? Warum nicht? Es war schließlich kaum eine Kunst zu nennen, zum Denken immer nur den Kopf zu bemühen. War das nicht das, wovon er in seinem Beruf als Boxtrainer selbst überzeugt war? War das nicht genau die Predigt, die er seinen Jungs im Training immer hielt? Er wusste, wie grausam die bestraft werden, die alles Denken dem Kopf überließen. Und genau das war es, was ihm, wenn er an den Kampf dachte, der seinem Jungen bevorstand, zu schaffen machte, dass er einen Boxer unter seinen Fittichen hatte, den in den Ring zu schicken eigentlich unverantwortlich war – und den zu trainieren längst Zeitverschwendung.

Es hatte keinen Zweck mehr. Sein Junge würde in diesem Sport, in dem man Helden sehen will, weiter eine eher traurige Rolle spielen. Er sollte die Handschuhe an den Nagel hängen. Er sollte es ihm sagen und ihm dabei in die Augen schauen! Es muss in diesem Geschäft wenigstens eine Sache geben, die mit Ehrlichkeit zu tun hat.

War's das, Trainer?

Erraten, mein Junge. Soll ich dich anlügen?

Der Trainer hatte ihn angeschaut, mit diesem Ich-bin-nicht-dein-Vater-aber-dein-Freund-Blick. Ja, mein Junge, ich glaube, das war's. Ist besser so. Geh nach Hause. Ruh dich aus. Ich will einfach nicht, dass noch was Schlimmeres passiert als das heute.

Er hatte abgewartet, bis sie ihm den Umschlag mit seiner Kampfbörse ausgehändigt hatten, und sich dann auf den Heimweg gemacht. Er hätte auf die Häuser, an denen er vorbeiging, einprügeln können, und hatte, bis sie zumachte, in einer Bar gesessen, einer ziemlich heruntergekommenen Bar. Er hatte die Mädchen weggeschickt, die sich zu ihm an den Tisch gesetzt hatten, bis er es aufgab. Er zahlte, was sie bestellten, und hörte sich ihre Geschichten an, aber landen konnte keine bei ihm, nicht heute, nicht in seinem Zustand.

Mit seinen Augen war etwas nicht in Ordnung. Sie waren schon vor dem Kampf nicht in Ordnung gewesen. Er hatte keine Erklärung. *I could have been a contender.* Was war es, was die anderen stärker machte?

Die ganze nächste Woche war er vor dem Fernseher eingeschlafen und vor dem Fernseher aufgewacht, hatte Pizzas kommen lassen, keine Anrufe entgegengenommen und gewartet. Dass es dunkel wurde. Dass es hell wurde. Dass er einschlief, ohne aufwachen zu müssen.

Zum Glück bekam er bald Besuch. In irgendeiner Ecke seines Gehirns tauchte nämlich ein Freund auf, der Bulgare, wie ihn alle nannten, der, der ihn immer massiert hatte. Mit ihm hatte er viel über die für einen Athleten richtige Ernährung gesprochen, er hatte ihm für die Zeit vor einem Kampf sogar einen kompletten und detaillierten Ernährungsplan erstellt. Er war ein ruhiger, anständiger kräftiger Bursche. Mit einer guten, klugen, anständigen Frau, die die Kommunisten noch mehr hasste als er und mit ihm ihre Eltern und das Land, das für sie ein Gefängnis war, verlassen hatte. Sie hatten ihre ersten Jahre im Westen auf Malta verbracht, sie als Lehrerin, er in seinem Beruf als Masseur und Coach einer Volleyball-Mannschaft. Auf Malta war dann auch ein Sohn zur Welt gekommen, das für beide größte überhaupt vorstellbare Glück, auf das bald ein zweites folgen sollte in Person eines reichen Mannes, der den Bulgaren vom Markt nahm und exklusiv zu seinem persönlichen Fitness-Trainer machte; was zusammen mit einem Koch aus der Schweiz und einer Haushälterin aus dem Baskenland die Familie komplett machte – ach so, hin und wieder waren auch noch Zaungäste anwesend: seine wechselnden Geliebten, die der Bulgare ebenfalls in Schuss zu halten hatte. Aber nichts, versicherte er dem Boxer, war einfacher, als der Frau treu zu bleiben, in die ich mich in Bulgarien verliebt hatte. Wenn ich sie umarmte, hielt ich meine Heimat im Arm, mein Heimweh und meine Zukunft. Ich bin reich, reich an Glück.

Der auf andere Art reiche Mann reiste viel herum, und der Bulgare musste ihn begleiten, nach London, nach Österreich, wo er nahe der tschechischen Grenze ein großes Anwesen mit einem Herrenhaus erworben hatte, natürlich auch nach Mailand, Amsterdam und Hamburg. Er sah die Zentimeter nicht, die sein Sohn an Größe zunahm, und übersah die Traurigkeit im freundlichen Gesicht seiner Frau. Aber dann fing ein Flugzeug kurz nach dem Start in Paris Feuer – wie sich später herausstellte, hatte sich ein Treibstofftank unter einer der Tragflächen entzündet –, stürzte ab, und der reiche Mann, diesmal nur privat mit einer seiner Freundinnen auf Reisen, war einer von über hundert Toten.

So gelassen wie der Bulgare schon als Junge auf das kommunistische Regime reagiert hatte, so wenig ging ihm der Tod seines Arbeitgebers nahe. Es war keine hässliche, kalte Gleichgültigkeit, die ihn unsympathisch gemacht hätte; sie war nur der Schutz, mit dem er die kleine Welt seiner Familie überspannte. Er war, als er davon erfuhr, kurz benommen, wie es jeder wäre, der von einer solchen Katastrophe hört oder darüber liest oder, es gab Aufnahmen, die Bilder der brennenden Maschine sieht, wie sie aus geringer Höhe und gut sichtbar wie ein Feuerball auf der Erde aufprallt. Aber wie bei jedem anderen überwog auch bei ihm die Erleichterung, für dieses Mal verschont geblieben zu sein. Das Leben war – wenigstens so lange, bis man auch das wieder vergessen hatte – weniger alltäglich, weniger bedrückend, weniger nichtssagend. Er ging noch am gleichen Abend, unter dem Vorwand, sich nur ein wenig die Beine vertreten zu wollen, in die nächstliegende Kirche, trat vor das Kreuz, an das er nicht glaubte, und senkte in Gedenken an den Toten das Haupt. Was er dachte, war etwas anderes und hatte mit seiner Vergangenheit zu tun. Eine Kirche zu betreten konnte in Bulgarien üble Folgen haben, und einige, die sich dort als Gläubige ausgaben, waren Spitzel und hatten kleine Kameras in den Taschen; er bewegte sich deshalb in der Kirche so vorsichtig wie ein Einbrecher, schaute sich immer wieder um und begriff erst allmählich, dass die Gefahr eingebildet war, seine Anwesenheit hier Privatsache und der Himmel über ihm frei, frei wie er selbst. Bevor er ging, entzündete er noch, und das schon wieder gut gelaunt, drei Kerzen. Sein Sohn würde weiter einen Vater haben, seine Frau den Mann, den sie wollte, und er seine Arbeit, die Arbeit seiner Hände.

Das war es auch, was den Boxer und den Bulgaren so gut miteinander auskommen ließ: beide lebten sie, und das in ganz buchstäblichem Sinn, von ihrer Hände

Arbeit. Dass dem Junggesellen am Ende weniger Erfolg beschieden war als dem jungen Familienvater, empfand der Boxer als eine Sache, die in Ordnung ging. Er selbst hätte, vor die Wahl gestellt, so entschieden.

Seine Frau hatte ihn früher zurückerwartet und wollte, mehr aus Sorge als aus Neugier, wissen, ob ihm etwas passiert sei.

Sie war noch immer nicht die Angst losgeworden, jeder könnte ohne Angabe von Gründen einfach von der Straße weg verhaftet, eingesperrt oder verschleppt werden, eine Angst, unter der mit gutem Grund die Generation ihrer Eltern und natürlich die ihrer Großeltern gelitten haben dürfte, die mit vernünftigen Argumenten aber nicht einmal jetzt, wo sie im Westen lebte, von ihrem Mann ganz aus ihrem Kopf zu schaffen war. Lief im Fernsehen ein Spionage-Thriller, bevorzugt einer mit russischen oder ganz generell kommunistischen Agenten zur Zeit des Kalten Krieges, saß sie davor, ebenso gespannt wie unglücklich und wütend, und konnte danach nur schwer einschlafen. Und war sie schließlich eingeschlafen, lief der Film weiter, schlich sich durch einen Traum hindurch in einen anderen, noch schwärzeren Traum. Einmal, sie war noch ein Kind, fielen Bomben, und alle, die sie kannte, rannten an ihr vorbei und brachten sich in Sicherheit, nur sie blieb zurück, weil sie ihre Schuhbänder nicht zubrachte. Sie wachte auf, wollte aber wieder einschlafen, um es doch noch in den Luftschutzkeller zu schaffen. Sie brauchte nach solchen Träumen eine Landkarte, um sich zu orientieren, wo sie war. Aber sie konnte es nicht sein lassen.

Wo warst du? Was hast du gemacht?

Der Bulgare dachte an die alte Frau, die auf dem Steinboden gekniet und gebetet hatte, an andere, die in den Bänken gesessen und gebetet hatten, an den Mann mit seinen Kindern, die sich, alle zwei, so unruhig nach ihm umgeschaut hatten, als sei er gefährlich, und daran, ob die Kerzen, die er entzündet hatte, noch brannten. Er sagte nur: Nichts, mir in einem Schaufenster die Auslagen für Damen-Unterwäsche angeschaut.

Und auch dabei ging ihm, ausgelöst durch die schlaff und ausgezehrt am Kreuz hängende Christusfigur, die er in der spärlich besuchten Kirche gesehen hatte, etwas ganz anderes durch den Kopf, das Bild eines anderen Toten, die Erinnerung an den Tod seines Vaters. Er war beim Mittagessen eingeschlafen und hatte im Schlaf aufgehört zu atmen. Er, seine Schwester und ein zufällig anwesender Freund, einer aus seinem Sportclub, hatten den Toten die Treppe hinauf in das elterliche Schlafzimmer geschleppt und dort auf das Bett gelegt. Und wie seine Mutter reagiert hatte! Die Fliegen waren im Haus, sagte sie, die Fliegen, die Unglück ankündigen, aber zum Arzt gehen wollte er ja nicht. Sie schimpfte mit dem Toten, machte ihm Vorwürfe. Sie war durch seine Dummheit zur Witwe geworden. Er hatte sich im Schlaf davongeschlichen. Aber durfte oder wollte sie das glauben? So recht schien sie von seinem Ableben allerdings noch nicht überzeugt, schließlich war er immer ein Schlitzohr gewesen, und seine Späße konnten grob sein. Ihr war auch, als würde er sie, obwohl die Augen geschlossen, anstarren. Gut möglich, dass hier wie, ihrer Erfahrung nach, in allen anderen Situationen des Lebens einfach Geduld gefragt war. Sie entschloss sich also, Geduld zu haben und zu warten. Sie hatte das Warten schon vor ihrer Ehe gelernt, das Warten auf den ersten Kuss, auf seinen Heiratsantrag und, kaum abzuwarten, den Tag ihrer Hochzeit. Und das Warten hörte in den Jahren der Ehe nicht auf, das Warten nach einem langen Winter auf den Frühling, auf das Glück einer Schwangerschaft, auf die Versöhnung nach einem Streit, auf das Geräusch draußen im Treppenhaus, wenn er abends nach Hause kam. In den Kriegsjahren hatte sie auf den Frieden gewartet, in Friedenszeiten auf ein Leben in Freiheit. Es gab ein Warten, das in einem Aufatmen endete, und eines, das sich nicht von der Stelle bewegte. Und alles Warten mündete am Ende in ein Warten auf den endgültigen Abschied von dieser Welt, ein Warten in der Hoffnung auf Erlösung.

Ihre Kräfte ließen dann aber nach, die Tatsache zu ignorieren, dass auf dem Bett ein Toter lag und der Tote tot war. Das halb leere Päckchen Zigaretten, das sie auf dem Nachttisch liegen sah, steckte sie in ihre Schürze. Mochten die Männer, die gleich kommen würden, um den Toten zu waschen und für die Ewigkeit einzukleiden, ihre Freude damit haben.

Der Bulgare hatte seine Mutter nie so erlebt. Sie trauerte wie jene Schreienden in den Bergen, nur dass sie

Strada Santa Lucia, Valletta, Malta

starr und stumm blieb. Sie öffnete nie mehr auch nur eines der Fenster ihres Hauses. Der Tod hatte einen Krater in ihre Seele gerissen.

Von allen Orten, die er gesehen habe, sagte mein Freund, während er mich nach dem Training durchknetete, sei ihm der in Österreich der angenehmste gewesen. Wenn man nicht so genau darüber nachdachte, war Österreich auf sichere Weise fern genug von Bulgarien und nah genug für Ferngespräche nachhause.

Er war nicht gerade in Jubel ausgebrochen über seine Zeit in Malta („Keine schöne Insel, aber interessant!"), nur – was sprach dagegen? Schöne Inseln hatte er gehabt. Auf Malta würde ihm keiner, den er kannte, über den Weg laufen.

Auf dem Weg zum Flughafen, drei Tage später, hatte ihm der Taxifahrer eine Zeitung nach hinten gereicht. Er hatte den Kampf im Fernsehen gesehen. Da, falls Sie es nicht ohnehin schon wissen. Er hatte ihn im Rückspiegel im Visier. War 'n verdammtes Pech, das mit dem Cut. Sieht aber schon wieder ganz ordentlich aus.

Sein Trainer, las er, hatte einen Herzanfall erlitten, einen schweren, und war offenbar nicht schnell genug aufgefunden und ins Krankenhaus geschafft worden. Sie nannten ein paar Namen von Boxern, die er trainiert hatte, was sich wie ein Nachruf las, aber seiner fehlte.

Rohes Fleisch auf die Wunde, und drauf lassen. Das hilft heilen.

Der Boxer reichte ihm die Zeitung zurück.

Einem dieser Latinos den Arsch versohlen, darauf hätte ich auch mal Lust.

Ja, sagte der Boxer. In der Stierkampfarena von Mexico-City.

Sein Freund hatte recht behalten. Malta war nicht unbedingt eine Reise wert, es sei denn für Touristen, die sich für Geschichte interessieren, für einen felsigen Brocken Land, der Jahrhunderte lang im Fadenkreuz vieler Interessen gelegen und immer wieder Ziel blutiger Eroberungen gewesen war – was für den Boxer nicht galt. Er hatte die eigene Geschichte im Kopf, das Ende einer Geschichte, aber keinen Anfang.

Dann war er, fast auf den Tag genau ein Jahr später, wieder nach Malta geflogen; warum, wusste er eigentlich selbst nicht recht. Richtig gut amüsieren konnte man sich nicht – und zu den Leuten gehörte er auch nicht, die sich, versehen mit genügend Proviant, zu einer Wanderung die Küste entlang aufmachen und sich irgendwann zu einer Rast auf dem Rand einer Klippe niederlassen und einfach hinaus auf's Meer schauen und dabei zur Ruhe kommen oder gar so etwas wie eine religiöse Erfahrung machen. Ihm war immer, wenn er nichts als das Meer sah, als sei der Fels, der die Insel war, nicht fest verankert.

Aber was es gab, und der Bulgare hatte dem Boxer von ihr erzählt, war eine enge, steil ansteigende Steintreppe, die Strada S. Lucia im Zentrum der Hauptstadt, die, wenn man früh genug aus dem Bett kam, menschenleer war und ideal für ein erstes morgendliches Training. Er selbst habe im Lauf seiner Jahre auf Malta wahrscheinlich Hunderte von Kilometern zurückgelegt, die Stufen rauf und runter und wieder rauf sei er gerannt, rauf und runter, ganz allein, in immer demselben Rhythmus, bis die Sonne aufging, am Horizont und in ihm. Und dann, ganz allmählich, belebte sich die Stiege – und da waren sie dann, die Schulkinder, die Patres, die Ladenbesitzer und Hausfrauen, die Arbeiter auf dem Weg zum Hafen, die Angestellten auf ihrem Weg in die Kanzleien. Wenn die Sonne dann heißer brannte, war sie für ein paar Stunden wieder wie ausgestorben, kaum jemand bewegte sich, nicht einmal die Katzen und Hunde, die so träge herumlagen, als hätten sie beschlossen, sich überhaupt nie mehr zu bewegen, und so blieb es bis zum Abend, bis die Stiege wieder lebendig wurde; es war dann bis weit nach Mitternacht kaum ein Durchkommen zwischen all den Menschen, die sich mit dem Gehen Zeit ließen, sich grüßten, ein Gespräch begannen, sich – wie die Liebespaare – gegen die Wand gelehnt oder auf den Stufen sitzend mit sich selbst beschäftigten.

Meine Frau, erzählte er dem Boxer, machte mir einmal eine Freude, als sie mir, ich hatte Malta fast schon vergessen, eine alte historische Postkarte mit der Abbildung dieser Treppe mitbrachte. Sie wusste, wie sehr ich sie geliebt habe, wie sehr ich jede einzelne ihrer Stufen geliebt und damals gebraucht habe, für mein Wohlbefinden, für die Kraft, auch unter schwierigen und nicht gerade komfortablen Lebensbedingungen glücklich sein zu können. Wir waren Ausländer, hatten ungültige Pässe und eine befristete Aufenthaltsgenehmigung. Wo sollten wir hingehen? Wo uns niederlassen? Es war meine Art, mich auf dem Seil zu halten, einem Seil, gespannt von Osten nach Westen. Jeder Schritt darauf war ein Weg in die Freiheit. Ich konnte es schaffen, mit Ausdauer, mit Geduld. Ich träume heute noch manchmal von diesem Glück, das ich beim Laufen empfand. Es machte mich stark. Es machte die Beine stark, das Herz, den Glauben an eine Zukunft für uns, eine Zukunft für unser Kind. Das Laufen gab mir Hoffnung. Ich lief, bis ich nicht mehr konnte. Ich war, wenn ich nachhause kam, zu müde, um unglücklich zu sein. In keiner Stadt, in die ich gekommen bin, habe ich je wieder eine solche Treppe gefunden.

Und Cora? Weshalb war sie nicht anderswohin in Urlaub gefahren?

Ändern Sie meine Frisur, vielleicht ändert sich dann alles andere auch! Mit diesem Satz fing es an, mit etwas, das nach einem Befehl klang, oder einem Hilferuf? Am Ende war es dieser Satz, der auch Cora wieder auf die Sprünge half.

Damals war ich noch Friseuse, und die junge Frau, die das zu mir sagte, sah eher unternehmungslustig aus als traurig oder verzweifelt und erzählte alles Folgende ohne jede Verlegenheit. Sie wolle einen Mann kennenlernen. Ja, sie gehe einen Mann suchen, keinen zum Heiraten, keinen Ehemann. Ich will, sagte sie, etwas

Abstraktes tun, und zog ein Flugticket nach Malta aus ihrer Tasche. Aber wieso suchte sie den Mann, nach dem sie suchte, ausgerechnet in Malta? Ganz einfach, erklärte sie. Ich will keinen Italiener kennenlernen, also fallen Florenz oder Venedig flach. Ich will auch keinen Spanier kennenlernen, keinen Engländer, keinen Dänen oder Holländer, was meine Reiseziele weiter einschränkt, einen Franzosen auch nicht, adieu Paris, natürlich auch keinen Deutschen oder Polen, keinen Afrikaner, keinen Asiaten, keinen Amerikaner. Ich will im Urlaub auch keinen Urlauber kennenlernen. Auch keinen Millionär oder so was. Wenn ich nach Griechenland fliege, habe ich es mit Griechen zu tun und in der Türkei mit Türken. Natürlich kann ich in der Türkei auch einem Schweden begegnen oder einem Russen, aber ich will keinen Schweden oder Russen. Wenn das alles nicht sehr logisch ist, entschuldige ich mich. Aber so ist mir eben. Ich vertraue, was die Zukunft angeht, meinem Gedächtnis.

Wie kann, dachte die Friseuse, während sie ihr die Haarpracht erst einmal auf gut die Hälfte zurechtstutzte, eine so wache und sympathische Frau so reden? Was war das Abstrakte und was das Abstrakte an einem Mann? Dann nannte sie einen Namen: Odysseus! Und stellte die Fragen, die sie an mich richtete, eher sich selbst bzw. der Frau, die sie vor sich im Spiegel sah. Ist Odysseus etwas Konkretes oder Abstraktes? War sein Leben ein Roman oder Realität? Gibt es so einen noch? Würde sie ihn erkennen?

So lückenhaft ihre Bildung auch war, den Namen hatte die Friseuse schon einmal gehört. War der Mann, den sie Odysseus nannte, nicht ein Grieche?

Ich mache ihn vergessen, dass er einer ist, antwortete sie mit unbeweglichem ausdruckslosem Gesicht. Ich will eine Lebensgeschichte, keine Liebesgeschichte. Es geht nicht darum, ein Stück Holz zu nehmen, um daraus ein Brett zu machen, sondern darum, ein Stück Holz zu nehmen und einen Baum daraus zu machen.

So wie sie diesen letzten Satz sprach, mochte er ein Gedicht sein, das durch den Klang ihrer Stimme und die schnoddrige Langsamkeit, mit der sie es sagte, eine zauberische Wirkung entfaltete. Aber war das eine brauchbare Information?

Was wird das, wenn es fertig ist?

Sie haben gutes festes Haar. Jedes Mädchen wünscht sich einen Freund, der Haare hat wie Sie.

Haben Sie so einen?

Nein.

Haben Sie überhaupt einen?

Nein.

Sie setzte ihre Brille auf, um sich die Friseuse anzuschauen. Die Jungs müssen blind sein. Das waren sie zu meiner Zeit auch schon. Darf man hier rauchen? Sie prüfte den Schnitt ihrer Haare. Das ist gut und vor allem praktisch. Ich will keine Frisur. Sich mit den Händen durch die Haare fahren und fertig.

Die Friseuse kam mit einem in Form und Größe einer Austernschale nachgebildeten Aschenbecher zurück, den der Friseur eigentlich für seinen persönlichen Gebrauch reserviert hielt.

Wenn Sie mir jetzt auch noch mit einer Zigarette aushelfen könnten?

Sie ging zum Chef, der auf die Packung zeigte, die auf einem Handtuch unter einem der großen Spiegel lag, und brachte vorsichtshalber auch gleich noch sein Feuerzeug mit.

Mal sehen, was aus mir wird. Ich bin gespannt. Sie ließ sich für ihre Zigarette Feuer geben. Wie alt schätzen Sie mich?

Noch bevor sich die Friseuse entscheiden konnte, ob die Lüge, sie sei vermutlich, nein, garantiert unter dreißig, nicht zu ungeschickt sei, winkte die Frau ab. Blöde Frage. Ich muss noch mehr ändern als nur die Frisur. Ich bin einundvierzig. Es wird Zeit, dass ich die Frau, die ich vor zehn, fünfzehn Jahren war, wieder zu meiner Komplizin mache; die ging nie zum Friseur, und ich hätte gewettet, dass sie das auch später nie tun würde. Sie würde sich totlachen, mich hier sitzen zu sehen.

Auf das, was Frauen so anziehen, war sie nie scharf. Sie lief mit Jeans und Männerstiefeln und oben einem Hemd herum, wie es Waldarbeiter oder Holzfäller tragen. Büstenhalter, Schmuck, Schminke? Fehlanzeige! Sie sah für eine Frau knallhart aus. Sie sah, wenn man nicht genau hinschaute, nicht mal aus wie eine Frau. Aber sie hatte einen schönen runden festen Busen, wie gemalt. Und wenn man lange genug nur ihr Gesicht anschaute, falls sie einem das erlaubte, wurde es auch schön. Ich war ziemlich eifersüchtig auf sie. Sie rauchte Marihuana, entwickelte eine Abneigung gegen Fleisch und hatte immer ein Notizbuch und etwas zum Schreiben einstecken, wovon sie auch Gebrauch machte, nachlässig zwar, aber doch regelmäßig. Schwer einzuschätzen, was in ihrem Kopf so vorging beim Schreiben, und was, wenn sie schrieb, Absicht war, was Arbeit, was Zufall. Wenn man die Sachen las, die sie geschrieben hatte, musste man eher vermuten, dass sie, wenn sie zum Bleistift griff, nicht groß nachdachte; es waren vielleicht einfach auch nur Einfälle, erste Notizen zu irgendetwas, einer Geschichte, einem Roman. Ob sie überhaupt je daran dachte, etwas dergleichen in Angriff zu nehmen? Am besten gefielen mir ihre kurzen Sätze, Sätze von himmelschreiender, aber schöner Unverständlichkeit. *Wenn man das Vollkommene versucht, fällt oft ein Kissen auf die Straße,* so was in der Art. Und noch andere verrückte Sachen. Ein Kissen, das auf die Straße fällt! Ganz schön abgefahren, was meinen Sie?

Ziemlich, ja.

Sie nahm es aber, wie gesagt, nicht sehr wichtig. Sie nannte, was sie schrieb, abschätzig: Hackfleisch mit Schlagsahne.

Als sie siebzehn war, hatte noch alles nach einem Leben in geordneten Bahnen ausgesehen und jeder hätte darauf gewettet, dass sie für immer das seelenhelle Mädchen bleiben und auf das Abitur ein Studium folgen würde, sie sich, wie das Mädchen so vorhaben, in Jungs verlieben und irgendwann den besten und schönsten, den sie kriegen konnte, heiraten würde. Intellektuell war sie eine richtige Kanone gewesen, sie konnte jeden, auch ihre Lehrer, regelrecht einschüchtern mit dem, was sie alles wusste. Sie schrieb die interessantesten Aufsätze, referierte aus dem Stegreif über Dinosaurier oder Michelangelo oder Heilkräuter, ihre Verwendung bei der Zubereitung von Speisen inbegriffen. Unbegreiflich, wie sie das alles wissen konnte, und wo sie die Zeit hernahm, sich dieses Wissen anzueignen. Sie besaß Schallplatten und Kunstbücher. Jeder, der sie damals kannte, prophezeite ihr eine Karriere, in welcher Branche auch immer.

Vielleicht passierte alles, was danach kam, während einer Reise nach Mexiko, über die sie in nicht viel mehr als in Andeutungen Auskunft gab, auch darüber, warum sie so plötzlich abhaute. Sie erzählte davon auch später nicht viel, nie mehr eigentlich, als dass sie allein in Pueblo und Jalisco unterwegs gewesen sei und danach einige Monate im Nordwesten des Landes in Sonora, in der Wüste, zugebracht habe, wo sie nur mit viel Glück den Biss einer Giftschlange und einen Sandsturm überlebt hatte. Spätestens da, von Gefahren von allen Seiten bedroht und von Hunger und Durst gepeinigt, muss ihr klar geworden sein, dass die Wüste kein stiller abgelegener, friedlicher Ort ist, wo man sich erholen kann. Nichts da draußen war mit dem Schlag ihres Herzens in Gleichklang zu bringen.

Weiß der Kuckuck, was sie dort zu finden gehofft hatte!

Irgendetwas muss damals mit ihr geschehen sein. Die Begegnung mit einem Schamanen? Eine spirituelle Erleuchtung? Heilige Drogen? Hatte sie Wahnvorstellungen, die sie als religiöse Erfahrung nahm? Hat sie Gott gesehen? Hat Gott sie gesehen? Ich halte das alles für wahrscheinlicher als die Tatsache, dass sie sich darüber nicht Notizen gemacht, nicht so etwas wie ein Tagebuch geführt haben soll, aber aufgetaucht ist nie etwas, nichts, nie auch nur eine Seite.

Sie wirkte verändert, aber nach wie vor willensstark und, was ihre Entscheidungen betraf, unabhängig. Es gibt kaum Fotos von ihr, keine Briefe. Ärger mit der Polizei scheint sie nicht gehabt zu haben, nicht dass ich wüsste. Von Mexiko aus reiste sie weiter nach Los Angeles, wobei unklar bleibt, wie sie das alles finanzierte. Hatte sie Gönner? War sie in kriminelle Machenschaften verwickelt? Ging sie, um sich über Wasser zu halten, auf den Strich? Nein, ausgeschlossen, das nicht. Ich kenne sie. Lieber hätte sie Böden geschrubbt, Teller gewaschen oder sich als Tankwart verdingt, ein Beruf, in dem man sich dreckig machen, fluchen und ausspucken darf. Ja, das hätte ihr gefallen, eine Tankstelle. Sie liebte Autos und Tankstellen, vor allem die Tankstellen entlang der großen leeren Highways.

Sie war nie eine gewesen, die mit Kerlen flirtete. Sie war, was das anging, einfach zu stolz, und wenn nicht zu stolz, dann zu gleichgültig, zu langsam, zu faul. Und außerdem: Sie suchte ja nach nichts. Die richtige Mischung, das wusste sie, ist selten. Ein Geschenk.

Kein Grund, verrückt zu spielen. Schön war, wie sich einer bewegte, und wenn er in ihr nicht eine Frau sah, die er haben konnte. Wer ihr nachschaute, hatte verloren. Es genügte, dass sie einer, ohne hinzuschauen, im Auge behielt – und sie ihn. Es musste, wenn es passierte, eine Unvermeidlichkeit ohne Zeitverschwendung sein. Kein Spiel, kein Zwischenfall, kein „unliebsamer Zwischenfall mit der Liebe“, wie sie ihre wenigen Ausrutscher nannte. Es gibt, das war immer ihre Meinung gewesen, interessantere Dinge als die allerorts rund um die Uhr üblichen Schwierigkeiten mit der Liebe. Warum tun Menschen das? Warum versuchen sie es immer und immer wieder? Warum es zur Abwechslung nicht mal eine Weile einfach sein lassen, sich verlieben wollen, glücklich sein wollen, überhaupt etwas wollen, was und von wem auch immer? Das Leben hat ein Recht, mit den Lebenden abzurechnen.

Sie schüttelte den Kopf, was bei dem, was die Friseuse dort gerade mit der Schere tat, riskant war.

Vorsicht! Nicht bewegen!

Sie erstarrte. Aber ich muss mich bewegen.

Sie schwieg ein Weilchen, was ihr wie eine Ewigkeit vorkam, dachte nach und sagte: Es machte sie richtig wütend. Es verdarb alles. Es verdarb das Gefühl, dass das Leben gefährlich sein könnte, lebensgefährlich. Was bei allem Kampfgeist, den sie an den Tag legte, nur beweist, was für ein verdammt romantisches Herzchen sie sein konnte; was sie auch sofort zugegeben hätte. Sie stand selbst bei Flaute unter Volldampf! Unheilbar!

Nicht bewegen!

Ich bitte Sie! Mir wird schwindlig, wenn ich mich nicht bewege. Es machte sie das alles nervös. Aber atmen darf ich, oder?

Nicht bewegen genügt.

Das ist ja wie beim Zahnarzt. Aber okay, nicht bewegen. Ich versuch's.

Tut mir leid.

Schon gut.

Sie war wieder für einen Moment still.

Sie hätte schreiben sollen. Sie hätte es gekonnt. Sie war stark, bei Gott ja, das war sie. Sie hatte Kraft. Das ist es, an was ich mich erinnern muss. Sie tat alles, nur um nicht in den Himmel kommen zu müssen.

Die Strecken, die sie zurückgelegt haben muss, ist sie ganz sicher nicht in Zügen gesessen; entweder nahm sie einen der Greyhounds oder, und darauf tippe ich, sie hat den einen oder anderen Trucker überredet, sie mitzunehmen. Aber bei aller Begabung, ein Abenteuer durchzuhalten, wie fest war der Grund, auf dem sie stand? Wie weit der Spielraum für eine Frau? Dass sie sich, sei es zu ihrem Vorteil oder nur zu ihrem Vergnügen, als Mann verkleidete oder einfach als einer ausgab, war nichts, was ihr nicht zuzutrauen gewesen wäre. Immerhin hatte sie sich schon als Kind am liebsten als Junge verkleidet, und sie spielte auch nur mit Jungs; und wie die liebte sie deren Kraftausdrücke, ihr absichtlich ungehobeltes Benehmen, den ganzen Einfallsreichtum ihrer Frechheiten. ‚Sich schrecklich schlecht benehmen' stand damals, als sie ein Teenager war, ganz oben auf der Liste ihrer Vorlieben. Mädchen dagegen fand sie langweilig; ausnahmslos alle. Dass sie selbst eines war, empfand sie, wie sie sich ausdrückte, als „große gemeine Gemeinheit". Ich hab das bis heute im Ohr. Sie sagte es bei jeder Gelegenheit. Sie sagte es so oft wie: Ich sehe grässlich aus. Ich sehe aus wie ein Mädchen. Sie war, was das betraf, ein Snob. Sie hätten sie mal erleben sollen, wie stolz sie zum Beispiel auf ihre schmutzigen Fingernägel war, und wie viel Wert sie darauf legte, dass jeder sah, wie schmutzig sie waren. Wenn die Leute sie für ein etwas eigenartiges und ziemlich unsympathisches Kind hielten, umso besser. Sie mochte ohnehin nur Leute, die sich aus der Meinung anderer Leute nichts machten – oder selbst schmutzige Fingernägel hatten. Sie hatte nämlich keine Lust, sich gesellig zu geben, auch nicht denen gegenüber, die über sie nicht gleich den Kopf schüttelten.

Jungs, die mit ihr anbandeln wollten, taten gut daran, ihre schmutzigen Fingernägel zumindest interessant zu finden. Noch besser war, sie zogen mit irgendetwas, das sie sich ausgedacht hatten, so viel Unmut auf sich wie es ihr bei den meisten Bekannten ihrer Eltern und überhaupt bei Erwachsenen gelang. Es gab ja genug andere Möglichkeiten. Man musste sich nur genug langweilen, schon fiel einem jede Menge brauchbarer Unsinn ein.

Die Folge war eine Massenproduktion von Unsinn, eine Epidemie, ein wahrer Wettstreit unter den Jungs, alle damit beschäftigt, sich unbeliebt zu machen. Wer hätte erkennen oder auch nur vermuten können, dass alles aus Liebe geschah, ein erstes heftiges Aufflammen eines Gefühls, sich dem Mädchen mit den schmutzigen Fingernägeln als erste Wahl zu präsentieren.

Ich kann sie mir jedenfalls gut vorstellen in der Aufmachung eines Arbeiters, der sich in den Kopf gesetzt hat, sein Geld auf anständige Weise zu verdienen.

In keinem Fall aber würde jemand in ihr noch die Intellektuelle vermutet haben, die auf dem Sprung gewesen war, einen akademischen Titel zu erringen; sie hatte sich von Träumen dieser Art längst verabschiedet, auch von jedem Ehrgeiz, sich auf ihre Intelligenz etwas einzubilden. Was sie immer noch gerne tat, war lesen, alles, was sie in die Hände bekam, auch Schund. Bei Büchern war sie jedenfalls weniger wählerisch als bei Musik. Es war deshalb auch nicht weiter verwunderlich, dass sie dann annähernd drei Jahre mit einer Rockband unterwegs war, überall in Amerika, auch in Südamerika. Sie entwickelte einen ungesunden Appetit auf alles mit Zucker, auf Coca-Cola und Schokolade, was erst einmal dazu führte, dass sie wieder an Gewicht zulegte; was auch sein mußte, abgemagert wie sie in Los Angeles angekommen war. Ob ungesund oder nicht, sie war einfach dabei, die Schäden zu reparieren, die ihr der Aufenthalt in der Wüste zugefügt hatte.

Ich kann Jill sehen, wie sie wie eine Südstaaten-Schönheit mit indianischem Stirnband und einem Tamburin in der Hand auf der Bühne tanzt. Eine Art Groupie, die dann – es war im Studio der psychedelischen

Rockband The Grateful Dead in San Rafael passiert! – ziemlich schnell was mit einem der Musiker angefangen hatte; mit einem, wie sich herausstellte, den Gott nicht liebte. Und noch etwas stellte sich heraus, dass sie, seine Göttin, nichts von Liebe verstand. Nur die Musik verstand was davon. Die Musik verstand alles. Man kann eine Gummizelle vergolden mit Musik.

Unter Malta, fuhr sie fort, kann ich mir rein gar nichts vorstellen. Sie etwa? Irgendwo auf der Landkarte gibt es diese Insel. Aber mehr als dass es Malta wirklich gibt, existiert es in meiner Phantasie. Ein großer Stein im Meer. Den Rest erzähle ich Ihnen, wenn ich zurück bin.

Eine Verrückte, dachte ich, aber widersprach mir sofort. Sie war nicht verrückt. Sie war auch keine, die, wie so viele Frauen, die sie kennengelernt hatte, von einem Mann träumt, den es nicht gibt. Oder Sätze fallen lässt wie „Das Glück wohnt auf Inseln". Vielleicht suchte sie gar keinen Mann. Vielleicht suchte sie eine Wahrheit – und mehr als die Wahrheit das Spiel mit ihr.

Ich habe übrigens keine Wünsche, was das Wetter betrifft. Soll es schütten und stürmen. Man schläft besser, wenn es regnet.

Ich habe über keine meiner Kundinnen, denen ich im Laufe der Jahre die Haare gerichtet habe, mehr nachgedacht als über sie. Wer war sie? War sie vielleicht selbst diese Jill, die sie als ihre Schwester ausgab? Wie sonst hätte sie über ihr Leben so genau Bescheid wissen können?

Woher hatte sie ihre Informationen, die etwa, dass sie eine Pistole bei sich trug, verbotenes Zeug rauchte, gern ins Kino ging, besonders gern in Filme, die Gangstergeschichten erzählten, wie sie überhaupt Geschichten mochte, die nicht gut ausgingen, was auch für Liebesgeschichten galt? Ihre Worte klangen, als habe sie nichts aus dem Gedächtnis verloren, auch nicht, wie schön sie aussah, wenn sie traurig war – und wie sehr sie sich, wenn sie traurig war, wünschte, unsichtbar zu sein.

Gehört es nicht zu den ältesten Träumen von uns allen, nicht nur die eine, sondern gleichzeitig und vollständig auch eine andere Person zu sein? Wie auch immer, meine Anstrengungen, hinter die wirkliche Identität dieser Kundin zu kommen, scheiterten. Aber kein Wunder, dass mir, als ich unschlüssig war, wo ich mal eine Woche einfach nichts tun, einfach nur faulenzen und mich ausschlafen könnte, Malta einfiel; allerdings in der Hoffnung, es möge die Sonne scheinen.

Sie wartet. Sie hält sich an das Versprechen ihrer Verlobung, das auch, wie sie findet, Geduld einschließt, aber keiner würde sie dazu bringen, ihre Zeit zu verschwenden.

Er dagegen schien ihrem Verhältnis die Form einer Wette geben zu wollen, wobei er darauf setzte, dass es mit ihnen nicht klappen könne. Gleichwohl beschenkte er sie mit einer in ihren Augen unangemessenen Großzügigkeit, kleine Dinge zum Auspacken, alles teuer, alles wie nebenbei. Er schob die Geschenke morgens, mittags, abends wie ein Kartenspieler eine Karte in die Tischmitte und wartete auf die Karte, die sie ausspielen würde, und darauf, wer den Stich machte. Fühlte er sich ihr unterlegen? Welcher Gewinn war es, den er, wenn es schief ging, einstreichen wollte?

Der gesunde kräftige junge Mann stellte sich, das auch noch, als schüchtern heraus und war als Liebhaber zu ihrer Verwunderung eher ungeschickt. Er verkrampfte, und das bis hinunter zu seinem besten Stück. Nicht einmal ihre Fingerfertigkeit half. Er knickte ein, schlimmer als bei dem Leberhaken in seinem letzten Kampf. Man kann einen Treffer, selbst wenn er das Kinn trifft, abschütteln, man kann die Deckung fallen lassen, seinem Gegner die Zunge zeigen oder was auch immer für Mätzchen machen, aber nicht einen Volltreffer auf die Leber. Und nicht eine Blamage wie die hier, die noch schwerer zu verdauen ist.

Von da an wirkte der Boxer unsicher, abweisend und abwesend – und redete auch kaum noch, und wenn, waren es Bosheiten.

Sie: Hast du das Feuerwerk gesehen?

Er: Welches?

Sie: Das gestern, über Valletta? Man konnte es oben vom Dachgarten aus sehen, all die Raketen. Phantastisch. Wunderschön! Die ganze Bucht schien zu brennen.

Er: Ich hab auch eine gesehen gestern, eine Rothaarige, in der Lobby unten.

Sie: Und?

Er: Was und?

Er zog sich das Leintuch über den Kopf und dachte an einen Kampf, an ein paar Schläge, die er im Ring nie ausgeteilt hatte.

Als sie ihn einmal umarmte und küsste, war, was herauskam, die Imitation einer Umarmung und eines Kusses. In seinem Kopf schien irgendeine dritte Person anwesend, die ihm zur Vorsicht riet, eine Stimme, die wie in einer Endlosschleife den einen Satz wiederholte: Wer sich verliebt, hat keine ruhige Minute mehr! Wem gehörte sie, seinem Vater? Einem seiner Kumpels? Oder sonst einem Schlauberger? Für wen hielt er sie eigentlich? Für eine dieser Tussis, die Drinks mit kleinen Schirmchen bestellen?

Ob er für den Rat zu haben wäre, sich nicht von jedem, der mit einem Goldkettchen um den Hals herumläuft, etwas einreden zu lassen? Warum den Minuten hinterherlaufen, wenn man in Stunden ruhen kann?

Die Unfähigkeit, sich seinen Gefühlen, auch wenn sie ungeordnet und noch unfertig waren, zu überlassen, schien ihm mehr und mehr zu schaffen zu machen. Er wirkte unentschlossen und mutlos und, da er sie für intelligent genug hielt, Männer wie ihn durchschauen zu können, fast ein wenig verzweifelt. Er überließ die Entscheidung, ob er in die Spielbank oder zum Strand gehen oder sich für eine Siesta auf sein Zimmer zurückziehen sollte, der Münze, die er warf. Kopf oder Zahl – und das Bedauern, nicht auch noch eine andere, eine dritte Wahl zu haben.

Die Zeit an der Stange hatte ihr genügend solcher Jungs vor die Füße gespült. Von der Herde anderer Männer getrennt, verstehen sie nicht mehr viel von der Welt. Alleingelassen, erstarren sie.

Wie schnell etwas, das leicht war, an Gewicht zulegte.

Es fiel ihm sichtlich schwer, sich einem Spiel zu überlassen, das, eben weil es kein Kampf war, nicht auf Sieger und Verlierer hinauslief. Die Situation war zu ungewohnt für einen, der sich alles immer nur erkämpft hatte – und den Faustkampf tatsächlich zu seinem Beruf hatte machen wollen.

Bald sprach auch sie immer weniger.

Sie war traurig. Ein schwieriger Mensch mehr in meinem Leben, dachte sie.

Sie hatte keine Ahnung, was die Einwohner von Malta zu feiern hatten, aber es gab gegen zehn Uhr abends, sie lag, wenn auch hellwach, schon im Bett, wieder ein Feuerwerk. Und wieder reagierte sie auf die Knallerei hoffnungslos romantisch. Was da in die Luft ging, ging durch ihren Körper. Das Feuer, das glühte und verglühte, war sie selbst. Was da brannte, war ihr ganzer Glaube an ein Leben, das sich in einer funkensprühenden Entladung aller Energien von selbst regelte. Dann, schnell genug, war alles vorbei. Was tun mit dem gerade noch verzauberten Mädchen, das – nicht ganz auf der Erde, nicht ganz im Himmel – zurück in ihr Bett kroch, geistesabwesend in einer Zeitschrift blätterte und zu keinem Gedanken fähig war, der sie hätte trösten können?

Sie lag da und wusste nichts mit sich anzufangen. Fernsehen wollte sie nicht. Die Nägel hatte sie sich erst gestern geschnitten und lackiert. Es wäre unsinnig und zu teuer, jemanden anzurufen; sie wüsste im Moment auch nicht wen. War sie nicht immer noch, wenigstens irgendwie, verlobt? Hatte sie Pläne? Hatte er Pläne? Wie jung war sie? Wie lange war sie noch jung? Wovor hatte sie Angst? Sie stand auf, stellte sich vor den Spiegel, betrachtete das, was sie sah, und konnte sich nicht entscheiden, ob sie mit dem, was sie sah, zufrieden oder unzufrieden war. Ihr war auch nicht klar, ob sie das Mädchen, das sie sah, überhaupt kannte; und ob es sich lohnen könnte, sie kennenzulernen. War sie nicht einfach nur mit der Besorgnis beschäftigt, sie könnte sehr bald die gleichen breiten Hüften bekommen wie ihre Mutter? Schlecht gelaunt gab sie schließlich auch den Versuch auf, sich mit halb geöffneten Lippen interessant zu machen. Sie war einfach nicht in der Stimmung. Wie dämlich, dachte sie, die Blondine zu spielen, nur weil ich die passende Haarfarbe habe.

Irgendwann, als sie die Augen kaum noch offen halten konnte, schaltete sie den Fernseher ein.

Zwei Tage vor ihrer ursprünglich gemeinsam geplanten Abreise hatte der Boxer, ohne dass es noch zu einer Aussprache zwischen ihnen gekommen wäre, anders entschieden und war und blieb verschwunden.

Auch okay, dachte sie bei sich und stellte sich an der Bar ihres Hotels mit einigen Drinks ruhig, ein Feigling weniger.

Nach Unterhaltung war ihr nicht zumute. Als sich ein Herr unnatürlich beschwingt neben ihr postierte, schob sie dem Barmann einen Schein zu – mit der Bitte, die Person zu entfernen und auch sonst jeden, der versuchen würde, sie anzusprechen, um die Gefälligkeit zu bitten, sich in Luft aufzulösen. Und es funktionierte! Ein Vater hätte seine Tochter nicht besser beschützen können; und er hätte vom Alter her sehr wohl ihr Vater sein können. Sie stellte sich vor, wie es wäre, sich zur Abwechslung mal in einen Mann zu verlieben, der zwanzig, dreißig Jahre älter war als sie. Ein Spieler, kein Kämpfer. Ein Mann wie eine Höhle, in der man sich verstecken konnte. Ein Mann, der sich den Luxus gönnt, keine Probleme mehr haben zu wollen, keine mit Frauen, keine mit dem Stoff, den er ausschenkt. Ein Mann, der die Frau, die er liebt, nicht betrügt – und keine Minute mit Geschwätz vergeudet, wenn er aufhört, sie zu lieben. Ein Mann, der, was er denkt, für sich behält und auf niemand herabsieht. Ein Mann mit der Seele eines Kindes. Ein Mann, der am Ende mehr war als einfach auch nur ein Mann.

Natürlich wollte er nicht bezahlt werden für den Gefallen, den er ihr tat. Er schob den Schein zurück.

Sie erinnern mich an jemand, sagte der Barmann. Haben Sie Geschwister?

Ich? Nein.

Sie erinnern mich trotzdem an jemand. Ein paar Jahre her. Sie kam jeden Tag, spät, kurz vor der Sperrstunde, und trank Bier. Wir unterhielten uns. Obwohl, viel sprach sie nicht. Sie stellte Fragen. Bist du alt oder jung? Hast du mal jemanden umgebracht oder bedauert, es nicht getan zu haben? Ich hasse Marmor auf Gräbern, und du? Es war nicht das übliche Gerede, und nicht dumm. Sie schien sogar ausgesprochen intelligent zu sein. Ich habe selbst eine Tochter, die so ist. Sie schneidet sich in den Finger. Sie tut es nicht, weil sie Blut sehen will. Sie tut es, damit es an einer Stelle, wenigstens an einer, heiß ist. Das Unbehagen, sich verletzt zu haben, ist weniger stark als ihr Glaube, dass das, was sie getan hat, sie heilt. Das Leben musste ihr einige Fußtritte verpasst haben. Männergeschichten? Vielleicht. Auch darüber sprach sie nicht. Männer müssen warten, sagte sie einmal. Dieser ganze Schlamassel mit Männern, sagte sie.

Ich gab ihr recht. Es ist besser, nicht zu widersprechen, nicht in Dingen, die mit der Liebe zu tun haben, mit dem Schmerz, der in den Herzen bleibt.

Es war Zeit, schlafen zu gehen.

Ich rechnete ab, während sie an der Bar stand und ihr Bier trank, machte die Lichter aus und den Laden dicht, und dann gingen wir noch ein Stück zusammen. Ich wünschte ihr alles Gute, wo immer auf der Welt es sie hin verschlagen würde.

Schon gut, sagte sie. Wer ein Kartenhaus baut, wird mit dem Vergnügen belohnt, es einstürzen zu sehen.

Ihr Vater, den Cora liebte, war keiner, in den sie sich gern verliebt hätte. Er war so viel und so wenig wert wie jeder, mit oder ohne Ehering. Sie erinnerte sich, wie sie ihm, und das nicht nur einmal, Spuren von Lippenstift vom Gesicht wischte, bevor es seiner Frau auffallen konnte. Einen Spaziergang, zu dem sie ihn überredet hatte, nutzte sie, ihm die von ihm neuerdings bevorzugten, aufdringlich grell gemusterten Krawatten auszureden, was immer die zu bedeuten hatten. Und der Wagen für die ganze Familie bekam ohne Vorwarnung einen flotten Zweisitzer zum Bruder, weil er, wie er seiner Frau erklärte, seine Leidenschaft für Tempo wieder entdeckt habe, und die Entdeckungsreisen nahmen erst ein Ende, als seine Frau ohne jedes Anzeichen von Gereiztheit die Luft aus den Reifen ließ. Das war ein Argument, umso wirksamer, als es ohne Worte auskam. Zu handeln war klüger als zu reden. Das war ihre praktische Seite. Sie machte keine Szene. Sie versuchte nicht herauszufinden, was schiefgegangen war. Sie verspürte keinerlei Neigung, sich an ihm rächen zu wollen. In ihren eigenen Worten: „Die Liebe ist doch kein Messer, das in der Küche herumliegt."

Es war wie die Erfüllung eines Glücksversprechens, als er daraufhin den Sportwagen an einen Händler verkaufte.

Keinen Monat später fischte Cora aus einem Jackett, das sie für ihn zur Reinigung brachte, einen parfümierten Brief, den sie ihm, nach Hause gekommen, ungelesen aushändigte. Er nahm ihn wie ein Schriftstück entgegen, mit dem es – bis auf den Duft, den es verströmte – seine Richtigkeit hatte.

Wie findest du das Parfüm?

Zu jung!

Er prüfte die Sache. Ja, zu jung. Einverstanden!

Er steckte Brief in das Jackett, das er gerade trug, und strahlte seine Tochter mit der Ruhe eines Mannes an, der sich des Besitzes zweier unschätzbarer Vorteile sicher war: Er hatte eine Frau geheiratet, auf deren Klugheit Verlass war, und hatte eine Tochter, die offenbar etwas verstand von seinem Glück, eine Frau zu haben, gegen die keine Rivalin je ernsthaft eine Chance hätte. Würde sie ihn sonst beschützen?

Dein Vater, hatte ihre Mutter einmal behauptet, betrachtet die Liebe unter dem Aspekt des Spiels, dessen Ernst es nicht gestattet, seine Kräfte zu schonen, weshalb es seiner Ansicht nach kein Verbrechen darstellt, sich hin und wieder mit der Ruhepause einer Spielerei zu belohnen. Er glaubt einfach, wie jeder altmodische Mann es tut, Erwartungen erfüllen zu müssen, zumindest die seiner Vorfahren, die Götter waren.

Ihr Mann, der mit am Tisch gesessen und interessiert zugehört hatte, war aufgestanden, um ihr die Hand zu küssen; eine in seinem Leben als Ehemann nie wiederholte Geste. Er nahm ihre kleine Rede als Kompliment; er meinte es ernst, er war wirklich beeindruckt.

Das alles war für Cora natürlich verwirrend, zumal sie einmal, als Teenager, ihre Mutter, die sich unbeobachtet glaubte, gesehen hatte, wie sie vor dem Spiegel auf und ab stolziert war, und das eher spärlich bekleidet und in einer so hochmütigen und aggressiven Haltung, die nicht darauf schließen ließ, dass sie dabei an den eigenen Mann dachte. Ein anderes Mal war sie, von ihrer Tochter wieder eher zufällig beobachtet, vor ihrem Schminktisch gesessen, verärgert über das Resultat, Ordnung in ihre Augenbrauen zu bringen, so sehr verärgert, dass es sie ermüdete. Danach saß sie nur noch da, ein Mensch, völlig wertlos. Eine Frau, die sich zu unbedeutend vorkam, um zu schreien, und zu enttäuscht von sich, um zu weinen.

Gab es einen Ort auf der Welt, der keine Kampfzone war?

Als sie zurück zu ihrem Hotel ging, war die Luft noch warm. Es gab Sterne. Es gab einen Mond. Und es gab Schiffe. Keine Ahnung, was man bei so einem Angebot falsch machen kann. Aber sie schaffte es. Sie war immer noch unruhig. Sie war unzufrieden. Sie war müde. War sie selbst der Fehler?

Als sie ihr Zimmer aufschloss und hinter sich wieder verriegelte, fiel mehr von ihr ab als nur die Kleider, die sie auszog. Und welches Vergnügen erwartete sie. Allein in einem großen Bett liegen; alles von sich strecken, Arme und Beine, den Kopf im Kissen vergraben und die Hände in den Haaren; auf keinen Menschen, Mann oder Frau, Rücksicht nehmen zu müssen; lachen, ohne Auskunft geben zu müssen, worüber; keine Bevormundung durch fremde Anwesenheit; sich ganz bei sich und in Sicherheit fühlen, auch vor Überraschungen sicher; niemand da, der die Stille stört; nichts, was sich wiederholt … hatte sie was vergessen?

Ja! Vom Fenster aus konnte man das Meer sehen, und die Fenster standen offen.

Der Gipfel der Unverschämtheit war, dass ihr beim Auschecken aus dem Hotel mitgeteilt wurde, alles sei bezahlt.

Und die Extras?

Die auch! Der Herr habe großzügig nach oben aufgerundet.

Das also hatte er auch noch auf dem Gewissen, dass sie sich wie eine Nutte vorkam.

Kaum zurück, hatte sie als Trainerin in einem Fitness-Center angeheuert und war dann, was sie sich nie hatte vorstellen wollen, unter dem Künstlernamen Bambi anschaffen gegangen. Sie hat sich dann allerdings sehr schnell umgetauft, weil in ihrem Beruf das Strenge mehr Umsatz bringt als das Nette und Niedliche, Leder mehr als Samt. Aus Bambi wurde Cora, in die sie sich dann auch tatsächlich verwandelte, und das so überzeugend, dass sie bald unter dem Spitznamen Hardcore-Cora gehandelt wurde. Sie bekam zwar weiche Knie, wenn sie nur daran dachte, was sie dieser Reputation schuldig sein würde, aber allein die Umbenennung verschaffte ihr nicht nur bessere Entlohnung, sondern bei den Wirtschaftern und unter ihren Kolleginnen auch Respekt.

Die Umstellung war ihr leicht gefallen. Wo lag auch groß der Unterschied, ob man einen Kunden in einem Studio fit oder einen auf dem Bett fertig macht! Der eine wie der andere fühlt sich nach der Behandlung ruhiger, entspannter und glücklich benommen von der Illusion, von jemand, der es gut mit ihm meint, verwöhnt worden zu sein. Die im Befehlston gegebenen Anweisungen waren dort wie hier die gleichen und Gehorsam oberstes Gebot. Wer legt sich mit Leder an? Und noch etwas haben beide Kunden gemeinsam: sie neigen, obwohl morsch, zur Selbstüberschätzung. Nur der Tatort ist eben ein anderer. Bei einem sind es die Knochen, die steif sind, beim anderen, wenn überhaupt, der Schwanz.

Nach ihrem Beruf gefragt, hatte sie einmal geantwortet: Ich bin zuständig für Schadhaftes.

Man kriegt, sagt sie, ein Auge für das Zumutbare, für die Jungs aus den besseren Kreisen, die ich nicht ausstehen kann und gern den anderen im Haus überlasse, reiche Schnösel, die gern zu zweit oder zu dritt auftauchen, obwohl sie sich per Telefon Frauen ganz anderen Kalibers kaufen könnten – und es sicher auch tun, junge Russinnen zum Beispiel, die in ihren Kreisen neuerdings das Nonplusultra sind. Sie wurden, denk ich mir, von ihren Kindermädchen verführt, die praktisch ihre Angestellten waren, und das ist der Grund ihrer Überheblichkeit. Sie lassen sie, wenn sie nicht tun, was sie wollen, hochgehen. Eine Andeutung genügt, und sie sind ihren Job los. Und dann wird die nächste eingestellt. Nein, die nicht, sagt das Baby. Die nicht! Also die nicht, sagt die Mama, die ihre Ruhe haben will und ganz andere Sorgen hat und keine Zeit und schon die

Autoschlüssel in der Hand, um zur Gymnastikstunde zu fahren, dann eben eine, die dir gefällt, mein Schatz. Wir finden schon das Richtige! Böses kleines verwöhntes Baby, du! Wer immer demnächst antanzt, soviel ist sicher, wird es schwer haben. Das ist der Nachwuchs für vielversprechende Karrieren, der uns wie Angestellte behandelt, zuständig für die Dreckarbeit, für Hurenarbeit.

Da lob ich mir einen meiner durchreisenden Normalverbraucher, der, wenn er nur in Ruhe in einen Ausschnitt gaffen kann, auch mit einem Schnaps zufrieden wäre; oder Picasso-Kurt, unseren Kunstmaler, Stammgast und Freund vom Chef, der mit Bleistift und Zeichenblock anrückt und im ganzen Haus Narrenfreiheit genießt. Macht es sich im Schneidersitz zwischen den Beinen von einer von uns gemütlich und zeichnet jede Muschi, die Miete zahlt, jedes Schamhaar, jede Falte, jede anatomische Feinheit, und alles in fotografischer Detailtreue. Schwarze Muschis, gelbe, rasierte! Der bringt sogar seine Lupe mit, um sich ja nichts entgehen zu lassen. Ein richtiger Künstler, einer – wie unser Chef auch – aus der guten alten Love-and-Peace-Ecke, völlig friedlich, völlig harmlos, aber, sag ich dir, richtig toll begabt. Irgendwann häng ich mit meiner Muschi im Museum.

Oder einen kleinen süßen Anfänger. Obwohl … Was tun zum Beispiel mit einem wie diesem Jungen neulich, hab ich dir von dem schon erzählt?

Ein Junge, der Schriftsteller werden will und sich in

der Überzeugung, sein Leben sei ein für allemal vorbei, in ein Bordell verirrt und voller Traurigkeit auf der Bettkante Platz genommen hat und die Schuhe nicht auszieht? Ich war plötzlich selbst ganz nervös. Ich frag ihn, ob er mich schön findet. Ich will gar nicht wissen, ob er mich schön findet, ich will einfach nur, dass er mich mal anschaut. Was willst du, was ich machen soll, frag ich. Nicht nur, dass er nicht hochschaut, er antwortet auch nicht. Willst du dich nicht ausziehen? Er will, sagt er, dass ich mich ausziehe. Was ich bis auf das bisschen, was ich anhabe, ja bereits gemacht habe. Er wirkt auf mich nicht wie einer, der zugedröhnt ist oder so. Soll ich mein Höschen für dich ausziehen, frag ich. Er nickt. Okay, mein kleiner Liebhaber, sag ich, schau! Tut er aber nicht. Er schaut weiter stur nach unten; irgendwas muss dort interessanter sein. Ich steh, mein Höschen in der Hand, ich hab so ein lustiges, eins mit Snoopy vorne drauf, nackt vor ihm. Nun komm schon, sag ich, Essen ist fertig. Na ja, Hunger hatte er nicht. Oder er hatte Hunger, natürlich hatte er Hunger, er wäre nicht von dieser Welt, wenn er keinen hätte, aber sein Magen wollte offenbar nicht. Und ich hatte, versteht sich, auch langsam genug, zog mein Höschen wieder an und gab ihm sein Geld zurück, das er aber nicht wieder haben wollte. Wenn du willst, komm wieder, ich bin dir nicht böse, sag ich und schiebe ihm das Geld in seine Hosentasche – und was entdecke ich da? Einen ordentlichen kleinen Ständer. Hat der Blitz also doch eingeschlagen. Aber ich tu so, als sei nichts; nicht, dass er sich seinen etwas verkorksten Besuch noch mehr zu Herzen nimmt. Ich geb ihm auf dem Weg nach unten Geleitschutz, nicht dass er einer dieser dämlichen Thai-Schlampen in die Hände fällt, und tue auch so, als hätten wir was miteinander gehabt. Ein andermal wieder, sag ich. Und wenn du eines Tages ein berühmter Schriftsteller bist, schick mir ein Buch. Aber mit Widmung. Ich glaub, er war richtig verknallt in mich.

Ach Gott, die Alten nicht zu vergessen, die rüstigen Veteranen, die ihre Möbel versetzen, um sich wieder mal mit einer Frau vergnügen zu können, die nicht die gleiche Hautfarbe hat wie die zuhause; der eine oder andere bringt, was natürlich extra kostet, sein Haustier mit, seinen Hund, seine Katze. Werde einer schlau aus Menschen! Das ist reine Präzisionsarbeit. Ein Fehler, ein falsches Wort, eine Ungeschicklichkeit, die kleinste Änderung im Drehbuch – und alles fällt zusammen wie nasser Salat. Was je nach Temperament des Gastes, zumal wenn er getrunken hat, ziemlich ungemütlich werden kann. Einige verlangen, wie bei jedem Geschäft, das platzt, ihr Geld zurück. Ein Bordell ist, auch wenn das die Riesenkerle vom Land glauben, keine Bumsbude, nicht bei einem Gast wie ihm, einem Mann der alten Schule, der nie ohne Hut erscheint, wie ein Kind unter Aufsicht seiner Mutter zuerst seine Handschuhe zusammenlegt, sein Hemd, die Hose, haargenau auf Bügelfalte, und sich, noch bevor er den Gürtel öffnet, am Waschbecken immer erst die Zähne putzt, seine dritten, wie ich vermute. Alles ein wenig ekelhaft und umständlich und zeitraubend, aber außer ihm kennt sie sonst keinen, der sie wie eine Prinzessin behandelt. Und er meint alles ernst. Er zitiert sogar, während er sich auszieht, die Bibel. „Die mit Schiffen auf dem Meer fuhren und trieben ihren Handel in großen Wassern; die des Herrn Werke erfahren haben und seine Wunder im Meer." So behandelt er mich, wie ein dem Meer entstiegene Jungfrau. Ich bin sein Mädchen, sein Südsee-Mädchen, seine Maori-Schönheit, mit der er auf große Fahrt geht. Die Segel gehisst, die Backen aufgeblasen, und alles in nicht einmal dreißig Minuten, länger braucht er nicht, mein Freibeuter, der mich beschützt.

Also, was ist? will Cora wissen.

Nichts ist. Sie hat einfach Angst, mehr Angst als ihre Großmutter Angst vor einem Gewitter hat; die hat sich beim ersten Donner sofort im Schrank versteckt und so lange gebetet, bis sie kaum noch Luft bekam oder gleich ganz ohnmächtig wurde.

Ich hab Schiss. Tut mir leid.

Man sieht es ihr an. Sie ist verlegen.

Okay, Kleines. Frag mich was, irgendwas. Ich bin der Mann im Mond. Ich sag's auch nicht weiter.

Schweigen, das war immer ihr Ding. Sie schämt sich. Sie kriegt den Mund nicht auf.

Hört sich nicht gut an, wenn du nichts sagst. Also los. Eine Frage.

Die hat sie, und überwindet sich endlich, sie auszusprechen. Wie es ist, eine Nutte zu sein, will sie wissen.

Wie ist es, eine Friseuse zu sein?

Das muss ich dir ja nicht groß erklären. Aber ich muss wenigstens keinem … nur weil er … dafür bezahlt, … einen runterholen.

Muss ich auch nicht. Ich hab noch nie einem einen runtergeholt. Sie überlegt. Na ja! Solange einer noch einen Cent in der Tasche hat, ist einiges erlaubt.

So möchte ich nicht vor die Hunde gehen, wegen Geld.

Das ist die einzige Möglichkeit, die ich sehe.

Sie wäre was für spezielle Kunden, denkt Cora. Sie hat was. Sie hat das Kindlicht in den Augen. Genau! Sie hat das mal von einem Altspatz erklärt bekommen, von einer mit jahrzehntelanger Berufserfahrung. Schau mich an, hat die gesagt. Ich bin wie alle, nicht schöner, nicht hässlicher. Ich hab auch nur zwei Titten und einen runden Arsch, und der ist auch nicht mehr, was er mal war. Die große Herrlichkeit hat sich abgenutzt. Aber ich hab was, was andere nicht haben. Das Mutterlicht in den Augen. Es gibt Männer, die genau das suchen. Nun glaub aber mal nicht, Schätzchen, dass das mit dem Mutterlicht auf meinem Mist gewachsen ist. Ich hab's nicht mit schönen Worten. Ich kann den Mund aufmachen, wenn es sein muss, und das laut genug, damit mich jeder versteht, mehr nicht. Aber ich kann zuhören. Und dem, der das zu mir gesagt hat, dem hab ich zugehört. Man hat ja nicht jeden Tag so ein Glück, dass einer Verstand hat, sich ausdrücken kann und am Ende auch noch großzügig ist. Geldsorgen schien der keine zu kennen. Hatte die Scheine lose in der Hosentasche wie einer vom Viehmarkt. Und er hatte die Ruhe weg. Nichts Hastiges oder Heftiges. Ein Gentleman. Piekfeines Tuch. Manieren. Eins A. Da geht man in die Knie. Könnte gut und gern einer gewesen sein von ganz oben. Ich glaubte ihm jedes Wort. Auch das mit dem Mutterlicht, obwohl ich keins entdecken kann, beim besten Willen. Wie kommt ein Mensch nur auf so was? Natürlich hab ich mir Mühe gegeben wie auch nicht alle Tage, keinen Pfusch abzuliefern. Mach mal 'n bisschen dalli? Nee. Nicht bei dem. Frisch vom Flughafen oder auf dem Weg dorthin. Kleine Verschnaufpause. Liebe alte Gewohnheit. Wie soll man das Leben, das man führt, sonst loswerden? Andere gehen ins Theater, was das hier ja auch ist: Theater. Alles da, Kulissen, Kostüme, Beleuchtung. Jede Menge Schminke, mehr Schminke als Gesicht.

Ich werd's ihr schon beibringen, denkt Cora.

Tut richtig gut zur Abwechslung, vor allem, wenn man daran denkt, was sonst so alles durch meine Finger ging und geht.

Ihre Augen, ich hab's doch gewusst. Als freches schlimmes Mädchen geht sie nicht durch. Hat auch nichts Biestiges. Was da leuchtet, ist jung. Nicht nur in den Augen.

Alles in Ordnung?

Die Kleine hat traurige Gedanken. Sie kann kaum

antworten. Und sagt dann so leise, dass man sie kaum verstehen kann: Sich ficken lassen. Sich für alles, was die wollen, benutzen lassen. Für jede verdrehte Phantasie!

Unsinn! Du musst dich nicht ficken lassen. Ich werd dir, wie man das macht, alles beibringen. Und in zwei, drei Jahren machst du deinen eigenen Laden auf.

In zwei, drei Jahren bin ich uralt.

Besser, als böse kleine Babys in die Welt setzen. Nun mach nicht so ein Gesicht.

Wie lange braucht man, um sich nicht mehr vor dem allem zu ekeln?

Eine Nacht, und noch eine. Beantworte keine Fragen. Und hab mit keinem Mitleid. Wenn dich einer fragt, wie lange du schon in diesem Beruf arbeitest, sag: Mein erster Tag heute. Das macht sie scharf, darauf kannst du Gift nehmen. Das wirkt wie ein Lottogewinn. Das ist die Antwort, mit der du abkassierst. Sie lacht. Es sind Dummköpfe, einsame dumme Idioten. Aber die Aufgabe ist lösbar.

Aber sie stinken. Tun sie doch, oder?

Nicht so, dass du einen trockenen Mund bekommst.

Sie hat es gut, denkt sie. Sie ist drüber weg.

Nie mehr ein Mann, der keiner ist. Nie mehr ein Mann, der nicht richtig ein Mann ist. Keiner, der nur mit seinem Schwanz einer sein will. Sie tastet nach dem Goldkettchen, dem kleinen goldenen Kreuz, das sie mit ihrer Faust umschließt. Soll mich keiner vergessen, der Fingerabdrücke auf mir hinterlassen hat.

Eine Weile schweigen sie, drücken sich.

Komm, lass uns schnell einen durchziehen. Ich hab was dabei, falls du willst. Das beste Dope, das man auftreiben kann. Knallt richtig rein, das Zeug. Direkt aus der Asservatenkammer!

Sie muss nur daran denken, schon schießt ihr das Zeug, das sie vorhin geraucht hat, in den Kopf. Ich hab da einen an der Hand.

Aus was für einer Kammer?

Asservatenkammer. Da bunkern die Bullen, was sie beschlagnahmen.

Und was hast du an der Hand? Einen Bullen?

Andersrum. Einen Stricher, der einen Bullen am Wickel hat, und zwar genau einen von denen, die das Zeug aus dem Verkehr ziehen. Er hat damit gewissermaßen den Schlüssel zum Depot in der Hand.

Am Wickel?

Am Arsch, wenn du verstehst, was ich meine.

Am Arsch?

Mit mehr als Andeutungen ist er bisher nicht rausgerückt, aber wie kommt sonst einer so problemlos an so spitzenmäßigen Stoff?

Ich weiß nicht.

Ich nehme an, sie machen, was das Geschäft angeht, halbe halbe, was aber wahrscheinlich nur die eine Hälfte des Deals ist. Die andere ist, was sonst, Sex. Und wie man da die Karten mischt, weiß mein Ario. Da kennt er sich aus. Ist ja schließlich auch sein Beruf. Irre, oder? Ein armes Schwein von einem Bullen und ein auf Drogen abgefahrener, aber trotz seiner Sucht immer noch ansehnlicher, ohne zu viele Schrammen davongekommener Junge. Ein hochexplosives Gemisch, und auf Gedeih und Verderb ein Pärchen! Einer, der wegen seiner Veranlagung auf einen angewiesen ist, der Geld braucht, Geld und Stoff. Höchste Geheimhaltungsstufe. Treffpunkt entweder in einem der üblichen Klappen, wo, da bin ich mir sicher, Ario die Musik macht, oder nachts, gleiche Zeit, in einer der Lagerhallen, bis zur Decke voll mit allem, was das Herz begehrt. Ob mein kleiner Schriftsteller damit was anfangen könnte? Mit Bullen, deren Privatleben sie erpressbar macht? Mit einem Paradiesvogel, der kifft? Vielleicht kiffen sie beide. Und warum nur Gras? Ich will nicht wissen, wie viele Kilo Kokain und Heroin die ins Feuer befördern. Dass das Ganze ein Geschäft auf Gegenseitigkeit sein muss, ist klar. Vielleicht lernst du ihn ja irgendwann mal kennen, wenn du willst. Richtig nettes Bürschchen eigentlich, schlau, witzig, und, wenn's drauf ankommt, sicher nicht ungefährlich – aber, wie gesagt, schwul, und das mit Pauken und Trompeten und so.

Ich muss wieder rein.

Sich ficken lassen kommt ihr vor, als würde sie beschließen, tot zu sein. Wird man danach je wieder lebendig?

Sie wollen Frauen flachlegen. Sie haben nicht den gleichen Verstand.

Also dann.

Du hast was Besonderes, glaub mir. So wie du aussiehst, wird mein Chef nichts dagegen haben, dass du anfängst. Der verkauft dich als Jungfrau.

Mein Vater schlägt mich tot.

Ich glaub nicht, dass das was hilft. Die Rechnung, Schatz, ist doch ganz einfach: Was bleibt dir am Monatsende? Was immer es ist, häng hinten ’ne Null dran. Und das meiste rutscht an der Steuer vorbei.

Sie steckt sich ihre Haare neu und hat dafür immer ein paar Sushi-Sticks parat.

Aber hör zu, eines kann ich dir versichern, dass nämlich kein Chef ein Zimmer länger als vierundzwanzig Stunden leer stehen lässt.

Ich muss rein, sagt sie. Ich muss weitermachen.

Na schön. Wenn du deinen alten Weibern weiter die Haare richten willst.

Einverstanden, einverstanden. Weißt du, was das Neueste ist? Dauerwellen für Wimpern.

Sie hört plötzlich die Stimme wieder. Ändern Sie meine Frisur, vielleicht ändert sich dann alles andere auch! Ich will nicht als die gehen, als die ich gekommen bin. Wer war sie, als sie aufgestanden und gegangen war? Wer war ich, als ich Malta verlassen habe? Was waren das für Antworten auf die Fragen, die ich hatte? Was habe ich vergessen, als es um mein Leben ging?

Und sie hört eine andere Stimme, die mit ihr spricht.

Die Friseuse hat, kaum dass sie den inzwischen schon etwas krumpeligen Schein glatt gestrichen hat, nichts eiliger zu tun, als mit dem Geld, das sie ihrem Chef in die Hand drückt, ihre Außenstände bei ihm zu begleichen.

Der Friseur ist ein liebenswertes, immer unterhaltsames, aber unberechenbar launisches und schamlos schlagfertiges Scheusal. Und das ist es, genau diese Mischung, gebildet und frech, arrogant und albern, immer irgendwie abwesend und gleichzeitig hellwach, die ihn unwiderstehlich macht; weshalb ihm viele, vor allem seine weibliche Kundschaft, und da vor allem die älteren Jahrgänge, geradezu zu Füßen liegen. Er hat, sagen sie, magische Kräfte in seinen Händen, was sie, sobald er Haupt und Haar berührt, tiefer befriedigt als die Erinnerung an den besten ihrer Liebhaber. Es ist ihnen, wenn er von oben Hand an sie legt, als verlören sie nicht nur ein wenig ihr Gleichgewicht, sondern auch die lästigen, überflüssigen Pfunde, die zu bekämpfen sie aufgegeben haben. Eine Sekunde seliger Verzückung, die ihnen zu schaffen macht! Es wäre unter diesen Umständen verständlich, wenn die eine oder andere seiner Kundinnen anfinge zu schreien, aber die Schicklichkeit gebietet, an sich zu halten, unter der belebenden Behandlung nicht einmal, wie leise auch immer, aufzustöhnen.

Der Friseur weiß natürlich um seine Wirkung. Wenn er die Kopfhaut seiner Kundinnen massiert, streichelt er ihre Seelen.

Er ist ein in seine Möpse Desdemona und Celestina und in Max, einen Jack-Russel-Terrier, vernarrter Verrückter und, soweit es seine finanziellen Möglichkeiten, die sein Geheimnis bleiben, erlauben, ein leidenschaftlicher Sammler kostbarer seltener Spiegel; er schaut nicht hinein, er schaut sie sich an.

Im Sommer trägt er einen von ihm selbst entworfenen Strohhut und im Winter, wenn die Temperaturen danach sind, einen bläulich schimmernden Pelzmantel, einen sehr warmen und sehr leichten, für dessen Erwerb er nach Leningrad gereist war, im Gepäck eine Fotografie, die den in seinem dreißigsten Jahr stehenden und für sein ausschweifendes Leben bekannten Grafen Leo Nikolajewitsch Tolstoj als aufgeputzten jungen Offizier auf dem Weg zu einem Ball in einem Pelzmantel zeigt. Olga, eine Freundin, Geigerin, Russin und Jüdin, kannte die besten Schneider der Stadt und half bei der Verständigung aus. Sie führte ihn herum, sie kannte jeden Schlupfwinkel. Sie bezahlte alles, und nicht einmal seine Drohung, lieber zu verhungern, konnte sie davon abbringen, ihn in Kaffeehäusern und Restaurants (mit typisch russischer Küche) zu verwöhnen. Sie liebte die Poesie („unser täglich Brot und das schlimmste unserer Laster") und blieb auf den Spaziergängen, die sie zusammen unternahmen, wahre Fußmärsche, immer wieder stehen und zitierte irgendwelche Zeilen, und hörte nicht eher auf, bis der Schmerz, dem der Dichter Ausdruck verliehen hatte, ganz in sie eingedrungen war.

Sie stellte ihm Freunde vor, Schauspieler, Maler, Komponisten, deren Talente er nicht abschätzen konnte – und Olga war nicht zu trauen, sie ging aus lauter

Begeisterung so weit, alle, die sie mochte, für Genies zu halten. Alle schimpften sie auf die Stadt, in der sie lebten, und hatten doch eine unstillbare Sehnsucht nach ihr. Wenn die Poesie, wie behauptet, das schlimmste Laster war, war das Ausmaß, mit dem Russen sich ihren Stimmungen hingaben, ein noch schlimmeres. Ihre Angewohnheit, sich keiner Sentimentalität zu schämen, machte den Friseur ganz hilflos. Es war, wie sie sich benahmen, anrührend und gleichzeitig lächerlich. Es kam über sie wie ein Fieber, eine Erregung, die früher traditionell dazu führte, sich eine Kugel durch den Kopf zu schießen. Es war wie eine die Menschen zu Tode quälende Prüfung, sich gegen die Geschichte ihres Landes behaupten zu müssen. Mit was? Mit der Faust? Und was tun mit ihr, in die Luft recken? Wie altmodisch! Sie wutentbrannt auf den Tisch knallen? Wie vergeblich! Mit Kunst? Mit noch einer Revolution? Obwohl in Russland mit der Last ihrer langen, immer noch lebendigen Vergangenheit wie in keinem Land sonst alles Französische bewundert und nachgeahmt wurde, waren sie immerhin, das musste man ihnen zugute halten, keine Franzosen geworden.

Manchmal ging er alleine los, klapperte, in der Hand eine Liste von Adressen, die Olga ihm aufgeschrieben hatte, kleine Antiquariate, Flohmärkte und Ramschläden auf der Suche nach Antiquitäten ab – in der vagen Hoffnung, auf einen schlecht informierten, wenn nicht völlig ahnungslosen Händler zu treffen, um mit etwas Glück einen für ihn vorteilhaften Kauf tätigen zu können; unwahrscheinlich ist es ja nie, in all dem Gerümpel eine aus Unwissenheit viel zu niedrig taxierte Kostbarkeit zu entdecken. Der Friseur jedenfalls war guter Hoffnung, fündig zu werden und mit einem Schmuckstück aus der Stadt der Zaren, das er seiner Sammlung einverleiben könnte, nachhause zu kommen. Aber er wurde mit keinem, den er aufsuchte, wirklich handelseinig, wenn auch um ein Haar mit einem mürrisch wirkenden alten Schlitzohr, einem, wie er sich vorstellte, Herrn Belanow („Wie der Fußballspieler?" – „Wie wer?"), der leidlich Englisch sprach und nach langem Suchen aus einem der hinteren Räume seines Ladens mit einem in einen Fetzen Zeitung eingewickelten Exemplar eines Handspiegels ankam, das Glas mit wenigen kleinen blinden Stellen, die der Händler als „gefrorene Tränen" sozusagen in den Adelsstand erhob, ein Oval von der Größe einer Ananas mit perlenbesetztem Rand und fein ziseliertem Griff, einem schönen Stück, das zu erwerben der Friseur nur unter der Bedingung bereit gewesen wäre, den Kaufpreis um mindestens die Hälfte drücken zu können; ein Ansinnen, das Herr Belanow – nach der üblichen kleinen Szene, in der er vorgab, sich eigentlich überhaupt nicht von dem seltenen, kostbaren Stück trennen zu können – mit trauriger Entschlossenheit zurückwies. Er habe erst kürzlich, erklärte er, zehntausend Dollar, die ihm von einem Amerikaner dafür geboten wurden, abgelehnt. Ein hübsches Sümmchen, zugegeben, aber zu wenig, zu wenig. Er seufzte auf. Ganz entschieden nein, njet!

Es folgten noch ein paar unfreundliche Bemerkungen über die Amerikanski, die Amerikaner im allgemeinen, die *nje kulturnyi* seien, durch und durch unkultiviert. Was tun sie hier? Was wollen sie? Sollen sie nach Moskau gehen, brummte er. Moskau, wo alles billiger sei, billig und falsch wie die Ikonen, die sie den Touristen andrehen und die keinen Pfefferkuchen wert seien; so wenig wert wie die Moskowiter, über die er dann auch noch zu schimpfen anfing, über ihre Apathie, ihre Abhängigkeit vom Alkohol und ihre moralische Verkommenheit.

Es war für den Friseur nicht schwer zu erraten, dass es dieses Angebot nie gegeben hat. Amerikaner zahlen, ob echt oder nicht, was verlangt wird. Hauptsache, sie selbst sind echt, echte Amerikaner eben.

Herr Belanow weigerte sich, den Spiegel auch nur für einen Moment aus der Hand zu geben. Das hier sei keine Weinprobe, hier gebe es nichts zu probieren – was den Friseur an die zierliche, wenngleich resolute Dame in einem Geschäft in Wien erinnerte, die ihm mit bissiger Direktheit beschied: Anfassen können Sie das Ding, wenn Sie bezahlt haben! Womit die Audienz beendet war. Nun, hier war der Umgangston überraschenderweise ähnlich schroff und freudlos. Aber noch war der Kampf um die Trophäe nicht ausgefochten.

Es war das (beiden) bekannte Spiel, die Zeit knapp zu halten und sie, zum Nutzen des einen wie des anderen, doch gleichzeitig um jenen vielleicht entscheidenden Augenblick zu verlängern, ohne indes falsche Hoffnungen aufkommen zu lassen. Zeigte er, der Kunde, die gewünschte Reaktion und bat darum, das Objekt noch einmal genauer unter die Lupe nehmen zu dürfen? Wie hoch war, andererseits, die Wahrscheinlichkeit, aus ihm, dem Händler, doch noch ein Opfer machen zu können?

Der Friseur kannte sich weder mit Perlen noch sonst mit Steinen gut genug aus, um ein Urteil abgeben zu können; vielleicht war, was da schimmerte, auch nur gewöhnliches Glas.

Plündernde Soldaten zerschlugen Geschirr, schlitzten Gemälde auf, Spiegel aber ließen sie unbeschädigt, bemerkte Herr Belanow. Seltsam, nicht wahr? Sie hatten vor Spiegeln mehr Respekt als vor Frauen; die haben sie sich genommen.

Was meinte er? Dass es Gegenstände gab, die Magie hatten, vor der selbst Barbaren zurückschreckten? Wollte er das Seltene noch kostbarer machen?

Spiegel sprechen. Sie sprechen nicht nur, sondern erzählen, was der, der sein Spiegelbild betrachtet, zu erzählen selbst nie wagen würde.

Spiegel sind ein Gemütszustand. Schließe, bevor du eine Entscheidung triffst, die Augen.

Es soll Menschen geben, die dabei einschlafen.

Es war (wie immer und überall auf der Welt) trotzdem amüsant, sich mit einem, der sich als Fachmann ausgab, auf einen Handel einzulassen, auch wenn sich keiner der beiden große Hoffnungen auf einen Abschluss machte.

Herr Belanow datierte das Objekt, in das keine Jahreszahl eingraviert war, um Mitte/Ende des neunzehnten Jahrhunderts, konnte (oder wollte) dafür aber keinen Beweis erbringen, so wenig wie für die interessante, vermutlich aber ebenfalls erfundene Vermutung, das kleine, an der Rückseite an einer Stelle geringfügig ramponierte, aber insgesamt doch schmucke Ding sei das Geschenk der Zarin Katharina an eine ihrer Hofdamen gewesen.

Tatsächlich?

Herr Belanow grunzte.

Aus welcher Werkstatt stammte das Stück? Welcher Graveur hatte den Griff gestaltet, welcher Juwelier die Steine gefasst? Wie war es in seinen Besitz gelangt?

Das zu erklären, reichten Herrn Belanows Kenntnisse der englischen Sprache offenbar nicht aus, denn nun fing er an, Russisch zu sprechen; und blieb dabei, auch auf alle weiteren direkten Fragen nur in seiner Sprache zu antworten.

Eine Vermutung wohlgemerkt, keine Behauptung, was natürlich mehr als geschickt und eine raffinierte Einschränkung war, die dem Objekt nichts von seiner Aura, dem Rätsel seiner Herkunft nahm. Wer glaubt nicht gern, was er hört. Und ist es nicht wahr? Ein schöner Gegenstand braucht eine Geschichte, und nichts geht über eine Geschichte, auch wenn sie nur erfunden ist, und wenig über einen, der sie mit Leidenschaft gegen jeden Verdacht verteidigt, sie sei, auch ohne Beweise liefern zu können, am Ende möglicherweise nicht wahr. Zu den schönen Geschichten – die man gerne auch weitererzählt – gehören für den Friseur auch jene, wie man sich hat täuschen und – auch das war ihm auch schon einige Male passiert – sich hat hereinlegen lassen.

Spieglein, Spieglein – sag, was du bist, echt oder Tinneff, Meisterwerk oder Makulatur? Sag mir, was du bist. Sag, was du mir bist.

Da war sie wieder, diese jeden Sammler faszinierende Vielfalt wahrer, halbwahrer oder schlichtweg falscher Informationen! Dieses Spiel, mit Phantasie zu punkten, und das mit einem Ernst, den sonst nur ein Schwur für sich beanspruchen darf! Dieses scheinbar ruhige, in Wahrheit aber fiebrige Kräftemessen zweier um einen angemessenen Preis Feilschenden, diese Erregung, die einen entweder schrumpfen oder zum Platzen bringen lassen kann, die man sich aber besser nicht anmerken lassen durfte, diese ganz auf Ausdauer beruhende Fähigkeit, auf alles oder nichts zu setzen! Der Friseur ließ sich von der Schläfrigkeit des Herrn Belanow nicht täuschen, denn solange der einem potentiellen Käufer gegenüberstand, hatte er gewiss genug Geistesgegenwart, um, böte sich nur die Chance, den Widerstand eines an allem, auch am eigenen Urteil zweifelnden Kunden zu brechen und in ihm stattdessen, ganz ruhig, den unwiderstehlichen Drang zu entfesseln, kaufen zu müssen.

Als er ihm zum Abschied seine Karte überreichen wollte, revanchierte sich der Friseur; er nahm sie nicht, er nahm nicht einmal die Hände aus den Hosentaschen.

Der kleine Spiegel, das konnte der Friseur nicht leugnen, hatte es ihm angetan, mit oder ohne Katharinas Segen. Und dass er ihn nicht anfassen, nicht wenigstens einmal berühren durfte, tat ebenfalls seine Wirkung; es machte die Sache nahezu unerträglich. Aber nein! Ausgeschlossen! Nicht kaufen, nicht zu diesem Preis! Ein ganz ähnliches Stück, erinnerte er sich, war ihm einmal von einem Händler in Paris unter einer anderen nationalen Legende angeboten worden (und die Legenden sind es nun mal, die einem Objekt Prestige verleihen und den Preis in die Höhe treiben), als Geschenk von Romy Schneider an ihren Verlobten Alain Delon, eine angeblich „boshafte Anspielung auf dessen Selbstverliebtheit". Das mochte stimmen oder nicht, klar war nur, dass alles andere stimmte, das Material, das Gewicht, die Proportionen, der Schliff des Glases. Keine Lüge konnte die das Auge wie das Gefühl bezaubernde Vollkommenheit dieses kleinen Objekts im geringsten beschädigen.

Er war damals, nur einen Tag später, verkleidet mit einer schwarzen Hornbrille, einem Schlapphut aus Segeltuch, einem lila Chiffonschal und, als wäre das alles nicht schon geschmacklos genug, mit unmöglichen, weil giftgrünen Hosen, erneut in der rue de Varennes erschienen – und, wie er gehofft hatte, nicht erkannt worden. Und was war das Ergebnis? Das nämliche Objekt wurde ihm als Requisite aus dem Atelier des Malers Balthus angeboten; „Balthus, der ja bekanntlich immer wieder junge Mädchen gemalt hat, die in kleine Spiegel schauen", wie er belehrt wurde. Eine reizvolle Anekdote, der nicht Glauben schenken zu wollen einem keine Freude machte. Wie schade! Wie schade, wenn sie nur wahr statt spontan erfunden wäre.

Er hätte Lust gehabt, Monsieur Kasmin ein drittes Mal seine Aufwartung zu machen (was er sich dann aber schenkte), einfach aus Neugier, welche Legende ihn dieses Mal zum Kauf hätte überreden sollen, wenn kleine knabenhafte Jungfrauen als Kaufanreiz für eine schön gearbeitete Kostbarkeit (wie es dieses runde Dingelchen war!) nicht schlagkräftig genug gewesen waren? Vielleicht das Gegenteil, schwere, tonnenschwere Kampfmaschinen der Sangeskunst, die es während der Achterbahn einer Arie in Händen gehalten haben sollen, natürlich – wir sind schließlich in Paris – auf der Bühne der Grand Opera?

Nicht alle Händler sind Erzähler, die Taschen mit Geschichten gefüllt, mit dem Glück und Unglück von Menschen, mit Gold und Tränen, Schicksalen und Skandalen, den Resten großer Passionen, aber für die, die es sind, gehört es sich, für welches Objekt auch immer (einen Fächer, eine Schale oder auch nur irgendein Möbel) mindestens vier, fünf prominente Namen abrufbereit im Gedächtnis zu haben, je nach Nationalität (oder Naivität) des Interessenten. Alles eine Frage der rhetorischen Begabung, der Geduld, der Intuition, den Charakter eines Kunden oder, vice versa, den eines Händlers richtig einzuschätzen; und der darf alles tun, nur eines nicht: den Verdacht aufkommen lassen, etwas verhökern zu wollen.

Beethoven-Statue des Bildhauers Francesco Jerace (1895) im Innenhof des Konservatoriums „San Pietro a Majella“ in Neapel

Nicht jeder seiner Kunden war ein Sammler; und nicht jeder Sammler unbedingt ein Mann mit Kenntnissen. Er konnte einen Angeber von einem Hasardeur unterscheiden, war aber oft unsicher, ob einer, der dabei war, den ganzen Laden auf den Kopf zu stellen, nicht einfach nur einer jener Verrückten war, die hofften, bei ihm einen Rembrandt zu Tage fördern zu können. Seriöse Sammler erkannte er an der Freundlichkeit, die sie ausstrahlten. Es waren beeindruckende, eher bescheiden auftretende Persönlichkeiten, bei denen es nicht leicht war herauszufinden, wie viel sie wissen – und welches Risiko sie einzugehen bereit waren! Sie blieben in der Defensive, hörten lieber zu als selbst zu reden – es sei denn, sie liefen einem Leidensgenossen über den Weg und genossen es, sich über die Gefahren auszutauschen, die das Sammeln erzeugen kann, vergleichbar der Abhängigkeit eines Süchtigen, nur dass die Droge eine seltene Handschrift war, ein Fetisch aus dem Kongo oder eine persische Miniatur, die besitzen zu müssen nicht nur eine Frage des Geldes war, sondern eine auf Leben und Tod und die, mehr nebenbei, auch noch Ehen zerstören konnte, „fragt sich nur, was einem am Ende mehr zusetzt". Auf jede Erwerbung folgte eine nächste. Ein Hunger, der nicht zu stillen war. Und schließlich: wohin damit?

Eine Schwäche, falls es eine gibt, entdecken – und gegebenenfalls geschickt ausnutzen, das ist es, was die Sache, die ja auch ein Spiel ist, für beide Parteien psychologisch so spannend macht, ein Spiel mit verdeckten

Karten, das Duell von einem, der etwas hat, und einem, der es haben will. Ein Auge haben, ein angebotenes Objekt lesen, es entziffern, es historisch und ästhetisch bewerten und, wenn das Bankguthaben stimmt, kaufen können! Man kann sich daran so berauschen wie an dem Gegenstand selbst, um den es geht. Allein dafür hatte sich, wie der Friseur fand, der Vormittag gelohnt.

Ganz nebenbei hatte er – für ein paar Kopeken – bei einem Trödler eine Postkarte erstanden, die er Olga zum Geschenk machen würde, die Fotografie einer Beethovenskulptur. Da war er, der ganze mächtige Komponist in Lebensgröße und stummer Wildheit, Stürmen trotzend, die er in seiner Musik so oft selbst entfesselt hatte, den Körper gegen einen grob behauenen Marmorblock gestemmt, die rechte Hand an der Schläfe, die andere, zur Faust geballt, ausgestreckt auf dem Stein liegend, die Augen geschlossen, was nicht hieß, dass man seinen Blick nicht spürte; und der war – wie nicht anders zu erwarten – zu allem entschlossen. Das Original findet sich, wie auf der Rückseite der Karte auf Italienisch vermerkt, im Innenhof der Akademie für Musik in Neapel.

Beethoven in Neapel? Olga reagierte amüsiert.

Okay, er ist der Boss! Beethoven ist der Boss, auch für uns Russen. Aber die Italiener sind da anders. Sie lieben mehr als alles andere die Oper. Und keine Musik mehr als die Verdis. Sie schmeichelt ihrer Eitelkeit. Sie schmeichelt all jenen Gefühlen, deren sie sich nie ganz sicher sein können, es sei denn, Verdi spielt auf; ihrem

Gefühl für Leidenschaft, den patriotischen Kampf, die Macht der Liebe. Ob ihn die Studenten da hingestellt hatten?

Sie schaute sich die Karte noch einmal genau an. Irgendwie komisch, trotzdem. Beethoven im Schatten unter Palmen. Hast du eine Erklärung dafür? Das ist ja wie Verdi als Denkmal im Garten des Bayreuther Festspielhauses.

Ich hätte eine. Kleiner Austausch von Geschenken. Verdi nach Berlin in die Reichskanzlei, Beethoven, wo er hingehört, in Sicht-, wenn nicht Reichweite eines Vulkans.

Was politisch leider wirkungslos blieb, lachte Olga, gab ihrem geliebten Beethoven einen Kuss und versprach, der Karte einen Ehrenplatz in ihrem Geigenkasten einräumen zu wollen. Ich nehme ihn einfach mit auf Reisen.

Immer wieder dachte sie nach und blieb doch unschlüssig. Wie viel Gepäck war nötig? Ein Koffer und praktischerweise dazu noch eine Tasche oder doch zwei Koffer? Sollte sie mit nur einer Geige reisen oder vielleicht doch besser mit zwei? Und welches Notenmaterial einpacken? Was von alldem, was sie im Schrank hängen hatte, aussuchen? Das Zeug war nicht einfach zu verstauen; wie auch die Bücher nicht, von denen sie sich eine Auswahl bereits beiseite gelegt hatte. Ob da zwei Koffer überhaupt reichten? In jedem Fall würde sie sich den Arm ausrenken oder, auch nicht gerade vorteilhaft, mit Muskelkater musizieren müssen.

Um wenigstens eines der Probleme zu lösen, rief sie ihre Mamunja an, ihre Mutter, weil sie unschlüssig war, ob sie Zugaben spielen sollte, und wenn, welche?

Wenn sie nicht alle eingeschlafen sind, natürlich Zugaben, war ihre Antwort. Mach ihnen die Freude. Mach die Menschen glücklich. Was haben sie sonst?

Es war immer heikel gewesen, mit der Mutter über Musik zu sprechen. Olga spielte gern groß auf, mit vollem Bogen, was ihr lag, ihrer Mutter aber musikalisch nicht immer angemessen erschien. Olga schreckte nicht einmal vor Paganini zurück (an den sie tatsächlich dachte, was die Zugaben betraf, den sie aber mit keinem Wort erwähnte, weil es sofort Streit gab, schon bei der Erwähnung seines Namens). Sie kriegten sich dann immer mächtig in die Haare. Und weil beide gleich temperamentvoll waren, fielen deutliche Worte – und am Ende waren beide traurig. Sie saßen still da, jede enttäuscht von sich selbst, und nicht selten flossen Tränen.

Das Einfache, mein Kind, ist schwieriger zu spielen als alles, was dieser menschlich wie musikalisch unverschämte Teufel komponiert hat. Sie sprach tatsächlich wie mit einem Kind. Spiel ihnen ein Wiegenlied, ein Volkslied. Zeig ihnen nicht, was du kannst. Zeig ihnen das Vertrauen, das du in die Menschen hast, die dir zuhören. Musik klingt nicht nur, sie redet. Also rede mit ihnen. Sag ihnen, wer sie sind, was sie können, was Freude ist, wie wichtig sie ist. Im Publikum sitzt ein Junge, der in weniger als zehn Jahren ein großer Tänzer sein wird. Mach ihm Mut. Mach dem Mädchen, das dir zuhört, Mut, ihrem Freund, der nichts taugt, den Laufpass zu geben. Natürlich kommt es auf das Klavier an. Ich habe noch keines erlebt, das nicht verstimmt gewesen wäre.

Dann rief sie reihum ihre Freunde an. Ist dir das schon mal passiert? Du hast ein Buch gelesen, das du auch dann nicht aus der Hand legen konntest, als du durch warst. Du liest es noch einmal und noch einmal, obwohl du es inzwischen in- und auswendig kennst.

Der Stapel Bücher wurde eher noch höher. Jeder hatte einen anderen Vorschlag.

Olga stand eine Tournee in den Osten bevor, in irgendwelche Provinznester, was ein Befehl der Partei war, wo sie vor Funktionären und Fabrikarbeitern, Bauern und Fischern, Schulkindern und Teppichhändlern spielen würde, die sie, die Bürgermeister mit Blumen, die Kinder mit einem Lied, die Bauern mit selbst gebrannten Schnäpsen oder Gläsern mit eingelegten Gurken, überall überreich beschenkten. Es war unmöglich, dieser Dankbarkeit zu entkommen und sie nicht zu erwidern, auch wenn es eine lästige, vor allem kräftezehrende Sache war, eine von höchster Stelle angeordnete Schikane gegen Künstler, die als politisch unzuverlässig galten oder, wie in ihrem Fall, einen Antrag auf Ausreise nach Israel gestellt hatten.

Sie war vorgeladen und ins Kreuzverhör genommen worden.

Sie wollen ins Ausland, korrekt?

Ich will dahin, wo ich hingehöre, nach Israel. Ich bin Jüdin.

Jüdin! Eine bittere Pille. Schon das Wort schien bei ihm Übelkeit auszulösen.

Eine in der Sowjetunion geborene Jüdin, ja.

Dann glauben Sie an Gott, korrekt?

Ja!

Und gehen in die Kirche, korrekt?

Ich bete zu ihm!

Sie beten zu einem Gott, der offenbar nicht die Macht hat – oder soll ich sagen, nicht genug Verstand besitzt? –, um die Menschen glücklich zu machen. Wer ist er? Und wo? Gibt Gott denen, die hungern, zu essen?

Er gibt mehr. Er gibt Hoffnung.

Er schaute durch den in einem Sonnenstrahl tanzenden Staub auf seine wund gekauten Fingernägel. Das fromme russische Volk braucht Ihren Gott nicht.

Olga war unzufrieden mit sich. Sie hätte sich auf dieses Thema gar nicht erst einlassen dürfen – und gab sich selbst die Schuld. Sie hätte es wissen müssen. Es war nicht ratsam, auf dem Recht der freien Ausübung ihrer Religion zu bestehen. Atheisten waren, was das anging, nicht zimperlich.

Wissen Sie, was ich glaube? Ich glaube Ihnen kein Wort. Und ich sage Ihnen noch etwas, Ihnen, die Sie zu Ihrem Gott beten. Ich sage Ihnen, was Sie in Wahrheit anbeten, nicht das Kreuz, sondern das Geld. Das ist es, was Sie wollen, was jeder, der mir so kommt wie Sie, will. Ans große Geld kommen. Reich werden. Geld scheffeln.

Olga sagte nichts. Es tat nur weh, was sie hörte.

Was ja an sich kein Verbrechen ist, gab sich der Beamte versöhnlich. Geld ist gut. Wir alle geben unser Bestes, um entlohnt zu werden. Aber Geld gehört allen, allen zu gleichen Teilen. Sagen Sie das Ihrem Gott. Es gehört sich nicht, nicht teilen zu wollen. Hat man Ihnen das nicht schon im Kindergarten beigebracht? Er fing an, das Lied vom Kosakenrebellen Stenka Rasin zu summen, ein Lied, das jedes Kind in Russland auswendig kennt, Olga natürlich auch.

Sie tat so, als ginge sie das alles nichts an. Ein Lied, ja, ein wenig traurig wie alle Lieder über die Liebe, auch wenn Rasin die Geliebte, eine persische Prinzessin, nachdem er sie besessen hatte, mehr patriotisch als romantisch in die Wolga warf, wo sie ertrank. Alles gehört allen, hatte er gepredigt, das Gold allen, die Geliebte allen, auch dem Tod.

Die Beute teilen! Ist das nicht, wollte der Beamte von Olga wissen, immer noch eine gute Sache?

Olga, ungehorsam wie sie war, schwieg.

Er versuchte, sich zu entspannen, bevor er seine Schlussfolgerung abfeuerte, was einfach darauf hinauslief, dass er sich einen Blick aus dem Fenster gönnte. Es zu öffnen war vor dem Sommer nicht ratsam; und war er da, waren die Fliegen das Problem, die es auf ihn abgesehen hatten. Er fühlte sich wie eingesperrt. Und so wirkte er auch auf Olga, wie ein Gefangener. Schon als Kind waren sie hinter ihm her gewesen, Stechmücken, Fliegen, Hornissen, und das nicht nur auf dem Land. Selbst Flöhe hatten die unheimliche Gabe, sich ausschließlich ihn, unter allen in seiner Umgebung nur immer ihn, als Opfer auszusuchen. Eine Blutvergiftung, als er sechzehn war, hätte ihn fast das Leben gekostet. Noch heute bekam er Ausschläge, wenn er das Geräusch einer Fliege im Anflug nur hörte.

Sie wollen also nach Israel! Und von dort, von Israel aus – er holte tief Luft – schnurstracks nach Amerika! Hab ich recht? Würde mich nicht wundern, wenn es da nicht einen Zusammenhang geben sollte.

Olga blieb dabei, sich auf keine weitere Unterhaltung darüber einzulassen. Sie wollte leben, in Freiheit, sich zuliebe, ihrer Musik zuliebe. Außerdem kannte sie das alles. Alles stand mit allem in Zusammenhang, also war jeder, was immer er tat oder sagte oder nicht sagte, was so viel hieß, dass er, weil er nichts sagte, etwas verschwieg, verdächtig. Das Große Kommunistische Trauma, Grundprinzip jeder Verschwörungstheorie.

Ach so, sagte der Beamte, ich habe Ihnen gar nichts angeboten. Wollen Sie vielleicht etwas trinken? Wasser? Kaffee?

Olga sagte selbst dazu nichts.

Er verstand nicht. Ist Ihnen nicht gut?

Keine Reaktion, nicht ein Lidschlag.

Oder einen Cognac?

Das Gespräch lief, wie der Beamte fand, ganz und gar zufriedenstellend. Sie spielte die geistesabwesend Selbstbewusste, eine Künstlerin, nicht ganz von dieser

Welt. Dem werde ich, nahm er sich vor, leider ein Ende setzen müssen.

Das hier ist Ihr Antrag. Er hielt das ihr bekannte Schriftstück in die Luft. Korrekt?

Verletzung des Menschenrechts auf Meinungsfreiheit, ging es Olga durch den Kopf, Verweigerung des Rechts auf Freizügigkeit, zu gehen, wohin man will, zu reisen und auch, wenn es Gründe dafür gab, zurückzukommen. Er ist kein Jude, dachte sie, er weiß nicht, was Ruhelosigkeit ist. Was für ein schlechter Witz! Und ein blutiger dazu. In einem schlechten blutigen Witz gefangen, einer Idee zuliebe, die Millionen einfacher Russen das Leben gekostet hat. Fällt es da noch groß ins Gewicht, was mit ihr und ihresgleichen geschah?

Sind Sie sich im Klaren darüber, was das für Folgen für Sie haben kann?

Was er nicht herzeigte, war eine Art Dossier, das alles enthielt, dessen man sie notfalls beschuldigen könnte. Besuche von oder Mitwirkung an Konzerten, die nicht angemeldet, also auch nicht genehmigt worden waren, besonders solcher Konzerte, die erfahrungsgemäß ohnehin nicht genehmigt werden, die der modernen, der experimentellen, der gerade eben erst komponierten Musik gewidmet waren, einer Musik, deren formalistische, antinationale und, laut Parteibeschluss, „zur Vernichtung der Musik führende Tendenzen" in immer neuen, schärferen Parteiresolutionen missbilligt wurden. Olga war wegen heftiger und demonstrativ stimmgewaltiger Zustimmung immer wieder aufgefallen und von im Publikum anwesenden Spitzeln auch fotografiert worden. Begeisterung, wenn nicht gar regelrecht frenetische Gefühlsausbrüche erfüllten den Straftatbestand einer antisowjetischen Tätigkeit; und sicher standen auf dem Papier auch die Namen und Adressen ihrer Clique – und natürlich auch Eintragungen, ihre Mutter betreffend; sie stand schon seinerzeit im Verdacht, den Kreml stürmen zu wollen, als sie, obwohl hoch schwanger mit Olgas älterer Schwester Anna, extra nach Moskau gefahren war, um Schostakowitschs Oper *Lady Macbeth von Mzensk* hören zu können, das einzige Mal übrigens, dass sie Stalin (den Georgier, wie sie ihn abschätzig nannte) gesehen hatte, der die Aufführung in einer Loge sitzend verfolgte und das Werk, das sie rücksichtslos bejubelt hatte, mit der Bemerkung kommentiert haben soll: Eta sumbur, a nje musyka – Das ist Blödsinn und keine Musik! Eine scharfe Kritik, ein für den Komponisten lebensgefährliches Urteil.

Olga gegenüber saß ein stämmiger, etwa vierzigjähriger Mensch in einem zweireihigen, schlecht sitzenden, weil viel zu eng geschnittenen Anzug, in dem sich wohlzufühlen er, wie sie sah, seine Schwierigkeiten zu haben schien; zu viel Muskelmasse, was die ganze Quälerei aber offenbar wettmachte! Die Muskeln spielen lassen war genau das, worauf er jetzt Lust hatte. Ein Beamter des Kulturministeriums, der Olga von oben bis unten und in aller Ruhe anschaute und dann mit gespielter Ratlosigkeit den Kopf schüttelte. Zu anderer Stunde an einem anderen Ort hätte er ihr, vorausgesetzt, was er sah, hätte sein Interesse geweckt, den Besuch einer Bar vorgeschlagen. Aber statt eines lässigen Lächelns, das als Vorbereitung einer Verführung hätte durchgehen können, sah sie etwas anderes, die Gewissheit eines anderen Triumphs, seine jetzt ganz offen zur Schau gestellte Genugtuung, über jeden, der ihm in seinem Büro gegenübersaß, Macht ausüben zu können, besonders über jene Sorte von Kunstschaffenden, deren nur scheinbar naives, in Wahrheit aber arrogantes Auftreten ihm so verhasst war.

Er hatte so ein Exemplar in seiner Verwandtschaft, dem er bei jeder Hochzeit oder Beerdigung, wenn ein Zusammentreffen unvermeidlich war und er, auf dem besten Weg betrunken zu werden, am liebsten die Fresse poliert hätte. Ein politischer Opportunist, der sich ihm gegenüber benahm, als stellte er seine Befähigung in Zweifel, einem Gespräch mit einem angehenden Angehörigen einer Abteilung für Propaganda und Agitation beim ZK auf angemessenem Niveau folgen zu können; dabei waren sie fast so etwas wie Kollegen, eine für beide offenbar beunruhigende Nähe, die sie aggressiv machte.

Ich kenne genug dieser Burschen, dachte er, die hinter Vergünstigungen her waren, hinter jedem, der einflussreich genug war, sie ihnen zu verschaffen. Wenn die Wahrheit reden könnte! Und die Wahrheit war, dass er diese Kerle beneidete, aber noch mehr hasste er sie alle. Ein guter Job war für Typen wie ihn einer, der – sein einzig wahres Interesse an Politik – Auslandsreisen einschloss, weshalb er sich auch für diese Karriere entschieden hatte. Internationaler Kulturaustausch, Reisen sowjetischer Künstler in Länder befreundeter Staaten – und, wenn möglich, auch in Länder unserer Feinde, im Gewahrsam sozusagen von politisch verlässlichen, linientreuen Funktionären. Die Mobilmachung der Kunst zur Verbreitung der Ideologie und zur Unterstützung der Propaganda war „eine Sache von höchster staatlicher Bedeutung“. Er wusste wohl selbst nicht, ob er die eigenen oder fremde Lügen nachplapperte. In seiner Verlogenheit ging der Kerl sogar so weit, sich als Freund der Künste aufzuspielen, dabei würde er viel lieber über alle Grenzen hinweg Spione jagen; alles zum Ruhm der Sowjetmacht. Er war jetzt in großartiger Stimmung, wie immer, wenn sich die Gelegenheit bot, über sich selbst in Begeisterung zu geraten. Seine Stimme überschlug sich fast. Er hatte ein Publikum. Alle, die am Tisch saßen, hingen an seinen Lippen, während man dem Beamten die Mühe ansah, sich zu beherrschen.

Bravo, Kolja, rief jemand vom Brauttisch herüber, du bist mir einer.

Und was er für einer war. Er würde, dachte der Beamte, auch einen guten Kriminellen abgeben – wenn er nicht bereits einer war. Es war, als gäbe es kein Hochzeitspaar, sondern nur ihn, Nikolaj Korolenko, der lachend und trinkend über sein zukünftiges Leben schwadronierte. Auf nach Moskau! Mitglied einer „interkulturellen“ Delegation werden, ausgestattet mit einem Pass mit Visa – das war es, was ihm vorschwebte und was er mit einer Hartnäckigkeit anstrebte, die jeden zu einem Rivalen machte, der ihn zweifelhafter Motive verdächtigte – was genau das war, was der Beamte tat, dem zudem missfiel, dass auch seine Frau, eine blonde, sehr magere, in Gesellschaft sonst eher verschlossene Person, diesen gut zehn Jahre jüngeren Himmelstürmer anstrahlte, der allerdings viel zu sehr mit seinen Prahlereien beschäftigt war, um sie wahrzunehmen.

Der Beamte wusste nicht, wie er auf diese Situation reagieren sollte. Was in Gottes Namen war es, was ihn die eigene Frau, die nicht ihn, sondern einen Fremden anlächelte, so jung, so unbeschwert erscheinen ließ?

Ich denke nicht, dass ich mir, was das betrifft, etwas zu Schulden habe kommen lassen, wird sie den Vorwurf zurückweisen, den er ihr, kaum waren sie zuhause, machte. Im übrigen, mein Lieber, weiß ich nicht, wovon du redest.

Das sagte sie immer. Er konnte sich mit allem, was sich an Wut, Bitterkeit und Ratlosigkeit in ihm angestaut hatte, dagegen stemmen, sie sagte es. Sie sagte nie mehr. Sie sagte es mit einer Stimme, die im Ohr Kratzspuren zurücklässt.

Was braucht es mehr, um einen Mann zu ermutigen, durchzudrehen?

Er konnte an die Tür hämmern, die sie von innen verriegelt hatte – und wenn die Nummer nicht zog und ihm nach einer Stunde die Fäuste weh taten, konnte er es sein lassen, unter einem Strahl kalten Wassers ausnüchtern und sich mal wieder mit der Frage beschäftigen, wie man eine Ehe in eine Liebesgeschichte zurückverwandelt und eine Ehefrau in eine Frau, die man noch einmal heiraten würde.

Korolenko war, wie er der versammelten Schar seiner Zuhörer verkündete, nicht nur Stammgast eines Instituts für Fremdsprachen, sondern auch, so oft es seine Zeit erlaubte, in einem Studio für Kampfsportarten aktiv – der klare Fall eines gefährlich fanatischen Individuums, das, falls nötig, unter jedem Kollektiv wegtauchte, den meisten unter den Künstlern ähnlich, mit denen es der Beamte zu tun hatte, auch wenn der Kerl da am Tisch weder einen Pinsel noch eine Geige noch auch nur ein Notenblatt richtig herum halten konnte.

Er leerte sein Glas, schenkte sich nach und warf diesem Korolenko einen feindseligen Blick zu, der eine Drohung zu enthalten schien. Ich werde dich, schien sein Blick zu sagen, in welcher Kampfsportart auch immer, in den Schwitzkasten nehmen und dann erledigen. Meine Muskeln sind voll aufgeladene Batterien. Nimm dich in Acht, ich warne dich! Was ich an Kraft aufbieten werde, hält keine Halsschlagader aus, auch deine nicht, Korolenko. Irgendwann passiert es. Ein falsches Wort, und du bist dran, und wenn es bei einer Beerdigung ist; gut möglich, dass es, wenn ich erst einmal die Nerven verliere, auch gleich deine eigene sein wird. Also aufgepasst! Schön auf dem Teppich bleiben. Und schön Fremdsprachen lernen.

Das also waren sie, seine Russen. Nichts wie ins Ausland, und kaum waren sie dort, plünderten sie die Delikatessenläden – oder setzten sich, auf den Geschmack gekommen, gleich ab.

Die hier, die ihm gerade in seinem Büro gegenübersaß, war nicht nur Russin, sondern Jüdin. Richtig wie eine Jüdin allerdings sah sie nicht aus, musste er zugeben, fühlte sich aber, was er über sie und ihresgleichen dachte, im Recht. Es machte ihm kein Kopfzerbrechen, Juden nicht zu mögen. Sie waren ein Problem. Sie waren überall, wo sie lebten, ein Problem. Sie wollen die Welt kaufen. Sie haben das Land, das ihnen nicht gehört, gekauft. Das Gelobte Land, bar bezahlt. Sie werden mit ihrem Geld Amerika kaufen. Sie waren beängstigend begabt für alle Arten von Geschäften, besonders für Geschäfte mit Geld. Das Holz unserer Wälder hat sie reich gemacht, jedes Korn Weizen, jeder Kredit, den sie gewährten. Keine Regierung konnte es sich leisten, sie nicht ernst zu nehmen, noch weniger, sie gewähren zu lassen.

Er hatte sich im Lauf seines ersten Jahres hier mit der Materie vertraut gemacht. Die Ressourcen an Musikern, speziell an Musikern jüdischer Herkunft, waren schier unendlich, weshalb es nicht darauf ankam, ein paar über die Klinge springen zu lassen.

Ich will nicht, dass Sie mich in Ihr Herz schließen, sagte er, ich will nur, dass Sie mir gut zuhören – was die übliche Drohgebärde war. Er saß ganz einfach am längeren Hebel und hätte seinen Text auch im Schlaf aufsagen können – was genau das war, was, wenn ihnen danach war, in heiter bis schwer angetrunkenem Zustand auch Olga und ihre Freunde taten, denen die Phrasen der sowjetischen Bürokratie längst zum Hals heraushingen und die kaum eine Gelegenheit ausließen, die Staatsmacht zu provozieren. Gefährlich oder nicht, machte es einfach Spass (und vertrieb für einen Abend das Gefühl, auf einem Abstellgleis zu leben), eine Festnahme zu riskieren, wenn man sich in aller Öffentlichkeit als, wie es im offiziellen Sprachgebrauch hieß, „sozial unzuverlässiges Element" aufführte; die einzige Freiheit in einem Land der Unfreiheit.

Sie verdanken Ihrem Land alles, alles, Ihre Ausbildung, Ihre Privilegien, Ihre Zukunft.

Zwischendurch telefonierte er. Und fing danach wieder an mit seinen Belehrungen über die Pflicht eines jeden Sowjetmenschen, sich dankbar zu zeigen für die Gunst, im besten Land der Welt die beste Musik der Welt spielen zu dürfen. Wo auch immer! Wir sind ja nicht gerade ein kleines Land! Er lehnte sich in seinem Stuhl zurück, als wolle er Platz schaffen für den Ausblick auf das Riesenreich, von dem er sprach und dem er diente. Er beugte sich danach, jeden Muskel seines Körpers gespannt, wieder nach vorne. Niemand liebt wie wir Russen die Künstler. Unsere Künstler! Unsere Dichter, unsere Musiker, unsere Komponisten und, um auch die nicht zu vergessen, nicht wahr, unsere Wissenschaftler! Alles, worum uns der Rest der Welt beneidet. Entspannen

Sie sich, denken Sie nach. Wir werden das alles schon hinkriegen, gemeinsam.

Er strich sich seine mit einem Stör bedruckte Krawatte glatt.

Olga versuchte sich vorzustellen, was für Bilder an den Wänden seiner Wohnung hingen und was für Musik auf seinem Plattenteller lag. Ob er welche hörte? Etwas anderes als Militärmusik und Volkslieder? Hörte er in seinen eigenen vier Wänden, einem nostalgischen Hang zuliebe, vielleicht – wie so viele – die offiziell verbotenen Platten mit den scharfen alten Ganovenchansons, vor allem die aus den Hafenkneipen in Odessa, die nie im Radio gespielt wurden, aber unglaublich populär waren, auch bei denen, die sie auf den Index gesetzt hatten? Nach Olgas Informationen war es die Schwester von Parteichef Breschnew, die über diese Barden, allesamt kleine Kriminelle, aber große Trinker, ihre schützende Hand hielt. Las er Bücher, und welche? Welche Empfindungen löste es in einem Mann wie ihm aus, wenn Schnee fiel? War das russischer Schnee? Oder einfach, wenn man nur lange genug zuschaute, Glück? Es gibt Musik, dachte Olga, die wie eine nur durch Schneeflocken beschienene Dunkelheit klingt. Und sie beißt sich die Zähne daran aus, sie auf der Geige so hinzukriegen, wie es sein muss: Kaum zu hören, in der richtigen Temperatur, leicht und kalt, weich und klar. Wie Flocken, die Eiskristalle sind. Einmal hat sie einer, mit dem sie gerade geschlafen hatte, gefragt, woran sie denke. Sie waren gerade auseinander gerollt. Woran? An

Schuberts C-Dur Fantasie und warum es mir nicht gelingt, den Bogen wie Schnee auf die Saite fallen zu lassen. Ich habe gestern den ganzen Nachmittag damit zugebracht, diese eine vertrackte Stelle hinzukriegen.

Der Beamte warf einen Blick auf den Stapel auf seinem Tisch liegender Papiere, machte sich ein paar Notizen und schaute die Bittstellerin an in der Hoffnung, die kleine Pause und seine Worte hätten Wirkung gezeigt. Das war eindeutig nicht der Fall, wie er sah. Er hustete in sein Taschentuch, streckte sich und nickte verdrossen vor sich hin. Er hatte schlecht geschlafen, sich beim Rasieren geschnitten und sich beim Frühstück über die Laune seiner Frau geärgert. Die ganze Fahrt bis zum Ministerium dachte er nach, was er ihr angetan haben könnte. Als er durch die Korridore zu seinem Büro ging und von kaum einem seiner Kollegen unterwegs gegrüßt wurde, dämmerte es ihm. Natürlich war der sechste Sinn seiner Frau wieder einmal seiner Erkenntnis zuvorgekommen, und die lautete: In der Provinz war er ein Halbgott gewesen und hier, nach seiner Beförderung, ein Niemand.

Er hatte nicht einmal einen der kubanischen Ventilatoren abbekommen.

Was Sie da von uns verlangen, ist Verrat! Verrat an unserer Heimat! Sie werden, mein gutes Kind, verstehen, dass …

Oh ja, Olga war, auch wenn sie, für jeden, auch für ihn, gut sichtbar, kein Kind mehr war, nicht dumm, sie verstand sehr gut – aber sie blieb stumm; zumindest drohte ihr, immerhin das war inzwischen Vergangenheit, selbst bei einer Weigerung, das Ausreisegesuch zurückzuziehen, kein Aufenthalt in der Lubjanka mehr oder die Verschickung in eines der vielen und zu Recht berüchtigten Umerziehungslager.

Sie zeigte dem Friseur die Route auf der Landkarte, Komsomolsk, Bikin, kleine, auf der Karte kaum auszumachende Pünktchen. Und hier, das da, das ist Wladiwostok! Das Meer. Endstation! Alle aussteigen! Selbst die Transsibirische Eisenbahn hat endlich genug! Und das da, sagte sie, das da unten, und deutete auf einen Punkt direkt an der Landspitze, das ist Nachodka, die Höchststrafe! Niemandsland, Einöde, der ferne ferne Osten, zehntausend Kilometer. Das musste jedem wie eine Verbannung erscheinen. Sie hat es, bevor sie es selbst erlebte, von ihrer Mutter erzählt bekommen, die das alles, noch unter Stalin, als junge Frau mitgemacht hatte. Da auftreten zu müssen, macht einen nicht nur wegen der Armut der Leute und ihrer Liebe zu allem, was singt und klingt, traurig, sondern auch wegen der für Musiker ganz praktischen Bedürfnisse dort. Im Haus der Kultur haben sie einen kleinen Konzertsaal, in dem sich nicht einmal Fledermäuse akustisch zurecht finden könnten. Auf dem Podium haben sie ein altersschwaches Klavier stehen, das keine Pedale hat. Ein Notenständer, der nicht kaputt ist, ist hier unbekannt. Es gibt kein Notenmaterial. Es gibt zu wenig Proben. Immer wieder fällt die Heizung aus; die Instrumente frieren, das Holz bleibt stumpf, die Saiten klingen nicht.

Es ist so kalt, dass die Vögel, um nicht zu erfrieren, in Menschenhänden Schutz suchen. Die Leute trinken, um es warm zu haben; sie trinken sich betrunken, warum nicht? Weshalb mit dem Trinken aufhören, wenn es auch tagsüber nie richtig hell wird? Wie soll man da Musik machen? Und dann der Geruch! Wo man hinkommt, riecht es nach Desinfektionsmitteln. Aber klar, sie schicken uns ja nicht in die Ferien in die Sommerfrische, sondern spät im Jahr, bei Eis und Schnee, ans Ende der Welt. Ein Ende ohne Sonne. Von hier gehen Schiffe nach Japan ab.

Da, sagte sie, schau! Siehst du?

Tatsächlich! Von Nachodka aus, ein wenig die Küste hoch, lag das Städtchen Olga. Sie entdeckte es auf der Karte selbst zum ersten Mal.

Es wird mir, bemerkte sie, ein Vergnügen sein, unser beider Namen Ehre zu machen.

Es lag nicht sehr viel Hoffnung in ihrer Stimme.

Wer lebt dort?

Niemand.

Niemand?

Menschen, die schweigen.

Vor seiner Abreise gab sie, eigens ihm zu Ehren, im Haus ihrer Mutter, die sie auf dem Klavier begleitete, ein kleines Konzert, irgendwelche Sonaten.

Ach, Olga! Sie stand, wie man so sagt, gut im Futter, aber was machte das, wenn sie spielte – und wie sie spielte. Da stand eine schöne junge Frau, die kurz geschnittenen Haare schwarz, ihr Mund in Bewegung, ihr ganzer Körper auf den Kampf konzentriert, mit der Kleinigkeit einer aus Holz gefertigten Geige fertig zu werden. Ihr stämmiger Körperbau schien also nichts weiter zu sein als die erste nötige Voraussetzung für ein machtvolles, sicheres Aufspielen – und der Bogen, dieses Vögelchen, gab ihr die Hoffnung zurück, die sie sonst wahrscheinlich aufgegeben hätte. Die Musik jedenfalls schien gut aufgehoben unter dem Schutz ihrer Körperwärme. Sie war in ihrem Element. Alles an ihr war jetzt noch russischer. Man kam, obwohl bequem auf einem Stuhl sitzend und ihr zuhörend, weit herum in ihrem Land.

Obwohl er kein Wort verstand, musste sie mit ihm Russisch reden, wobei ihr gefiel, dass sich, wenn er den Sinn ihrer Worte zu verstehen versuchte, die Farbe seiner Augen veränderte. Es kam ein bläuliches Schimmern zum Vorschein wie das jenes Mantels, der im Hotelzimmer auf ihn wartete.

Olga sollte Kinder haben (und die bekam sie dann ja auch). Sie sollte einen guten Menschen zum Mann bekommen (auch das erfüllte sich). Ohne ihn zu lieben, würde Olga doch maßgeblich an seinem Glück mitwirken wollen; und das, ganz wie es ihre Art war, im Stil einer Alleinherrscherin. Wehe, irgendwer käme ihr dabei in die Quere. Sie würde kämpfen. Sie würde, wie sie es auf jeder Konzertbühne tat, ihre Krallen zeigen. Wie rücksichtslos sie sein konnte! Und wie unterhaltsam! Auf sich oder auf andere, auf wen auch immer,

Rücksicht zu nehmen, hielt sie für Zeitverschwendung, weshalb es in jedem Fall besser und gesünder war, sich ihrer Energie zu ergeben. Immer war sie in Eile, auch wenn sie keine Verabredungen, keine Proben oder sonstige Termine hatte – und war doch nie pünktlich. Atemlos nahm sie Platz, atemlos rannte sie weiter. Sie bat um eine Zigarette und drückte sie nach dem ersten Zug aus. Dass sie nervös sei, hätte sie abgestritten. Wie sie auch abstritt, ein großes romantisches Kind geblieben zu sein. Aber kratze an ihr – und es kommt zum Vorschein. Man konnte ihr, was sie dann dachte, an den Augen ablesen. Hüte dich, mir das Wichtigste zu nehmen, die Musik. Mische dich nicht in meine Zeit ein – und nicht in meine Finger (die sie auf ihrer Italienerin, wie sie ihre Geige nannte, lebendig machen). Bleib, wo du bist. Denk an mich, das ist nah genug.

Sie konnte einen zu Tränen rühren, wenn sie traurig war; aber das wusste sie natürlich, und war deshalb gern traurig. Am wohlsten fühlte sie sich, wenn sie alle mit ihrer Traurigkeit anstecken konnte, einem Gefühl, das sie ausgelassener genoss als alle Fröhlichkeit.

Ich habe, nachdem ich eingeschlafen war, lange nachgedacht. Mit so einem Satz konnte sie einem um den Hals fallen. Man kam nicht dahinter, wie alles, was sie war, mit dem, was sie sagte, zusammenpasste.

Ach Olga, du schwierige zitternde Seele!

Vergiss mich nicht, schrieb sie, schreib bitte, schreib und bedenke dabei, dass ich wider Willen in einem fremden Land lebe und dringend des Umgangs mit

Menschen bedarf, und sei es nur schriftlich. Das ist nicht von mir, das hat der wunderbare Dichter Tschechow einem Freund geschrieben, aber ich bin es, ich Olga, die dich bittet, es zu tun. Schreib mir Briefe, viele lange lange Briefe, auch wenn sie nicht ankommen.

Sie hatte eine Heidenangst, kompliziert zu wirken – weshalb sie auch bei jeder Gelegenheit so gern ‚Es ist doch alles ganz einfach!' sagte. Und wie unschuldig sie einen anschauen konnte, wenn sie nicht Recht bekam, und das insgeheim auch einsah. Aber sich geschlagen geben? Nie! Es gab andere Gedanken. Es gab andere Wörter. Es gab Geheimnisse. Olga, und einfach? Sie war selbst für die Zubereitung einer einfachen Speise zu kompliziert.

Sie waren gerne Freunde, die beiden. Sie schenkten sich nichts. Was für ein Vergnügen, Olga mit Sätzen zu reizen, die sie sich mit mürrischem Gesicht anhörte, um ihm dann, ein wenig verwirrt, ein wenig traurig, ein wenig gelangweilt, vorzuhalten, wie vergeblich es sei, einem Nichtrussen die Seele eines Volkes verständlich zu machen, das sich selbst nicht versteht. Er verachtete Wodka und Rachmaninow, was bei ihr auf völliges Unverständnis stieß, übrigens auch bei einigen verschwenderisch mit Puder und Parfum imprägnierten älteren Damen, die ebenfalls zum Hauskonzert geladen waren und sich beim anschließenden Imbiss als eher durstig als hungrig herausstellten. Dagegen hielt sie Tolstoj für überschätzt, Anna Karenina für ein schlechtes Buch und Anna K. für eine Nervensäge.

Der Pelzmantel, gottlob, gefiel beiden.

Und so ließ er Olga, mit vollem Namen Olga Ekatarina Isidora Tschitschkova, im Land des Reichtums und der Armut zurück, im Land uralten Glaubens, der Balalaikas und viel zu vieler roter Fahnen.

Sie vergoss ihm zuliebe keine Träne.

Sie war glücklich.

Kaum wieder zu Kamm und Schere zurückgekehrt, erreichte den Friseur ein Brief, aber nicht von Olga, sondern von jenem stillen freundlichen Mann, einem Ingenieur aus der Ukraine, einem Techniker für Landmaschinen, der gut genug Deutsch sprach, um sich mit ihm unterhalten zu können, wovon sie zu ihrer gegenseitigen Freude dann auch ausgiebig Gebrauch machten. Sie hatten während der Zugfahrt nicht nur ihren Reiseproviant geteilt, sondern auch eine Flasche nicht gerade erstklassigen Rotwein.

Er schrieb:

„Zu Ihrer Olga habe ich nachgeschaut. Folgendes vielleicht von Interesse oder nicht.

Name Chichkov ist aus Spitznamen „Chichko“ gebildet. Nach einer Version wird es auf umgangssprachliche Verb „Chichkat“ (verwelken, verdorren) basiert. Es ist möglich, dass der Spitzname Chichko kränkliche Menschen trugen.

Nach einer anderen Hypothese stammt Spitzname „Chichko“ aus dem Dialektwort „Chicha“, das im Olonez Dialekt „Schwester“ bedeutet. Es ist wahrscheinlich, dass der Spitzname Chichko ein Junge trug, der von einer älteren Schwester erzogen wurde.

Es ist auch möglich, dass der Spitzname von der ukrainischen Chichko Wort „Cheech“ kommt – als „Sumpf Heu“. So könnte ein armer Mann oder jemand, der in den Niederungen, sumpfigen Gelände lebte, aufgerufen werden.

Schließlich können wir nicht ausschließen, dass der Spitzname Chichko aus dem ukrainischen Wort „chichka“ – „Blume“ stammt. In diesem Fall könnte so einer angenehmer, netter Mann, oder derjenige, der Blumen züchtete, genannt werde. „Chichko“ bekam schließlich den Namen Chichkov.“

Und noch etwas stand da: „Nach Notlandung mit Flugzeug vor einem Jahr war Zug eine schöne Sache mit Ihnen. Wäre auch schon auf Wolga bald ertrunken. Nicht nur Politik, Sie sehen, ist bei uns gefährlich.

Sie haben mich Russe angesprochen. Eine Bitte. Ich bin nicht Russe. Ich bin aus Ukraine. Es ist ein Schmerz, aber wie sollen Sie alles das verstehen. Gott mit Ihnen. Gott schenke Ihnen das Himmelreich.“

Eine unlesbare, aber schwungvolle Unterschrift nahm den Rest des Papiers ein.

Aus welchen Gründen auch immer war auf dem Brief keine Adresse angegeben.

Es ging dem Friseur lange nicht aus dem Kopf. Ein Wort für Blume – und für verwelken, verdorren auch. Ein Wort für einen Jungen und eine Schwester, ein Wort nur.

Rätselhaft!

Der Friseur lässt alle Komplimente, die man ihm macht, gelten, auch ein „Gott, wie süß!“ kann er schlucken; zur Not auch eine Bemerkung wie „Wenn Sie mir das mal verraten wollen, mein Goldjunge, wie man mit so vielen Falten so jung aussehen kann.“ Das geht so die Woche durch.

Es gibt alle Arten von Komplimenten, einfallslose, verunglückte, ängstliche; es gibt die eindeutigen, die kaum hörbar gehauchten, die durch Wiederholung längst lästig gewordenen und die unglaublich naiven, es gibt sie handschriftlich auf der Rückseite ihm zugesteckter Visitenkarten und als nüchterne nackte, in die Rundung gemalter Herzen eingerahmte Telefonnummern auf losen Zetteln, es gibt Komplimente, die wie ein Ständchen klingen, mit dem Unterton einer verzweifelten, flehentlichen Sehnsucht, einer mehr an undankbare Götter als an ihn gerichteten Bitte; auch sie nicht gerade sehr zufriedenstellend, aber immerhin besser als ein Gespräch über das Wetter oder die Karrieren von Schwiegersöhnen.

Seine Gleichgültigkeit könnte nicht größer und sein antrainiertes Talent, sie sich nicht anmerken zu lassen, nicht beeindruckender sein. Er hebt vielleicht beiläufig eine Braue, mehr nicht, und tut dann, was ein Friseur in so einem Fall eben tut, er geht sich die Hände waschen. An ein Kompliment allerdings, ein ganz besonderes, wird er sich immer erinnern. Es hat ihn damals fast kindlich verlegen gemacht, und dafür gebührt Istvánka Báthory-Bernstein, einer mittlerweile wieder in New York lebenden ungarischen Aristokratin, seine innige ewige Umarmung. Was für eine bemerkenswerte Frau! Was für ein Leben, das sie hinter sich gebracht hatte. Krieg, Flucht, Ehen, Affären. Es war ihr Humor, der die Herzen so vieler Männer in Unruhe versetzt hatte. Eine Meisterin der Selbstbeherrschung, wenn sie Gefahr lief, selbst die Ruhe zu verlieren. Der Friseur hatte sie vom ersten Moment an angebetet. Und war schnell auf Gegenliebe gestoßen. Sie sind, hatte sie ihn wissen lassen, was nicht mehr hergestellt wird, ein Mann mit Bouquet.

Und nun das. Er schaut das Mädchen überrascht und verständnislos, ja geradezu verärgert an und wirft den Einhundert-Euro-Schein angewidert in die Luft. Wie immer, wenn er aus dem Rhythmus seiner Gedanken oder eines Gesprächs gerissen wird oder jemand es wagt, ihn mitten in einem bis zum Platzen mit Bosheiten gespickten Wortschwall, zu dem er sich gern hinreißen lässt, zu unterbrechen, bekommt er sofort Kopfschmerzen und gleichzeitig eine wilde Lust, Nikotin zu inhalieren. Er braucht jetzt kein Geld, sondern eine Zigarette. Er braucht Einfälle, keine Geschenke. Er braucht, wenigstens das, frische Luft. Was geht ihn, auch wenn das Geld ihm gehören sollte, dieser lächerliche Lappen an?

Er sucht seine Taschen ab, die Ablagen, die Schubladen, den ganzen Laden – und dabei fallen ihm all die

Packungen wieder ein, die er immer in seinem Tabakladen geholt und in der Eile, in der er immer war, regelmäßig hatte anschreiben lassen.

Er schickt ein Lehrmädchen los, ein betäubend träges, talentloses junges Ding mit einem Haarschopf rot wie eine Pfefferschote; sie soll das Geld, das noch immer vor ihm am Boden liegt, mit Grüßen von ihm abgeben und gleich noch zwei Päckchen für ihn mitbringen.

Die Übergabe des Geldscheins verzögert sich, weil das kleine Geschäft voller Kunden ist, die immer gleiche Gesellschaft, die hier nicht nur ihre Zigaretten und Zeitungen kauft, sondern dabei gleich auch noch, und das in breiter Ruhe, untereinander Neuigkeiten austauscht, und das Lehrmädchen ist nicht gerade eine, deren Auftauchen Männer zum Schweigen bringt. Sie weiß einfach nicht, wie sie sich bemerkbar machen soll.

Seit er heute morgen das Geschäft aufgeschlossen hat, gibt es im Tabakgeschäft nur ein Gesprächsthema, die Wunderheilung des Tabakhändlers. Die Ansichten darüber gehen heftig auseinander, und das nicht nur um des Vergnügens an einem immer willkommenen kleinen Streit willen. Einige sind sprachlos, andere amüsiert, wieder andere auf jene seltsame Weise verärgert, wie man es selbst wäre in einem Fall von Ungehorsam. Gestern war doch noch alles wie immer gewesen, ein Zustand, nicht weiter von Interesse, aber angenehm übersichtlich. Man blieb, wie es eben war, unter sich, stand herum, redete und lachte, jeder seinem Temperament entsprechend.

Es gab Stammkunden, für die der Tabakladen ihr Revier war, ihr zweites Wohnzimmer, Männer unterschiedlichen Alters und mit den verschiedensten Berufen, der harte Kern, verheiratet die meisten und in Rente. Es gab zurückhaltende, sehr höfliche Kunden, die einfach gerne ein wenig mit jemand redeten. Es gab welche, die zuhörten und sich nur hin und wieder in die Gesprächsrunde einmischten. Es gab den Sonderfall eines Kunden, der, ohne dass es weiter störte, immer nur dastand und schwieg, sich aber unentwegt mit einem Taschentuch das Gesicht abwischte. Einen gab es, den man noch nie hatte lachen sehen. Einer, immer herausgeputzt, trat singend ein, obwohl man nicht wußte, ob er einfach nur gerne sang oder getrunken hatte. Aber alles verschmolz miteinander, breit, träge, bequem. Für Überraschungen, für Wunder gar, schien der Tabakladen der denkbar unbrauchbarste Ort.

Und doch! Da schert einer, und das ausgerechnet der Hausherr, im Namen der Liebe einfach aus Gewohnheiten aus, die Männer, wenn sie unter sich sind, für ihr gutes Recht halten, und zu Recht für typisch männlich, also für lebenswichtig. Die Sache kommt in ihren Augen einem Verrat gleich.

Und die Migräne ist weg?

Der Tabakhändler nickt. Weg! Schlagartig!

Gratuliere!

Ach was, sagt Bruno, dem die Bekehrung eines bis

gestern noch vernünftigen und zu jedem Spaß aufgelegten Menschen in einen nagelneuen Asketen nicht recht einleuchten will und der das ganze Gerede darüber für reichlich albernes Zeug hält. Das sind so Geschichten. Ich liebe meine Frau, bei Gott, ich liebe sie, aber meine Bindehautentzündung interessiert das nicht, nicht die Bohne. Er hat ein mit Wurst belegtes Brot mitgebracht, in das er jetzt, von niemandem außer seinem Hund beneidet, hineinbeißt; der knurrt, abgewiesen und verärgert, unterdessen das Tier an, das sich angriffslustig über ihm aufgerichtet hat, ein in einem Regal thronendes ausgestopftes Eichhörnchen.

Sie hat mich geheilt, beteuert Richard, der Tabakhändler, und nimmt einen Schluck aus der mit Leitungswasser gefüllten Plastikflasche; kein Mensch weiß, was er neuerdings damit hat, Wasser zu trinken. Sie hat es mir schwer gemacht, verdammt schwer, aber sie hat es geschafft. Sie hat mich geheilt. Ich bin wieder auf dem Posten. Er dämpft seine Stimme. Die Wahrheit hat mich gesund gemacht.

Hör sich das einer an.

Heiliger Strohsack, ein Heiliger!

In der Tat kann sich niemand erinnern, in einem Tabakgeschäft je einen solchen Satz gehört zu haben. Wenn er tot umgefallen wäre, es hätte sie weniger verwundert.

Sie hat mir die Wahrheit gesagt, wiederholte er. Und seitdem läuft es wieder. Es läuft besser als je zuvor.

Wahrheit? Welche Wahrheit?

Die über mich.

Aha!

Das geht zu weit. Das geht, denken die Männer, weit über jede Hutschnur hinaus zu weit. Der redet, als sei, was er sagt, aus der Bibel oder sonst einem komischen Buch.

Wenn die Stille Geräusche machen kann, dann herrscht hier gerade ein Höllenlärm. Eine Stille, die einige der Männer seltsam verlegen macht.

Sie starren einander mit trüben Gesichtern an, weil sie nicht wagen, den armen Kerl hinter dem Ladentisch anzuschauen, der aller Wahrscheinlichkeit nach, wenigstens hoffen sie das, von all dem, was er da redet, keine Ahnung hat. Sie erwarten, dass er ihnen Rauchwaren verkauft, Schnupftabak, die Zeitung oder Feuerzeuge.

Nicht schlecht, das mit der Wahrheit, sagt Bruno, Polizist Bruno Wallner, einfacher Dienst, nie befördert, und zufrieden damit. Nicht schlecht, selbst wenn sich die Wahrheit dann doch wieder nur als eine Frau entpuppt, die wie alle ist, eine Frau eben.

Ach du mein guter Gott!

Hans hat es mit Gott, auch wenn er ihm die Sache mit seinen Zähnen und, mehr noch, mit den Schmerzen in seinen Händen nicht verzeiht. Aber Gott, der trotz allem Einzige und Gute, ist bei ihm auf die einem Seufzer entsprechende Größe geschrumpft. *Ach du mein guter Gott*, lass mich heil davonkommen, sagt er, wenn er sich ans Steuer setzt, *Ach du mein guter Gott*, Vorsicht, wenn er in der Küche mit einem frisch geschliffenen Messer hantiert, ein besonders saftiges *Ach du mein guter Gott* entfährt ihm, wenn er beim Kartenspiel die falschen Karten auf die Hand bekommt – und ein stilles unausgesprochenes *Ach du mein guter Gott* geht ihm durch den Kopf, wenn er sich in aller gebotenen Heimlichkeit auf den Weg zum Dattelbaum macht, zu dem Mädchen, das seine Enkelin sein könnte. Mit Hut kommt er sich wie ein Herr vor, der nicht Hans ist.

Eine Wahrheit ist wie die andere, sagt er, und alle zusammen sind sie die Erfindung eines Lügners. Zum Teufel damit!

Hans Tillich hat eine Frau, zwei Töchter, Enkelkinder (bedauerlicherweise, wie er findet, kein Junge darunter) – und ist, was die Dominanz all der Weiber in seinem Leben betrifft, ratlos geblieben. Woher den Humor nehmen, das durchzustehen?

Ich bring meiner, wenn nichts mehr hilft, einen Strauß Veilchen mit, sagt Robert, den sie seiner dunklen Haare wegen Roberto nennen, Haare in einer Qualität und Menge, die auf südländische Vorfahren schließen lässt oder, wie Arthur das nennt, „auf samenspendende Quereinsteiger". Roberto ist der Jüngste der Runde, der schwerste Raucher und gerade erst von einer asiatischen Grippe genesen, die ihn fast seine Stimme gekostet hätte. Die ist wie tot vor Glück, wenn ich damit ankomme! Und schon ist Schluss mit dem ewigen Gezänk.

Ich hätte meine Zähne geopfert, sagt der Tabakhändler, und zwar alle meine Zähne, wenn es gegen meine Migräne geholfen hätte.

Hans, der keine mehr hat, klopft sich eine Filterlose

aus dem Päckchen, feuchtet sie der Länge nach mit der Zungenspitze an, schiebt sie sich zwischen die Lippen und lässt sein Zippo aufschnappen. Und was ist mit dem Rheumatismus in meinem rechten Arm? Was ist damit? Und damit? Er hält ihnen seine Hände hin, beide schwer von Arthritis entstellt, die Finger an allen Gelenken knotig verkrümmt. Wer macht mir die wieder gesund?

Das Rauchen sein lassen, Hans, beruhigt ihn Rudi. Einfach aufhören damit. Das wird dann schon wieder.

Hans hat es nicht nur im rechten Arm und in den Händen und keine zweiten Zähne mehr, er hat heute auch seine dritten nicht mit. Vergessen, wie er sagt. Erst habe er nach dem Aufstehen seine Brille nicht gefunden und ohne die das Wasserglas mit seinem Gebiss nicht, und als er dann die Brille endlich gefunden habe, habe er erst einmal was rauchen müssen und darüber die Suche nach dem Gebiss vergessen; Zigaretten habe er aber auch keine mehr gehabt oder in der Aufregung keine gefunden und seine Frau sei zum Einkaufen schon aus dem Haus gewesen, sie, die sonst immer aufpasst, dass er, bevor er die Wohnung verlässt, einen anständig sauberen, ordentlichen Eindruck macht. Sie zieht und zerrt an mir herum wie an einem Kleinkind.

Er raucht, vor sich hin schmatzend, seine Filterlose bis ganz runter und drückt den Rest in den Aschenbecher. Das gibt Ärger, wenn meine Frau vor mir nachhause kommt. Das ist das Schlimmste, eine Frau, die sich für den Mann schämt, der alles vergisst.

Es gibt Schlimmeres.

Schlimmeres als keine Zähne haben und keine richtigen Hände?

Schlimmeres, Hans.

Und das wäre?

Ungleiche Einkommenssituation. Wenn es die Frau ist, die das Geld nachhause bringt. Das kann einen Mann kaputt machen.

Und zwar den ganzen Mann, wie Arthur anmerkt. Das pfeifen die Spatzen vom Dach. Geld kaputt, Schwanz kaputt, Mann kaputt.

Rudi lacht sich tot, und nicht nur er. Typisch Arthur, scharfsinnig wie immer!

Behaupte keiner, dass ich nicht recht habe.

Und wie recht du hast – was das bei weitem Allerschlimmste ist!

Unterhaltet euch mal mit meinem Frauenarzt.

Deinem Frauenarzt? Nicht doch!

Immer mit der Ruhe, Arthur. Nicht durchdrehen. Er schaut aber nicht Arthur an, sondern seinen Hund, dessen Augen, wovon Bruno überzeugt ist, alles verstehen und sogar sprechen können. Ich glaube, du hast Durst. Er sucht den Boden nach der Schale ab, die er hier für seinen Hund deponiert hat. Aber es ist nicht Bruno, sondern sein Hund, der sie hinter einem Packen alter, für den Abtransport zusammengeschnürter Zeitungen entdeckt. Ob Bruno mit seiner Vermutung doch richtig liegt? Gib ihm doch mal, sei so gut, Wasser.

Guter Hund, sagt der Tabakhändler, als er ihm die schnell gefüllte Schale unter die Schnauze schiebt.

Ich kenne zufällig einen, bei mir im Haus, mit dem ich mich manchmal im Treppenhaus unterhalte. Der Mann ist Arzt, aber eigentlich nur damit beschäftigt, Ehen zu retten. Mann kaputt, Frau kaputt. Die Hälfte aller Frauen, mehr als die Hälfte, wie er mir versichert, kommt in seine Praxis, nicht weil bei ihnen, sondern weil bei ihren Männern etwas nicht in Ordnung ist. Frauen, die darben, die sexuell verschimmeln! Die kriegen kaum Luft vor Kummer. Die weinen sich schon im Wartezimmer die Augen aus dem Kopf. Die kriegen nicht mal mehr die Mindestration pro Monat. Und wie quälend lange sie brauchen, um sich ihm anzuvertrauen. Natürlich, sagt er, kommen sie zur Vorsorge, haben irgendwelche Beschwerden oder Unregelmäßigkeiten oder, die jungen Landeier vor allem, Fragen zur Verhütung von Schwangerschaften oder den Verdacht, sich eine Geschlechtskrankheit eingefangen zu haben; und weil sie schon mal da sind, was tun gegen Blähungen? Von wegen Routine! Die Entkleidung einer Frau vor einem Mann ist auch in einer Arztpraxis kein Pappenstiel, noch weniger das Spreizen der Schenkel, aber eben unvermeidbar wie die Berührung, das Abtasten der Brust, das Beschauen und Betasten der Scham. Ah, Scham! Der Doktor schnappte nach Luft. Was für ein Wort! Was für ein schönes altes Wort, das man mit allem, was die Lunge hergibt, singen sollte. Ein Gedankensprung entführte ihn ins Museum und dort vor Gemälde alter Meister, für die die Nacktheit etwas Heiliges war – und, weil verboten, ein Problem. Wie sie malen? Wie sie vor Blicken schützen, auch vor denen der Inquisition? Welche Lösung war geeignet, das Geheimnis zu offenbaren, ohne es zu verletzen? Ein kleines Hündchen? Ach, nein. Der Hauch eines seidenen Tuches? Schon besser! Eine entspannt ruhende Hand? Ein Zweig mit ausreichend Blattwerk? Scham, das Wort einer alten, fremden Welt. Für Frauen allerdings, für die meisten, die mich aufsuchen, ein Fremdwort. Wie sie sich auch, eine wie die andere, geradezu überbieten mit ihrer Ahnungslosigkeit, die Anatomie der Frau betreffend. Ich staune immer wieder über die kläglich unzureichenden Kenntnisse, was den eigenen Körper, insbesondere ihren Unterleib, angeht. Sie wissen einfach nichts. Noch nie gehört, dass die Scheide parallel zur Bauchdecke verläuft, also nach oben. Noch nie gehört, noch nie gefühlt! Ist das nur in der Provinz so? Die denken, sie haben da unten eine Steckdose oder was, einen kleinen kerzengerade in die Eingeweide zielenden Tunnel oder, um einen Ausdruck, den meine Tochter mal nach Hause gebracht hat, zu verwenden: eine Dildo-Garage. Aber nicht einmal mit dem kämen sie klar. Und wo das Ding verstecken? Im Mehl? In den Linsen? Unter den Geranien vor dem Fenster? Die sind schon halb aus der Tür, bevor sie sich ein Herz fassen und endlich mit der Sprache herausrücken. Herr Doktor, noch etwas. Ich weiß nicht, wie ich sagen soll. Was Persönliches. Die vibrieren vor Nervosität. Das ganze Zimmer vibriert. Der Sekundenzeiger kriegt es mit der Angst. Schnittblumen lassen die Köpfe hängen. Eigentlich, sagt er, hatte ich vor, mir das Rauchen abzugewöhnen, ich war fast schon über den Berg damit, aber wie soll einer das durchstehen ohne Glimmstängel, dieses Martyrium, nicht wirklich helfen zu können? Oder soll ich meinen Patientinnen raten, ihre Männer mit Austern zu füttern? Zu Aphrodite zu beten? Mal was auszuprobieren, und sei's nur ein neues aufregendes Parfüm? Sich mit einem längst fälligen Seitensprung aus der Patsche zu helfen? Besser nicht! Vor zwei Jahren wurde ein guter Freund von mir, niedergelassener Arzt wie ich, in seiner Praxis von dem Mann einer seiner Patientinnen über den Haufen geschossen – wegen Verletzung der Intimsphäre, wie er nach seiner Festnahme zu Protokoll gab. Was es zwischen Eheleuten auch immer an Problemen gebe, so sein Argument, gehe keinen Dritten etwas an, auch einen Arzt nicht. Er habe sich in seiner Ehre verletzt gefühlt, in seiner Ehre als Mann. Hört, hört! In seinem Haus wohnen anatolische Türken, ob da was abgefärbt hat? War ihm neben seiner Manneskraft auch der gesunde Menschenverstand flöten gegangen? Dabei war der Mann weder Alkoholiker noch arbeitslos noch Mitglied einer Sekte. Er war auch nicht, vom Medizinischen her gesehen, verrückt. Aber es war dann doch sein Verteidiger, der den Vogel abschoss mit der Bemerkung von einer schwerwiegenden „seelischen Ruhestörung" seines Mandanten. Was sagt man dazu? Ein Mann, durch und durch tot, fühlt sich in seiner Ehre als Mann gekränkt, dreht durch und ballert um sich, und das, weil er sich einbildet, die Hand am Abzug mache ihn wieder lebendig. Er tut alles, damit seine Frau genau das nicht ist, lebendig. Sie soll tot sein wie er. Sie soll ihm wie eine Tote gehören. Er ist kein Mann mehr, also soll sie auch keine Frau mehr sein. Er macht mit ihr, was er will. Und wenn er nichts mit ihr macht, noch besser. Ich sollte mich bewaffnen.

Ich habe ihn gleich danach im Krankenhaus besucht. Es ging schon wieder. Er machte schon wieder, wie üblich, seine Scherze. Schöne Bescherung, was? Die Kugel, von der er glaubte, sie habe ihn tödlich verletzt, hatte nur seinen rechten Oberarm gestreift; eine zweite Kugel durchschoss den Jahreskalender, der an der Wand hing. Der wollte mich wahrscheinlich wirklich umlegen, der Kerl. Und der Grund ist auch klar. Niemand sollte wissen, wie tot er war, wie lange schon, wie vollständig. Es durfte keine Mitwisser geben, nicht außerhalb der eigenen vier Wände. Er hätte damit nicht leben können. Und dann drehte er durch.

Aber etwas anderes, Gerd, sagte er, und es schien ihm sehr ernst. Die Sache hat auch eine gute Seite. Ich habe nämlich, als ich da angeschossen in meinem Blut auf dem Boden lag, etwas herausgefunden, und es ging blitzschnell. Du kennst das sicher auch. Jeder kennt es. Wie ist das, wenn es ans Sterben geht? Woran denkt man? Was ist das letzte Bild, der letzte Gedanke? Wie sieht der Tod aus? Hat er ein Gesicht? Eine Stimme? Ist er ein Mann oder eine Frau? Jetzt weiß ich es.

Ich sah, wie nahe es ihm ging, was da in seinem Kopf war. Er tat mir leid.

Und was war es, an was ich dachte? An meine Mutter! Ich dachte an meine Mutter – oder sie dachte an mich. Ich sah sie. Ich sah meine Mutter, ihr Gesicht und ihre Hände, nur das, ihr Gesicht und die Hände, alles in einem hellen geisterhaften Licht.

Sie war früh gestorben, zu früh; da war er gerade mal zehn. Und sie war lange krank gewesen. Aber er mochte keine Krankenhäuser, auch nicht, wenn seine Mutter drin lag. Und er mochte auch keine kranke Mutter haben. Er hat es nie abgestritten, wie man ihn regelrecht zwingen musste, sie zu besuchen. Wahrscheinlich hat er an das alles gedacht. An etwas, das er nie mehr würde gutmachen könne.

Sein Vater hatte ihm, da war er dreizehn, einen Brief ausgehändigt. An meinen Sohn, stand drauf. Ihr letzter Brief. Nur ein Blatt. *Was ich dich gerne gelehrt hätte* stand da. Vielleicht war sie, als sie das geschrieben hat, schon nicht mehr ganz da, entrückt irgendwie, durch die Wirkung der Medikamente religiös geworden, wenigstens war ihm das so vorgekommen. Jeden Tag ein Gedicht lesen. Geh an keinem Bettler vorbei. Bleib in Übung mit dem Guten. Glaub an die, die dir etwas zutrauen. Beeile dich nicht, erwachsen zu werden. Und noch ein paar Botschaften der gleichen Sorte. Unterschrieben mit: Mir geht es gut, Deine Mama. Die ganze Liste erinnerte ihn an Schule, Hausaufgaben und Zensuren.

Es war Zeit. Die Visite rückte an. Und dann Mittagessen. Und Bettruhe.

Na dann, Kollege, ein halbes Jahr kein Tennis, und nur noch mit schusssicherer Weste aus dem Haus.

Als er mir zum Abschied zuwinkte, fiel es mir wieder auf, und auch das hatte mit seiner Mutter, mit seinem schwierigen Verhältnis zu ihr, zu tun. Ihm fehlte die Hälfte seines linken Mittelfingers. Er hatte sich, um den Plan seiner Mutter zu sabotieren, aus ihm einen Pianisten zu machen, was ja soviel hieß, mit dem Klavierspielen beginnen zu müssen, absichtlich eine Hand verletzt, hatte den Fingerkuppen kleine Stiche mit einer Nagelschere zugefügt – und war zu seiner Freude erfolgreich. Schnell wuchsen sich die Wunden zu Geschwulsten aus, eine Blutvergiftung war die Folge, und die Amputation einer Fingerspitze bis zum mittleren Gelenk war unumgänglich. Natürlich wurde das bereits ins Haus gelieferte Monstrum eines teuren, schwarz glänzenden Flügels umständlich wieder abtransportiert, ein Konzertflügel, nicht nur einfach ein Klavier. Da war er sechs oder sieben und seit diesem Zeitpunkt für seine Mutter eine noch größere Enttäuschung; wenigstens hoffte er das und benahm sich entsprechend. Er fühlte sich am wohlsten, wenn er frech zu ihr war. Ungehorsam war die Garantie, für immer die Last los zu sein, Wünsche erfüllen zu müssen. Es musste, sagte er mir, bitter für sie gewesen sein.

Ob das auch etwas mit der Mutter, seiner toten Mutter, zu tun hatte, dass er dann Medizin studierte? Wollte er Arzt werden, um ihr nahe zu kommen, näher als jemals, näher als zu ihren Lebzeiten jemals möglich?

Wollte er helfen, Menschen zu heilen, deren Krankheit das Unglücklichsein war?

Das Neueste auf der Speisekarte der Wunderdrogen soll *Maca* sein, eine aus Südamerika importierte Knolle, die es in sich hat. Mein Freund, eben jener, der fast hätte dran glauben müssen, gab mir bei meinem letzten Besuch vor einem Monat die Broschüre einer Pharmafirma mit („Zerrieben, mit Mehl versetzt und gebacken, unter den Ureinwohnern in Peru bekannt als Liebesbrot!") und kündigte einen Maca-Selbstversuch an, von dem er mir berichten werde. Also ab in die Küche, ihr Hausfrauen und Hobbyköche, und den Herd aufgedreht! Lang lebe die Libido!

Hätte ich nur auf meinen alten Herrn gehört und Zahnmedizin studiert! Es gibt ja wohl noch keinen wissenschaftlich bewiesenen Zusammenhang zwischen Karies und Samenstau. Oder ich bin da nicht auf dem Laufenden.

Es sei zu ernst, um komisch zu sein. Und manchmal wisse er nicht, wie man es macht, nicht wahnsinnig zu werden. Er sei als Gynäkologe für den Unterleib zuständig, nicht für Unterwäsche. Es fehle bei den meisten Frauen die Einsicht, in ihrem unappetitlichen, bei einigen schon beinahe verwahrlosten Zustand wenig bis gar nicht begehrenswert zu sein, nicht nur für den eigenen Ehemann nicht, aber natürlich erspare er ihnen die Kränkung, sie darauf aufmerksam zu machen. Haben die keine Spiegel zuhause? Keine Nase für Eigengeruch? Keine Augen, die Alarm schlagen?

Die Exemplare sind selten, die sich das Elend einfach nicht mehr bieten lassen, mit einem sexuell restlos inaktiven, einem womöglich bereits irreparabel impotenten Mann das Ehebett teilen zu müssen.

Wollen die nicht, Herr Doktor, oder können sie nicht?

Tja, gnädige Frau, darüber wäre eine Doktorarbeit fällig.

Als ich neulich mit ihm telefonierte, gab es Neuigkeiten. Aha, dachte ich, *Maca!* – und war auf das Resultat seines Selbstversuchs neugierig, aber er klang alles andere als fröhlich.

Ich hab's hingeschmissen, teilte er mir mit. Es ging nicht mehr. Ich hatte es zuletzt nur noch mit Patientinnen zu tun, die mich anhimmelten, aus welchem Grund auch immer. Ich war ja nach dem Attentat auf mich so etwas wie eine Berühmtheit geworden, eine, zugegeben, recht zweifelhafte Berühmtheit. Die Leute waren neugierig. Es kursierten alle möglichen Geschichten über mich, nachdem sich auch die Zeitungen ausgiebig über die Sache ausgelassen und mich in den Status einer lokalen Prominenz erhoben hatten. Sie haben alles, was Druckerschwärze hergibt, aufgeboten, weiß Gott. Da war sogar die Rede von einem Eifersuchtsdrama, als hätte mich der Mann aus Notwehr angeschossen. Sie führten Interviews mit Patientinnen von mir. Druckten Bilder von mir, auf denen ich besonders vorteilhaft aussah, um nicht zu sagen: wie ein Frauenheld. Was das in der Provinz für einen Schaden anrichtet, brauche ich dir nicht zu sagen. Dagegen ist eine Hexenjagd nichts. Die

Männer verboten ihren Frauen, mich weiterhin zu konsultieren, aber die Frauen widersetzten sich. Ich will mir nicht vorstellen, was das für Konsequenzen für das Zusammenleben der Leute hat. Jedenfalls stand die ganze Gegend kopf.

Und ich? Was für eine Wahl hatte ich? Blieb mir etwas anderes übrig, als den Laden dicht zu machen? Die Kugel hat zwar ihr Ziel verfehlt und nur den Arm gestreift, ein Volltreffer war's aber trotzdem. Ein Schuss direkt ins Zentrum meiner beruflichen Existenz, auch in mein Privatleben übrigens. Jetzt kann ich das Haus, das ich gebaut habe, verkaufen. Die Kinder müssen die Schule wechseln, sie verlieren ihre Freunde. Und alles nur, weil bei einem impotenten Arschloch die Sicherung durchgebrannt ist. Ich sollte nicht so reden, entschuldigte er sich. Ein Mann, der seine Potenz verliert, ist ein armer Schlucker und zu bedauern. Er hat Mitleid verdient, zumindest das Mitleid eines Arztes. Und wer weiß, was da die ganze Zeit hinter verschlossenen Türen vorgefallen sein mag. Wenn wir das Schlimmste annehmen, liegen wir wahrscheinlich nicht sehr daneben. Alles aus dem Gleichgewicht, und alles tiefgefroren, jedes Lächeln, jedes Wort, jede Stunde jeden Tages. Eine Eiseskälte, die einen schaudern machen kann. Eine Geisterwelt toter Seelen. Und gleichzeitig Alltag. Vielleicht war es ja auch seine Frau, die zuerst die Nerven verloren hat, ihn beschimpft, ihn mit Vorwürfen gequält und lächerlich gemacht und sich schließlich, in ihrer Verzweiflung und Wut, vor ihn hingestellt und ausgelacht hat, einen Mann, der selbst am meisten unter dem Unglück litt? Eine brutale Abrechnung! Eigentlich kann sie von Glück sagen, dass er offenbar Hemmungen hatte, auf sie abzufeuern.

Die einzige, die aufatmet, ist meine Frau, die das Leben auf dem Land ohnehin nie gemocht und nur der Kinder wegen nicht allzu sehr rebelliert hat. Sie blüht richtig auf. Sie ist nicht mehr wiederzuerkennen. Sogar der Rotwein, zu dem ich sie immer überreden musste, schmeckt ihr plötzlich. Sie ist richtig gut drauf, wie seit unseren Flitterwochen nicht mehr. Eigentlich eine Katastrophe für einen Mann, der sich mit seinen schwindenden Kräften im Guten abgefunden hat. Aber soll ich mich beschweren? Das Resultat sehe ich jeden Morgen auf der Waage.

Und noch etwas Erfreuliches ließ er mich wissen. Ich kann wieder in die Pilze gehen. Das habe ich vermisst.

Und ich dein Risotto.

Wie wär's mit Lammkoteletts mit Pilzen und Basilikumsauce? Mein Schwager hat gerade geliefert. Einen Vorteil muss es ja haben, wenn man auf dem Land lebt; man bekommt das beste Fleisch.

Er versucht jetzt, in die Forschung abzuwandern. Sexualmedizin pur, aber im Labor. Hat Kontakte zur Pharmaindustrie. Bereitet Vorträge vor. Hat sogar schon Anfragen auf dem Schreibtisch liegen, eine Einladung für ein Symposion in Hamburg und eine nach Madrid. Beneidenswert eigentlich, oder?

Mir war, als hörte ich die ganze Zeit, während ich mit

ihm telefonierte, im Hintergrund jemand Klavier spielen. Ich fragte ihn.

Ja, mein Sohn. Nicht zu glauben, was?

Ja, seltsam, sehr seltsam.

Lieber wäre mir, er würde seine Knochen bewegen, raus an die frische Luft. Aber nein, er verbringt jede freie Minute am Klavier. Um vom Turnen befreit zu werden, hat er sich so geschickt dumm angestellt, dass sie ihn tatsächlich suspendiert haben. Und was macht er in der Stunde, die er frei hat? Er studiert, Bleistift und Radiergummi immer parat, Partituren. Was ist da schief gelaufen? Er lachte. Wie nennt man, was man Zufall nennt, wenn man nicht an Zufälle glaubt?

Ich war sicher, dass er das seiner Mutter erzählt hat, als er ihr Grab besuchte, und sagte es ihm.

Habe ich, habe ich. Ich deutete ihr gegenüber an, dass nicht meine Frau, sondern sie die Mutter meines Sohnes sein dürfte. Und von meiner Frau wollte ich wissen, wie sicher sie sei, dass ich als Vater ihres Sohnes in Frage komme. Wie schmeichelhaft, was du mir alles zutraust, war ihre Antwort. Und weil wir, mein Lieber, sagte sie, gerade dabei sind, uns mit Geständnissen die Zeit zu vertreiben, das hat mir an dir immer ganz besonders gefallen, dass du nichts von Frauen verstehst. Hätte ich mich sonst in dich verlieben können?

Ich war richtig zufrieden, mit ihr einer Meinung zu sein und nichts zu meiner Verteidigung vorbringen zu wollen, was sie im übrigen auch nicht erwartete. Liebe ist auf den Unsinn angewiesen, den Liebende von Zeit zu Zeit von sich geben. Unsinn ist wärmer als Sinn, und zärtlicher. Er lag wie ein Frieden über uns, von Anfang an, vom ersten kurzen Blick, den wir getauscht haben. Es ging ja auch gleich los mit dem Unsinn. Ich war auf Anhieb bereit, für diese Frau sterben zu wollen. Für eine schöne Frau sterben wollen! Als ich das zum letzten Mal dachte, war ich so jung, wie ich mich in ihrer Gegenwart wieder fühlte. Als habe sie meinen Gedanken erraten, sagte sie: Geben Sie mir noch, bevor Sie sterben, Zeit, Sie lebendig zu erleben.

Das Schicksal als Poltergeist. Wer mag noch alles beteiligt sein?

Himmel und Hölle. Blitze und Donner. Und ein Schuss, abgefeuert aus dem Herzen.

Ich glaube, sagte er noch, dass sie erst jetzt und mit ganz neuem Interesse wahrnimmt, wie leicht unserem Sohn das Klavierspiel von der Hand geht. Aber das ist es auch schon an privaten Problemen.

Hans hat keine Sekunde zugehört. Er ist noch immer ganz in die Betrachtung seiner Hände vertieft. Die einzigen, teilt er der Runde mit, die an diesen gichtbrüchigen Klauen ihren Spaß haben, sind meine zwei Neffen. Kann man die auch abschrauben, Opa? Ach du mein guter Gott, Kinder, sag ich, morgen. Und jetzt ab ins Bett mit euch, schlafen und gute Nacht! Die wissen gar nicht, wie gern ich denen den Gefallen tun und sie abschrauben würde. Ihnen sagen, hier, nehmt sie, ich schenke sie euch, spielt damit, schraubt sie euch, wenn ihr wollt, an. Und viel Glück! Aber dann, wenn er dem Betteln der kleinen Wichte nicht widerstehen kann und dazu aufgelegt ist, legt Hans los. Er kann, wenn er erst sein Gebiss herausgenommen und seine Backen mit genug Luft gefüllt hat, Kanonen abfeuern, das Meer toben und ganze Fregatten absaufen lassen. Toll, Opa, weiter, rufen sie. Weiter? Ein Kinderspiel! Er schnaubt und schmatzt, blubbert und bläst, prustet und pfeift und gurgelt, was das Zeug hält und seine Lunge und sein Einfallsreichtum hergeben; eine für Kinderohren akustisch durchaus plausible Vorstellung von einer Seeschlacht oder, als besonderen Leckerbissen, einer Meuterei! Sein Atem kann Messer durch die Luft sausen und Köpfe rollen lassen. Und die ganze Zeit starren sie meine kaputten Hände an, die sie für den Beweis halten, dass ich ihnen keine Lügen auftische. Für die bin ich natürlich was Besonderes, einer, der auf Piratenschiffen auf allen sieben Weltmeeren gesegelt ist, was weiß ich. Ich weiß nur, und jeder weiß es, dass Kinder nicht eher einschlafen, als bis ihnen einer eine Geschichte erzählt, eine, die ihnen gerade so viel Angst einjagt, dass sie dann doch froh sind, in ihren Bettchen zu liegen. Aber was heißt erzählen! Ohne dass man Angst bekommt, wird das nichts. Jedenfalls halten mich die zwei ganz schön auf Trab. Kann gut sein, dass ich weit und breit der einzige in der Verwandtschaft bin, der ihnen von Seeräubern, Schmugglern und Menschenfressern erzählt, von den Flotten der Portugiesen und Spanier und von uns, mir und meinen Kumpanen, die wir den

Totenkopf geflaggt und Jagd auf Schiffsladungen voller Gold und Silber gemacht haben, Geschichten von fernen Inseln mit Schildkröten, groß wie Autos, und Riesenschlangen von der Länge einer Giraffe, ach du mein guter Gott, das und viel mehr, alles, was Kinder eben hören und glauben wollen. All die Abenteuer! Wie ich das selbst alles, als ich klein war, von meinem Großvater erzählt bekommen und nie wieder vergessen habe. Und was für ein großartiger, lebendiger, selbst die anwesenden Erwachsenen mit seinem Körpereinsatz in Erstaunen versetzender Schauspieler er dazu noch war; meine Mutter hatte jedes Mal, wenn er damit anfing, Angst um ihre Möbel.

Nur vergaß Hans in seiner Begeisterung dann doch etwas, dass seine Neffen nämlich inzwischen längst eingeschlafen waren, während er immer noch auf hoher See von Insel zu Insel segelte. Na ja, sagt er schließlich und schmatzt wieder und schaut noch einmal auf seine Hände, irgendwie sind sie am Ende also doch noch zu was nütze.

Schon gut, schon gut, beruhigt ihn seine Frau, kappt die Segel und macht aus Hans, dem Korsaren, wieder Hans, den Taxifahrer. Hast du deine Tabletten genommen?

Da gibt es, fällt Roberto ein, in Apotheken so kleine Gummibällchen. Die nimmt man und knetet sie, was die Durchblutung fördern soll.

Meine Mutter hatte das, als sie älter wurde, auch. Die hat, weiß ich noch, Brotteig genommen und sich damit beschäftigt.

Und? Hat's geholfen?

Es war der Krieg, der ihr die Knochen kaputt gemacht hat, die Kälte im Winter, die schlechte Ernährung. Da half nichts mehr. Alles an ihr war morsch, nur ihr Wille nicht, ihr Herz. Respekt, sag ich euch. Die war hart im Nehmen, die Frau.

Alle sind sie mit ihren Gedanken jetzt bei den Frauen, die ihre Mütter waren. Und wenn der Tabakhändler die verehrte Runde vor seinem Ladentisch richtig einschätzt, und er kennt sie schließlich lange genug, geht es wieder, wenn er nichts unternimmt, je nach Jahrgang entweder ab in den Schützengraben oder runter in den Luftschutzkeller.

Was hab ich mir die Hacken abgelaufen. Was bin ich gerannt, von einem Arzt zum nächsten. Von den Ärzten zum Heilpraktiker. Vom Heilpraktiker zum Psychotherapeuten, der mich an einen Augenarzt verwies, weil auch die Augen, wenn sie überanstrengt werden, Migräne auslösen können. Kein Befund! Danach spazierte ein Chiropraktiker, eine Frau, eine, wie sich herausstellte, junge Adlige, zwei Wochen auf meiner Wirbelsäule herum, ohne dass sich der von ihr erhoffte Erfolg einstellte. Von der Adligen zu einem Chinesen, Nadeln und so, was eigentlich nicht unangenehm war, aber auch nichts half. Von dem Chinesen zu einem Hypnotiseur, dessen Empfangsdame mich auf eine Urkunde aufmerksam machte, die großzügig eingerahmt über ihr an der Wand hing und ihren Chef als korrespondierendes Mitglied einer Universität in Las Vegas auswies, aber was er auch anstellte, um mich in einen Zustand der Trance zu versetzen, entlockte mir nicht mehr als ein Gähnen. Zurück in eine Spezialklinik. Die haben mich dort, ganz konventionell, durch Röhren geschoben und scheibchenweise, Stück für Stück, Pore für Pore durchleuchtet. Einer meiner Freunde hat mir geraten, meine Migräne und alles, was sie außer Kopf- und Gliederschmerzen sonst noch zu bieten hat, Müdigkeit, Schwindelanfälle, Übelkeit, mit morgendlichen Übungen im Kopfstand zu bekämpfen.

Der Tabakhändler ist sich nicht einmal sicher, ob er nicht noch einen, den er konsultierte, vergessen hat. Ich habe Aktenordner zuhause, ganze Berge von Ordnern, prallvoll mit Diagnosen.

Und den entsprechenden Rechnungen!

Plus das Geld für die Medikamente, mit denen sie mich vollstopften.

Ärzte, Ärzte! Ach du mein guter Gott, Ärzte! Ich könnte sie, soviel Kraft hätte ich noch, der Reihe nach alle erwürgen. Dafür brauch ich keinen Apotheker.

Ich saß in jeder Praxis dieser Stadt Männern und Frauen gegenüber, alle mit Doktortiteln dekorierte Kapazitäten, alle hinter ihren Schreibtischen, und glaubte keinem und keiner mehr. Ich war drauf und dran, Schluss zu machen. Ach so, fällt ihm dazu noch ein, ich war natürlich auch bei meinen Kumpels von der Blaskapelle untendurch, das auch. Ich fiel ja jede zweite Probe aus, weil ich flach lag. Als sie dann mitkriegten, dass mir auch Limonade schmeckt, was an einem Stammtisch, ich geb's ja zu, ein Verbrechen ist, war ich zwar noch eine Weile der Gegenstand ihrer boshaften Bemerkungen, aber sie wurden der Sache müde, vergaßen es – und mich gleich mit.

Roberto hat ihn erlebt auf dem Podium. Der Mann an der Trompete!

Posaune!

Egal! War jedenfalls immer ein Mordsspaß.

Stimmt! Aber mir war nicht mehr nach Spaß zumute. Was wirklich mit mir los war, hab ich – aus verständlichen Gründen – für mich behalten. Wenn einer erst anfängt, jedem seiner Kunden von seinem Kummer zu erzählen, kann er seinen Laden dicht machen. Das ist Gift für den Umsatz. Aber einem fiel dann trotzdem auf, dass mit mir was nicht in Ordnung ist. Ihr kennt doch den Professor, den liebenswerten alten Herrn, den mit dem schwarzen Hut, der vor kurzem erst seine Frau, die Ärztin war, verloren hat. Er muss es mir angesehen haben, und dem hab ich dann die ganze Geschichte erzählt.

Der lebt noch?

Der lebt noch!

Einer weiß es noch genauer. Der steht nachts manchmal am Fenster, Sterne gucken. Einmal kam sogar die Polizei, aber nicht weil die Leute dachten, er fällt gleich runter, sondern weil er so komisch angezogen war.

Na, wenigstens war er angezogen!

Er hatte Hosenträger an, die leuchten. Irgendwas aus Amerika.

Ja, sein Sohn ist dort Professor.

Hosenträger, die leuchten?

Aus irgend so einem fluoreszierenden oder phosphoreszierenden Gewebe oder Gummi oder was. Die schmieren doch mit dem Zeug alles voll inzwischen, Eisschränke, Surfbretter, Kühlerhauben, ganze Autos.

Mein Schwiegersohn kam an Weihnachten auch mal mit so was an, einer Krawatte, die man an einer Steckdose aufladen konnte.

Die Beamten haben sich dann bei ihm entschuldigt. Einer wollte sogar wissen, wo man sowas kaufen kann. Er starrt das Eichhörnchen an, das ihm in seiner zottigen Unbeweglichkeit plötzlich unheimlich vorkommt, das aber, wie er vom Tabakhändler weiß , nichts weiter vorhat als auf dem Regal zu verstauben, es sei denn, der Professor schaut wieder vorbei, dem das elende Tierchen als Geschenk zugedacht ist. Wenn man nicht wüsste, wie gescheit der Mann ist, man würde ihn glatt für einen Geistesgestörten halten.

Mir tut der Mann leid, so mutterseelenallein, und so plötzlich. Die war doch sogar noch um einiges jünger als er.

Es kam wirklich sehr plötzlich.

Hat sie geraucht?

Nein, nie. Aber sie mochte es, wenn ihr Mann rauchte. Besonders gefiel ihr, *wie* er rauchte. Sie strahlte ihn dann immer an wie am ersten Tag ihrer Liebe.

Das hat keiner verdient, dass er allein übrigbleibt, sagt Hans.

Er war bei ihr, als sie starb, immerhin.

Gott sei Dank! Nur das nicht, allein sterben. Vielleicht ist alles halb so schlimm, wenn jemand da ist, jemand, der mit einem redet, der einem sagt, dass man nicht mehr kämpfen muss.

Jetzt ist es Hans, der kämpfen muss – mit der eigenen Rührung.

Der beste Tod, sagt Arthur. Umfallen, und aus. Das wünsche ich mir.

Ist irgendwie trotzdem gerecht, dass es auch Ärzte erwischt, oder?

Ärzte sind Todeskandidaten. Absolute Risikogruppe.

Deswegen geh ich ihnen ja so gut es geht aus dem Weg, die sind ansteckend.

Was soll der Quatsch, Rudi. Hier stehst du, und das jeden Tag, und jeden Tag kaufst du dir deine Glimmstängel? Wenn das keine Risikogruppe ist. Bruno greift sich an die Hinterbacken, wo es juckt.

Das ist es ja. Geh mal dir selber aus dem Weg! Er schüttelt den Kopf. Ich werd's in diesem Leben nicht mehr schaffen aufzuhören.

Und im nächsten auch nicht.

Im nächsten auch nicht, nein. Raucher hören nie auf.

Von Rudi gibt es, seit er keine kurzen Hosen mehr trägt, kaum noch ein Foto, wo er nicht raucht, abgelichtet in allen Posen: als Teenager, der sich an einer Kerze der Geburtstagstorte seiner Mutter eine Zigarette anzündet, als flotter Junggeselle, der sich mit Zigarette im Mund rasiert, auf einem Kostümfest als rauchende

Marlene Dietrich verkleidet, mit Zigarette gegen das Fragment einer Säule gelehnt in Griechenland, als Redakteur, der, lange nach Dienstschluss und zu Tode erschöpft, auf einer Zigarette herumkaut. Eigentlich sieht er auf dem Foto aus wie ein richtiger, vielleicht sogar erfolgreicher Schriftsteller, der nur noch auf eine Idee für den ersten Satz seines Romans wartet.

Aus guten Gründen hat Rudi nie daran gedacht, mit dem Rauchen aufzuhören. Ein Mann, das war für den ehemaligen Journalisten seine Schreibmaschine, seine Tasse Kaffee und seine Schachtel Zigaretten, und eine zweite für alle Fälle in Reserve. Nicht nur muss ein Mann, wenn er schreibt, rauchen, die ganze Bude muss unter Feuer stehen. Er hat die Zeit noch erlebt (und was waren das noch für Zeiten!), als der Journalismus noch mit dem Tabak verheiratet war. Selbst die Sekretärinnen waren Kettenraucher. Ich rauche, also bin ich – mehr Philosophie war unverträglich. Und die Resultate konnten sich sehen lassen. Da saßen die Sätze, nicht nur die Pointen. Da loderte der Geist. Das hatte Stil. Rudi kommt, wenn er zurückdenkt, ins Schwärmen. Die großen Jahrzehnte des Journalismus! Die Raucher aller Kontinente. Die Unruhe in allen Köpfen. Die Ruhe in den Sätzen. Relevante Information, nichts Überflüssiges. Die haben sich tagelang nicht gewaschen, aber was sie in die Setzerei gaben, war sauber. Es war mehr als sauber, es hatte Eleganz. Es war die alte Welt, und die hat geraucht. Und heute?

Sein hageres Gesicht zeigt Flecken der Erregung.

Raucher werden geächtet. Ein Aschenbecher ist so illegal wie eine Handgranate. Und bitte schön, ist eine Sekretärin mit einer Portion Hüttenkäse und einer Schale geschälter Nüsse neben dem Telefon eine Inspiration? Und den Kaffee gibt es ohne Zucker, weil, darauf besteht sie, Zucker ungesund ist.

Mit den Verboten war es aus mit den Freiheiten, auch den dichterischen. Die Sätze, die Nichtraucher schreiben, schweigen, sie kriegen den Mund nicht auf. Zeigen nicht die Zähne. Was war das mal für ein Beruf! Und das Tag und Nacht! Wir haben in einer Bar Zuflucht gesucht, nicht in der Gesundheit!

Als ich meinem ersten Arbeitgeber vorgestellt wurde, kriegte ich einen Hustenanfall, so voller Rauch war sein Zimmer, und die Fenster waren natürlich zu.

Sie werden sich daran gewöhnen, junger Mann. Fenster, die offen stehen, taugen nichts.

Er machte seiner Sekretärin, die mich hereingeführt hatte, ein Zeichen – und die klopfte mir so lange auf den Rücken, bis ich mich einigermaßen erholt hatte.

Als sich die Rauchschwaden verzogen hatten und ich wieder durchatmen konnte, sah ich dann auch sein Gesicht, seinen massigen Schädel, die Brille bis zur Nasenspitze gerutscht. Er bat mich, mich zu setzen. Wo haben Sie schreiben gelernt, wollte er wissen.

Deswegen bin ich hier, um es zu lernen!

Er schaute mich an, nahm die Zigarre aus dem Mund

und sagte: Dann lassen Sie uns keine Zeit verschwenden. Sie haben die Stelle!

Woran erinnere ich mich noch? An seinen Händedruck, der so fest war, dass es weh tat. An eine erste Kostprobe dessen, was er von seinen Leuten erwartete. Man muss, was ein Journalist schreibt, lesen können und nicht entziffern müssen! Es folgten weitere. Der Leser muss spüren, dass Sie im Dienst keine Krawatte umhaben. Wenn das Telefon klingelt, lassen Sie es klingeln, es sei denn, ich bin dran. Er wollte wissen, ob ich Einstein kenne. Da erwischte er mich auf dem richtigen Fuß. Masse gleich Energie multipliziert mit dem Quadrat der Lichtgeschwindigkeit. Ich war richtig zufrieden mit mir, was mir aber, wie ich seinem Gesicht ansah, auch nichts half. Ich sage Ihnen was noch Klügeres, was er gesagt hat. Man muss jede Sache so einfach wie möglich sagen – und auf keinen Fall einfacher. Zitat Einstein.

Meine erste Vermutung war richtig. Er betrachtete die Welt der Zeitungsleute als einen Ort voller lästiger Menschen, die sich, was die Sache noch lästiger macht, intellektuell geben. Ihm genügte eine gesunde Portion Intelligenz. Verstanden?

Verstanden.

Er rief seine Sekretärin herein. Wann hab ich den Arzttermin, wollte er von ihr wissen. Ärzte waren ihm auch lästig.

Freitag, zehn Uhr.

Erinnern Sie mich. Was ist heute?

Mittwoch.

Komisch, immer wenn ich Sie frage, ist Mittwoch. Wer da wohl dran dreht?

Er wandte sich an mich. Und jetzt raus mit Ihnen.

Einmal kam er in mein Büro, allein. Ich hatte Nachtschicht. Er schaute sich um, setzte sich, schaute mich an. Ich bemerkte, dass er nicht mehr ganz nüchtern war. An der Art, wie er mir gegenübersaß und wahrscheinlich den Grund selbst nicht wusste, warum er das tat. Wie einer, der es allein nicht aushält, nicht so spät, nicht, wenn er getrunken hat. Vielleicht war er darüber selbst am meisten überrascht. Ich glaube nicht, dass er reden wollte, jedenfalls nichts Geschäftliches. Und warum sollte er sich mit seinen Gedanken einem nicht sonderlich wichtigen Mitarbeiter wie mir anvertrauen wollen?

Was ihm über den Tag half, war seine Angewohnheit, sich über alles, was die Welt und die Menschen betraf, lustig zu machen. Es war, als hätte er sich die Fähigkeit antrainiert, nichts sonderlich ernst zu nehmen, die Politik am allerwenigsten. Die Tatsache, dass er sich wohl selbst für einen Idealisten hielt, bekämpfte er, indem er sie bei jeder sich bietenden Gelegenheit verspottete. Auf jeder unserer morgendlichen Konferenzen kriegte deshalb einer sein Fett ab, ein Schlagabtausch, den er brauchte, um wach zu werden. Er hatte nichts dagegen, wenn man ihm widersprach, bewies es ihm doch, dass seine Mannschaft dabei war, auch aufzuwachen.

Es gibt nicht viele Menschen, deren Heiterkeit so

wenig mit Humor zu tun hatte wie seine. Als einmal vom Glück die Rede war, es ging um einen Bericht über eine Tagung von Nobelpreisträgern zu diesem Thema, schüttelte er den Kopf. Das haben schon klügere Köpfe, als ich einer bin, gewusst, schon vor zweitausend Jahren. Wer glücklich sein will, hätte sich rechtzeitig darum kümmern müssen, nicht geboren zu werden. Schon das Wort gefiel ihm nicht, auch phonetisch nicht. Hühner reden so – wenn sie reden könnten.

Er soll Kinder gemocht haben und zuletzt selbst ein geduldiger und liebevoller Großvater gewesen sein.

Er saß immer noch einfach so da. Er hatte nicht einmal was dagegen, dass das Fenster offen stand. Ich glaube sogar, dass er es mochte. Gegenüber war ein Hochhaus, und wie auf einem in Unordnung geratenen Schachbrett waren die Fenster entweder dunkel oder hell. Es waren auch Menschen zu sehen. Unser Gebäude sah von drüben wahrscheinlich genau so aus, genau so gespenstisch, genau so tot. Wenn in diesem Moment da drüben jemand aus dem Fenster gesprungen wäre, er hätte es kommentiert, aber gewundert hätte es ihn nicht.

Ich weiß nicht, was ihm in jener späten Stunde durch den Kopf ging, bis heute nicht. Und über den Satz, den er damals sagte, bevor er aufstand und ging, denke ich immer noch nach. Wir leben, sagte er, in einem Raum zwischen der Todeszone und der Banalität. Ist es der Tanz, der uns rettet, oder die Unbeweglichkeit?

Ihm ging es damals wohl ähnlich wie mir heute, die

schönsten Jahre seines Erdenlebens waren vorbei. Er war noch ein paar Jahre munter und war dann, die Zigarre in der Hand, seitwärts vom Stuhl gekippt und halb unter seinen Schreibtisch gerollt. Es machte aber, weil er so dick war, kein Geräusch.

Das liegt alles unter der Erde, die ganze Zukunft des Journalismus. Da steigt kein Rauch mehr auf. Die Indianer sind ausgerottet.

Anlässlich eines Gesprächs mit einem etwas in Vergessenheit geratenen, aber altgedienten und sogar in Hollywood beschäftigten Kameramann, das er einmal für seine Zeitung anläßlich der Filmfestspiele in Berlin geführt hat – als Einspringer, da der für die Kinoseite zuständige Kollege erkrankt war –, wurde nicht nur munter und zwanglos geraucht, sondern auch über das Rauchen auf der Leinwand geredet, genauer: über den Rauch, die Schwaden von Rauch, die einem Gesicht einen Charakter gaben und, wenn es sich um eine Frau handelte, ein Geheimnis. Er sprach über die dramatische wie dramaturgische Bedeutung für das Bild, und damit für die Psychologie der Personen. Er nannte ein paar Namen von Regisseuren, die auf das Spiel mit dem Rauch, der von einer Zigarette aufsteigt, besonders virtuos reagierten, und ein paar Namen jener Männer hinter der Kamera, die er bewundert und denen er einiges abgeschaut hatte, weil sie wie Maler arbeiteten, wenn es um Licht und Schatten ging, und um Rauch. Das war vorbildlich, wie die eine Szene ausgeleuchtet haben, schwärmte er, und wie viel Zeit sie sich ließen, bis sie mit dem Ergebnis zufrieden waren – und der Regisseur und die Produzenten endlich auch. Ein Mann hinter der Kamera hatte es meinem Gesprächspartner ganz besonders angetan, John Alton, ein gebürtiger Ungar, ein Meister, was die harten Kontraste von tiefem Schwarz und gleißendem Licht anging. Stellen Sie sich vor, der hat einmal sogar den Times Square im Mittagslicht neu ausgeleuchtet!

Ich konnte gar nicht so schnell mitschreiben, wie der Mann redete.

Einmal war einer seiner Regisseure, als er die Muster gesehen hatte, mit allem zufrieden, nur nicht mit dem Rauch, mit seiner Bewegung im Bild, mit dem Licht, das sich in ihm brach. Er war ihm nicht kalt, nicht unterkühlt, nicht abstrakt genug. Es war ihm, wie er sich ausdrückte, zu wenig Kino. Genau deshalb war ja seine Wahl als Mann hinter der Kamera auf mich gefallen – er hat mich schließlich, was kein Geheimnis war, gegen erhebliche Widerstände durchgesetzt. Ich stand nämlich im Verdacht, das zu sein, was Hollywood als Künstler apostrophiert, und das ist nichts, was die Herren ganz oben in Verzückung versetzt. Künstler sind Kassengift. Nehmen Sie die Schriftsteller. Bestenfalls wurden sie, wenn sie berühmt genug waren, von den Studios gekauft, in ein Zimmer mit Schreibtisch und Sekretärin verfrachtet und auf Projekte losgelassen, die dann, in neun von zehn Fällen, unter den Tisch fielen, was ihnen in ihrer Verachtung für die Filmindustrie nicht einmal viel ausmachte. Sie haben es eine Zeitlang hingenommen. Es war ihnen von Anfang an, schon bei Abschluss ihrer Verträge, klar, dass sie nicht unter Christenmenschen gefallen waren. Sie standen auf der Adelsliste, sie waren schließlich wer, aber sie standen unter Verdacht. Die Leichtgewichte hatten es da in Hollywood besser, sie waren namenlos, ehrgeizig, anschmiegsam. Sie brachen keine Debatten vom Zaun. Sie waren Lieferanten, mehr nicht. Aber ganz ohne Trost war der Aufenthalt in dieser Irrenanstalt nicht. Der monatliche Scheck tröstete, die Flasche Whiskey tröstete – und wem das als Trost noch nicht reichte, der konnte sich mit der Tatsache trösten, endlich zu wissen, wo er *nicht* hingehörte. Chandler wusste es, Faulkner, Scott Fitzgerald und all die anderen, die zu den Besten gehörten. Und alle waren sie Raucher.

Er musste mir meine Ahnungslosigkeit angesehen haben, denn er schrieb mir die Namen auf und schickte mich, falls ich mal nicht allzu beschäftigt sei, wie er sich ausdrückte, in die nächste Buchhandlung. Und, wie er vorschlug, gleich auch noch, falls eines in der Nähe sei, in ein Plattengeschäft, vorausgesetzt, ich hätte Interesse daran, mal zu hören, wie Nikotin klingt. Er schrieb mir ein paar weitere Namen auf den gleichen Zettel. Aber vor allem eine Platte sollten Sie sich, sagte er, gönnen. Verlangen Sie Miles Davis, Kind of Blue, der beste, dichteste, langsamste Jazz. Blaue Stunde, blauer Dunst. Die Jungs waren, als sie die Platte einspielten, mit Zigarettenqualm nur so eingenebelt, man kann es hören. Es ist, als sei es nicht der Spieler, der raucht, sondern das Instrument selbst. Interessant, nicht?

Ich nickte und versprach, meine Hausaufgaben nachzuholen.

Die Menschen in dem Streifen, den wir drehten, erzählte er weiter, ob Gangsterbraut oder Gangster, saßen alle in der Falle. Sie hatten nichts zu verlieren. Es stand in den Karten oder es war Schicksal, wie auch immer man es nennen möchte. So war das in diesem Genre. Es lief von Beginn an immer in die eine Richtung. Alle waren sie einsam und paranoid, korrupt und brutal, verstörte, verkommene Typen, und alles drehte sich um Glücksspiel, Drogen, Alkohol und Sex, und fast alles spielte sich nachts ab. In den Western war es die Sonne, der man nicht entrinnen konnte, in Gangsterfilmen die Nacht. Und die meiste Zeit über regnet es, ist Ihnen das schon mal aufgefallen? Richtiges ungemütliches Sauwetter, nach dem Motto: Schießen wir sie über den Haufen, bevor wir uns alle erkälten.

Die Szene, die meinem Regisseur nicht gefiel, war nichts Besonderes. Eine Schießerei, das Übliche eben. Glauben Sie nicht, dass es irgendeinen Regisseur in Hollywood gab, den das nicht langweilte. Es langweilte sie überhaupt alles, was im Drehbuch stand. Also interessierte sie, wie man die Sache stilisiert, was für Bilder man erfinden kann; und wie man sie auf die Leinwand bringt.

Wir sehen in der Einstellung, um die es ging, einen Gangster, der einem anderen, den er gerade über den

Haufen geschossen hat, die Zigarette aus dem Mund nimmt und sie zu Ende raucht. Das hat, nicht einmal eine Stunde vorher, wie wir gesehen haben und uns erinnern, eine Frau mit ihm getan, irgend so ein Flittchen, ihm einfach die Zigarette aus dem Mund genommen, tief inhaliert und ihm den Rauch ins Gesicht geblasen, was nicht nur auf einer Leinwand die Aufforderung darstellt, sich geschlagen zu geben. Es kann auch heißen: Welchen Beweis können Sie mir liefern, dass Sie ein Mann sind? Und wenn der Betreffende einen Ehering trägt, heißt es: Den kannst du dir an den Hut stecken! Eigentlich hat mir das immer gefallen, dass sich alle mit dem, was sie *tun*, verständigen, und damit, *wie* sie es tun. Wie sie schauen, wie sie gehen, wie sie nichts sagen – und wenn sie reden, wie sie sich dabei nicht gerade verausgaben.

Dem Gangster jedenfalls hat das imponiert. Was bleibt einem Dummkopf wie ihm auch anderes übrig, als sie anzuhimmeln? Und jetzt liegt da eine Leiche, und er raucht dessen Zigarette zu Ende. Was er nach dem ersten Zug noch nicht weiß, ist, dass es sein letzter sein wird. Er hat sich einfach zu lange nur mit der Zigarette und dem Gedanken an die Frau beschäftigt, die ihm gefallen hat. Die Frau sehen wir übrigens später noch einmal, mit der gleichen Masche. Sie nimmt, noch beschwipster als zuvor, einem anderen Mann die Zigarette aus dem Mund. Was früher ein Schleier verhüllte, ein Fächer, ein Schatten, das besorgt der Rauch. Rauch gehörte zur Handlung, er war nichts Nebensächliches.

Die Zigarette war obligatorisch – wie ein Drink in der Hand oder der Revolver. Der besagte Regisseur übrigens soll in seinem nächsten Film sogar so weit gegangen sein, Zigaretten eigens so präparieren zu lassen, dass sie die für seine Zwecke nötige Menge an Rauch auch tatsächlich absonderten. Ich sehe noch den Mann, der während der Dreharbeiten auf dem Boden lag und an einer Art Windmaschine für die erwünschte Verteilung des Rauchs zuständig war. Wenn mich jemand fragt, wie es war in jenen Jahren in Hollywood, erzähle ich davon. Sie hatten alles im Griff, den Hintern ihrer Starlets ebenso wie die Zigaretten.

Mein Gesprächspartner nahm sich Zeit, sich endlich selbst eine anzuzünden. Er lehnte sich in seinem Sessel zurück, und ich bemerkte, wie ihn etwas, woran er offenbar gerade dachte, amüsierte.

Der Regisseur, für den ich arbeitete, war keiner, der Dinge, die er tat, seinen Schauspielern oder dem Team groß erklärte, auch mir nicht. Er tat sie einfach! Sie fielen ihm ein, spontan; wenigstens behauptete er das Journalisten gegenüber, wenn sie ihm Auskünfte über seine „Methode“, wie sie es nannten, entlocken wollten. Aber eines Tages, nein: es war genau jener Tag, als wir abends noch zusammen die Muster angeschaut hatten und er mit der Kamera, mit dem Rauch im Bild unzufrieden gewesen war und wir deshalb beschlossen, die Sache am nächsten Tag noch einmal zu drehen. Wir fuhren in seinem Wagen vom Studio zurück in die Stadt, nur wir beide. Ich wohnte damals im Wilshire und wartete darauf, in eine Wohnung, die das Studio für mich angemietet hatte, umziehen zu können, obwohl, um die Wahrheit zu sagen, von Warten konnte überhaupt keine Rede sein. Ich drückte mich. Ich hatte sogar schon die Schlüssel, die Wohnung war renoviert und bezugsfertig. Ich hätte den Umzug längst machen können, aber ich hatte es im Wilshire gut. Ich fühlte mich wohl dort. Ich bin schon immer gern in Hotels abgestiegen. War immer wie Urlaub! Was für ein Luxus, sich um nichts kümmern zu müssen, vor allem nicht um frische Handtücher; die gab's jeden Tag gleich stapelweise. Man konnte schnell mal ein Hemd waschen oder einen Anzug aufbügeln lassen, ohne mit dem Taxi die halbe Stadt abfahren zu müssen. Was tun, wenn einem wieder mal das Olivenöl vom Weißbrot auf die Krawatte getropft war? Ich habe mehr Krawatten in den Müll geschmissen als Reklamesendungen in einen Papierkorb. Was tun? Das Hausmädchen kommen lassen. Und sie hatten einen Pool. Und egal, zu welcher Uhrzeit man nach Hause kam, es gab immer noch einen, der, ein Glas in der Hand, an der Bar saß und froh war, Gesellschaft zu haben. Es war, wenn man müde war, zum Schlafen aber noch nicht müde genug, einfach verlockend, sich ganz der Nacht zu ergeben, die für nichts mehr gut war, es sei denn für einen letzten Drink, was wie alles Verlockende nicht ungefährlich war. Jeder, der um diese Zeit noch auf den Beinen ist, ist für jeden anderen, der auch noch unterwegs ist, gefährlich. Ich kannte genug dieser Burschen; und sie waren nicht mehr jung. Sie waren ihre Jobs los, ihre Frauen oder Freundinnen, ihre Wohnung, ihr Haus, ihre Zukunft. Sie redeten von einem Leben, das in die falsche Richtung gekippt war, von den Demütigungen, die sie erfahren hatten, den verratenen Idealen.

Es wurde schon hell draußen, das Eis im Glas war geschmolzen, und sie redeten immer noch, die immer gleichen Geschichten, Geschichten mit Frauen, die irgendwann den Knopf gedrückt und den Schalter umgedreht hatten. Jede von ihnen war hinter einer Karriere her, und nur notgedrungen hinter Männern. Sie waren hinter Männern her, die sie wie Dreck behandelten. Männer, die Sätze sagten wie: Streng dich an, sonst mach ich mit dir, was ich will. Das war der Satz, auf den es ankam. Sie wollten irgendwann genau diesen Satz zu einem Mann sagen – und einige der Burschen, die ich kannte, machten ganz den Eindruck, als hätten sie ihn vor nicht allzu langer Zeit aus dem Mund einer dieser Frauen gehört. Natürlich war an den Frauen nichts in Ordnung, außer vielleicht die Frisur. Sie waren nicht mehr die netten Mädchen, die sie einmal gewesen sein mochten. Etwas in ihnen war zerstört, vermutlich für immer. Sie waren verwirrt – wie Männer, die aus dem Krieg kommen, verwirrt sind, ohne Halt, ohne Orientierung. Sie kämpfen gegen ein Sterben, das keine Erlösung kennt, wie es in richtigen Kriegen der Fall sein kann, wenn eine Kugel, zufällig oder gut gezielt, trifft. Was auch immer das war, was mich damals sehr schnell davon abgehalten hat, mit dem Alkohol oder dem

Angebot an Frauen über die Stränge zu schlagen; ein Musterknabe war ich deshalb trotzdem nicht.

Der Regisseur war auch privat keiner, der viel redete, aber er kam dann doch noch einmal auf die Szene zu sprechen, auf die Frau, die dem Gangster die Zigarette aus dem Mund nimmt, was ja der Ausgangspunkt für die Idee war, den Gangster das gleiche mit dem toten Kollegen tun zu lassen. Wissen Sie, warum mir gerade an dieser Szene so viel liegt? Er genoss es, mich die Antwort erraten zu lassen; nur fiel mir natürlich keine ein. Es ist genau das, was meine Frau, das heißt, die Frau, die ich dann nach der Scheidung von meiner zweiten Frau geheiratet habe, mit mir gemacht hat! Ich stand auf einer dieser sinnlosen, langweiligen Partys herum, wollte eigentlich gerade gehen und zündete mir, noch unschlüssig, ob ich mich von meinem Gastgeber, der immerhin der Produzent meines nächsten Films war, verabschieden sollte oder nicht, eine Zigarette an. Genau die Szene, um die es geht, die gleiche Geste verspielter Dreistigkeit! Keine Ahnung, wo sie sich das abgeschaut hat, zumal sie, wie sich herausstellte, Nichtraucherin war und sich ziemlich ungeschickt angestellt und an ihrem Lungenzug fast verschluckt hat, was mich übrigens auf die Idee brachte, dass das im Film auch so sein müsste. Soviel zu dem, was man spontane Einfälle nennt.

Draußen lag Los Angeles, das dunkle, gefährliche Los Angeles, genau die Welt meiner Filme, in denen wenig geredet, aber munter geschossen wird. Da liegen die

Leichen, da liegen die Geschichten. Das läuft jede Nacht in jeder Bar so oder so ähnlich ab, eine Frau sucht Kontakt, sucht jemand, der ihr einen Drink spendiert, will herausfinden, ob sie noch auf Männer wirkt.

Er drehte die Musik leiser, die sie im Radio spielten, und einen Moment später schaltete er das Radio ganz aus. Er drehte sich zu mir. Aber wollen das nicht alle Frauen, auch die, die es scheinbar geschafft haben, die noch auf Pool-Partys eingeladen werden und dort eine gute Figur abgeben? Die Liste ist lang. Einige von ihnen landen auf der Leinwand oder in Romanen, der Rest unterm Fallbeil.

Ich kannte den Ausdruck, er war ein anderes Wort für Abfall.

Ich hatte Glück, jedenfalls sieht es im Moment noch ganz danach aus. Die verlorene Seele, die in unserem Film und jede andere, die da draußen herumläuft, wird nie Glück haben. Und unseren Gangster kostet der Scherz das Leben.

All das – das ganze lange, seine Kräfte strapazierende Gespräch – brachte der damals noch rundherum junge Rudolf Bach mit einer Begeisterung zu Papier, die mehr den Liebhaber des Tabaks verriet als den von Gangsterfilmen – und bekam daraufhin drei Einladungen, von denen er zwei zusagte. Die erste erreichte ihn aus Zürich, wo ein in der internationalen Gemeinde der Cineasten sehr angesehener Betreiber mehrerer sog. Programmkinos gerade eine Reihe von klassischen Hollywood-Filmen der vierziger und fünfziger Jahre zeigte, Filme der Schwarzen Serie, und ihn für eine kleine Rede dazu engagieren wollte; die zweite kam aus Wien, Absender Austria Tabak, für einen kleinen, aber großzügig honorierten Vortrag vor Vertretern der Tabakindustrie; die dritte schließlich vom Chefarzt einer Klinik für Krebskranke, der ihn zu einer Diskussionsrunde einlud.

Und wie reagierte sein Chef?

Ich pfeife auf Gangsterfilme, davon verstehe ich nichts. Aber von alten Männern, das ist leider so, verstehe ich durchaus etwas. An seinem Hemd fehlte ein Knopf, schreiben Sie. Dass Sie es bemerkt haben, spricht für Sie, und mehr noch, dass Sie es hinschreiben. Er bedankte sich mit einem unerwartet gutmütigen, ein wenig melancholischen Lächeln. Der Knopf, der fehlt. Was, denkt er, wenn ich eines Tages auch nicht mehr mitkriege, dass an meinem Hemd einer fehlt?

Fünfunddreißig Jahre später fehlten Rudolf Bach die Worte. Sein Pamphlet – Titel: „Als das Rauchen nur in Kirchen verboten war!“ – gegen die Verkünder und Verfechter eines landesweiten, also totalen Rauchverbots wurde mit der Bemerkung abgelehnt, dass es dafür in der Zeitung „aus nur zu begreiflichen Gründen“ keine Verwendung mehr geben könne; was für ihn der Grund war zu kündigen. Sein Artikel war schon gesetzt gewesen, dann aber in letzter Minute von den beiden Herausgebern, allesamt Nichtraucher, gekippt worden.

Der Wind hatte sich gedreht. Die einzigen, die weiterhin nach Herzenslust bei ihrer Arbeit rauchen durften, waren, neben Bauarbeitern, Müllmännern und LKW-Fahrern, die Dichter – eine Spezies, die er immer schon bewundert und, mehr noch, beneidet hatte. Nur war es ihm – leider – nicht vergönnt, ernsthaft mit ihnen in Konkurrenz zu treten.

Schlagt eine Zeitung auf, egal welche, und ihr habt die Quittung für die Rauchverbote in den Redaktionen. Nicht mit mir, Herrschaften, nicht mit mir. Das ist nicht mehr meine Welt. Der Chefredakteur kaut auf einem medizinischen Stift herum, der irgendwas absondert gegen die Lust zu rauchen. Der Herausgeber macht seinen Herzinfarkt zur Hauspolitik. Selbst die Kollegen vom Sport, die schlimmsten Raucher, haben aufgegeben, kampflos. Und so schreiben sie. Ich habe nicht die geringste Vorstellung, wie es möglich sein soll, unter Zufuhr von Frischluft Glanzleistungen zu liefern.

Rudi raucht die alten Klassiker, aber auch die schmecken, wie er findet, nicht mehr wie früher. Mit allen möglichen Zusätzen gepanschtes Zeug. Da lobe ich mir eine Reval, sagt er und kramt eine Schachtel aus dem Jackett. Eine ehrliche Reval.

Wie hieß damals die Marke, die mit dem Slogan geworben hat: Gestern so gut wie heute und morgen?

Zuban!

Richtig! Zuban! Da war ich zwölf oder dreizehn. Ich weiß auch noch, wie es mit der Raucherei bei mir angefangen hat.

Ich auch! Im Kino! Ich habe das Rauchen im Kino gelernt.

Und ich das Küssen, sagt Roberto.

Ich auch, gesteht Rudi.

Küssen kam zuerst. Dann die Fluppe.

Erst die Fluppe! Rudi erinnert sich noch, wie er stundenlang bei seiner Oma vor dem Spiegel das Rauchen geübt hatte. Und wie er nach seinem ersten Lungenzug fast umgekippt wäre. Ich dachte, oh Scheiße, nein, nicht meiner Oma das Zimmer vollkotzen. Viel gesehen hat sie nicht mehr, aber gerochen hat sie's natürlich. Du rauchst? Bist du nicht ein bisschen zu jung dafür? Und darauf ich: Ist doch in Ordnung, oder? Dann kann ich es, wenn ich alt genug bin.

Auch Bruno kommt ins Schwärmen. Das waren noch Zeiten, als man für alles zu jung war. Kurze Hosen – aber qualmen wie Filmstars.

Dieser Unsinn, sagt ein Herr, ein Zufallskunde, der es eilig hat, wieder an die frische Luft zu kommen, dieser Unsinn, meine Herren, wird Sie früher oder später alle ins Grab bringen – eine in dieser Runde höchst unwillkommene Bemerkung.

Daran ist nicht zu zweifeln, sagt Arthur, früher oder später, gewiss.

Ein Tabakladen ein Friedhof? Ein Krematorium gar? Also, ich muss doch bitten.

Was haben Sie nur alle für Probleme, dass Sie glauben, rauchen zu müssen, sagt der Eilige, der eine Zeitung an sich genommen hat und zahlt. Er sagt das mit einer so gelassenen Ruhe, als halte er die Autorität, die seine Stimme ausstrahlt, selbst für das beste seiner Argumente. Irgendwann, meine Herren, ist doch für einen Mann die Zeit abgelaufen, sich wie ein Kind aufzuführen, oder? Wir sind nicht mehr jung. Wir haben Kinder und Enkelkinder. Der Krieg ist auch vorbei. Wir liegen nicht mehr an vorderster Front im Schützengraben. Wir sind nicht in einer Situation, in der selbst Atheisten zu Gott beten. Vielleicht haben wir ja immer noch Ängste, aber nicht die, unter einem Hagel von Granatsplittern oder bei der nächsten Offensive einer feindlichen Armee sterben zu müssen. Hier sitzt keiner, seine Exekution erwartend, in der Todeszelle. Es gab und gibt sicher noch immer, und das in jedem Leben, Gründe, sich eine Zigarette anzuzünden, das will ich gar nicht bestreiten. Aber zu rauchen, einfach so, ohne Grund, das ist, wenn ich das Ihnen gegenüber sagen darf, eine schwerwiegende, ja eigentlich tragische, am Ende gewiss tödliche Schwäche. Was immer Sie gegen meine Worte einwenden mögen, es weiß jeder einzelne von Ihnen, dass Sie Unrechtes tun.

Er verbeugt sich, ist schon halb auf dem Weg zur Tür, wendet sich aber noch einmal um. Ich war selbst Raucher. Ich kenne mich bestens aus. Einen schönen Tag noch.

Eine Sekunde noch, sagt Arthur, wenn ich bitten darf. Es ist doch so, dass dem Angeklagten das letzte Wort gehört.

Selbstverständlich, erwidert der Eilige. Einverstanden, gerne.

Arthur entnimmt – und das ausgesprochen eiskalt – seiner Packung eine Zigarette, klopft sie fest, entzündet sie mit einem aus einem Heftchen gerissenen Streichholz, nimmt einen tiefen Zug, wendet sich dem großen Ankläger zu und blickt ihn verständnisvoll an.

Wie Arthur das tut, ist beeindruckend und beweist trotz aller Einwände, die sie gegen ihn vorbringen, wie unersetzlich und wichtig er für seine Freunde ist; und jeder von ihnen hätte das in diesem Augenblick auch unumwunden zugegeben.

Sie wissen gar nicht, werter Herr, was Sie der Tatsache verdanken, dass wir alle, die wir hier stehen, noch immer Raucher sind. Wer sonst, wenn nicht wir, die Unverbesserlichen, brächten die Geduld auf, einem Mann zuzuhören, der uns, die Ungläubigen, wie schuldige Schafe zur Besinnung bekehren will – und den Anstand, einer Wahrheit, die offenbart ward, nicht zu widersprechen?

Der Eilige hört interessiert zu.

Arthur spricht mit dem trotzigen Stolz eines Mitglieds einer verfolgten Minderheit. Ein Akt ziviler Höflichkeit. Ich überlasse es im übrigen ganz Ihrem Urteil, ob – andersherum – Nichtraucher einem Raucher zuhören, ja ihn überhaupt ausreden lassen würden, der ihnen den Genuß von Tabak schmackhaft machen will.

Arthur verbeugt sich, wendet sich dann aber doch noch einmal an den Eiligen. Es sterben übrigens nicht nur die Raucher. Es stirbt die Zeit, die zu vergeuden nur noch Raucher sich gönnen. Und Kinder. Als solche haben Sie uns ja gerade eben noch beschimpft.

Der Eilige macht umgehend eine Handbewegung, die unterstreichen soll, dass er nichts von dem, was er gesagt hat, als eine Beschimpfung gemeint habe und, falls er missverstanden worden sei, um Entschuldigung bitte. Insgeheim entschuldigt er sich auch bei Arthur, dem er eine so kluge, so vorbildlich intelligente Erwiderung nicht auf Anhieb zugetraut hätte. Über den Zeitvertreib mit der Zeit nachzudenken, mit wem auch immer, könnte ihm, wenn er es nicht gerade so brennend eilig hätte, gefallen.

Arthur, die Zigarette im Mundwinkel, lächelt. Unterschätzt die Raucher nicht, auch wenn wir schwere Zeiten durchmachen; mit uns ist zu rechnen.

Eine Wahrheit ward offenbart! Auch eine über Arthur. Er muss nicht nur, wenigstens einmal, seine Nase in die Bibel gesteckt haben, nein, er kann sich auch kurz fassen.

Der Eilige, vornehm, mit einer die Worte des ihm unbekannten Mannes anerkennenden Bewunderung in seinen Augen, erwidert seine Verbeugung und entschwindet.

Um das Thema zu wechseln, wenn auch nicht ganz, fängt Bruno an, von seinem Sprössling zu erzählen. Als der mich das erste Mal um was zu rauchen anhaute, wusste ich Bescheid. Als nächstes verlangt er Geld für einen Besuch im Bordell. Und was er werden will, weiß er auch schon: Skateboard-Designer. Da kann einem angst und bange werden.

Was willst du machen! Er tut es wenigstens nicht heimlich wie meiner, der glaubt, er könne mich mit seinem Mundwasser, das er im Schrank versteckt, täuschen. Stinkt von oben bis unten nach Tabak, der Kerl, und streitet es ab. Und meine Frau gibt wem die Schuld? Richtig. Mir. Ich bin auch schuld, wenn er demnächst die Schule schmeißt. Und wenn er, wie er das nennt, freiberuflich arbeiten will. Ich frag ihn, was denn? Er: Irgendwas. Das ist es, was krank macht.

Also das glaub ich gern.

Sarg zu. Erde drauf.

Eine alte Dame, die sich mit vorsichtigen kleinen Schritten durch die Menge der Männer nach vorne gekämpft hat, lässt ein paar genau abgezählte Münzen in die Schale kullern und nimmt eine Zeitung vom Stapel neben der Kasse. Aktuelle Schlagzeile: *Los Angeles bewegt sich pro Jahr ungefähr einen Zentimeter nach Osten.* Auf ihrem Rückweg zur Tür bleibt sie plötzlich vor Rudi stehen.

Entschuldigen Sie, aber kenne ich Sie nicht von irgendwoher?

Rudi nickt. Er erinnert sich mehr an die Stimme als an die Person, ein hohes engelhaftes Singen, kaum hörbar.

Helfen Sie mir.

Gemüseladen.

Richtig.

Sie ist, jeder sieht es, erleichtert, dass sie sich, was auch immer ihre Kinder behaupten mögen, noch auf ihr Gedächtnis verlassen kann und sich vor dem Publikum so vieler Männer wegen ihrer Aufdringlichkeit nicht schämen muss. Sie tritt, ganz auf den Mann aus dem Gemüseladen konzentriert, noch einen Schritt näher an Rudi heran mit einem Blick voll mütterlicher Güte und Sanftmut, der sich auch nicht eintrübt, als sie die Zigarette sieht, die er in der Hand hält.

Sie rauchen? Was tun Sie, wenn ich fragen darf, wenn Sie Raucher sind, in einem Gemüseladen?

Oh, was ich dort tue? Ich kaufe Gemüse.

Sie macht weder auf Rudi noch auf die anderen Männer den Eindruck, die Logik dieser Antwort verstanden zu haben. Sie bringen für sie, wie man spürt, kein rechtes Interesse auf.

Arthur dagegen ist von der alten Dame hingerissen, genauer gesagt von dieser einen einzigen dünnen grünen Haarsträhne in ihrem ansonsten weißen Haar, eine fröhliche Botschaft, wie er findet, und ein wenig frech, was Arthurs angeborenes Mitteilungsbedürfnis in Gang setzt. Er findet, dass es die alte Dame verdient hat, sich wohl zu fühlen, und fühlt sich dafür irgendwie verantwortlich. Er erklärt ihr deshalb noch einmal, dass man, um Gemüse zu kaufen, am besten in einen Gemüseladen geht, und nicht, selbst wenn die Preise dort günstiger seien, in den Supermarkt. Und dann knöpft er sich gut gelaunt Rudi vor, den er ihr als den Kerl vorstellt, der immer allen im Weg steht, die Broccoli vom Regal räumt und scharf ist auf unreifes Obst. Das war er schon als Baby. Kein Wunder, dass er's mit der Magensäure hat inzwischen. Das kommt davon.

Ach, Arthur, mein Lieber. Wann hast du zum letzten Mal in deinem Leben Obst eingekauft? Und außerdem, was bleibt einem übrig? Alles, was uns seit Jahren an Obst angeboten wird, ist unreif, weil es nämlich, bevor es überhaupt reifen könnte, bereits verfault ist.

Die alte Dame hat die Anwesenheit Arthurs so wenig wahrgenommen, wie sie dem kleinen boshaften Gedankenaustausch zwischen ihm und Rudi zugehört hat. Ihr Blick verharrt weiter liebevoll und ausschließlich auf dem Mann aus dem Gemüseladen und der Zigarette.

Dann trinken Sie wahrscheinlich auch? Das tun Männer doch, die rauchen.

Na ja, sagt Rudi.

Es scheint die alte Dame zu bekümmern, dass da ein Mann vor ihr steht, der in einem Gemüseladen Gemüse kauft und gleichzeitig raucht und trinkt. Schade, sagt sie. Vielleicht brauchen Sie Hilfe?

Es geht schon, sagt Rudi, danke. Aber irgendwie ist ihm die Lust vergangen, die Zigarette schmeckt ihm nicht mehr.

Denken Sie an die Blumen und die Vögel. Sie nehmen ihnen, wenn Sie rauchen, die Luft zum Atmen.

Sie schafft es mit ihrer leisen, jeden Vorwurf vermeidenden Stimme wirklich, dass Rudi sich schuldig fühlt. Dass sie nicht auch noch das Gemüse erwähnt, das auch Luft zum Atmen braucht, macht die Sache nicht besser.

Sie denken vielleicht, ich bin übergeschnappt?

Ich denke, dass Sie mir gleich auch noch das Bienensterben in die Schuhe schieben werden.

Na jedenfalls, unterbricht der Tabakhändler das ganze Gerede, wo waren wir eigentlich stehengeblieben? Unser Professor! Er hörte sich also an, was mit mir nicht in Ordnung war, ruhig, ganz ruhig, er hatte ja jetzt, wo er Witwer ist, die Zeit dazu. Er bekam von mir auch immer, wenn er kam, ein Gläschen Likör. Das mochte er. Und der schickte mich zu einer Heilerin.

Komm endlich, hört man eine Stimme.

Ja, ruft die alte Dame, ich komme. Was soll ich machen, sagt sie und kichert, die Kinder glauben, dass ich überall, wo ich hingehe, etwas anstelle.

Arthur hat ihr den Arm gereicht und geleitet sie bis vor die Tür. Die Kinder, die sie draußen in Empfang nehmen, entpuppen sich als Erwachsene, mit denen ein Wort zu wechseln Arthur im Leben nie eingefallen wäre.

Die alte Dame bedankt sich bei Arthur mit der Frage, wo er die vollendeten Manieren, die er an den Tag legt, gelernt habe.

Alles, was ich bin und kann, verdanke ich meiner Geburt. Er sagt das in einem Ton, als sei es ihm gerade wieder eingefallen.

Na dann, weiterhin viel Glück im Leben, sagt die alte Dame. Und danke nochmal. Ich werde mich revanchieren, wenn Sie alt sind.

In der Zwischenzeit hat der Tabakhändler wieder das

Kommando an sich gerissen. Ich war wirklich alles andere als in einem guten Zustand. Eigentlich unübersehbar!

Höre ich da einen Vorwurf heraus? Was hätte uns denn deiner Meinung nach auffallen sollen?

Der Tabakhändler weiß darauf keine rechte Antwort. Ich fühlte mich krank.

Es gibt so Leute, und nicht mal wenige, die sehen, seit sie auf der Welt sind, krank aus. Das ist so. Das ist angeboren; wie bei dir wahrscheinlich auch. Wer kann schon aus seiner Haut! Die kommen aus dem Urlaub und sehen so krank aus wie vorher. Rudi überlegt. Also mir wäre das nicht so angenehm, wenn sich jeder nach meinem Wohlbefinden erkundigen würde. Ob ich was mit dem Magen habe oder Schlafstörungen oder so.

Der hat dich wohin geschickt, der Professor, hab ich das richtig gehört?

Zu einer Heilerin!

Ach du mein guter Gott!

Einer Heilerin? Was ist das denn?

So eine Art Guru.

Und was, bitte, ist ein Guru?

Frag Hans, was das genau ist. Der ist doch, was die große weite Welt angeht, immer bestens informiert.

Richard, Richard, seufzt Rudi. Ich habe immer gehofft, dass keiner, der mir nahe steht, den Verstand verliert. Kein vernünftiger Mensch geht zu einer Heilerin. Schon das Wort verursacht Halluzinationen.

Dachte ich auch. Denke ich eigentlich immer noch.

Aber irgendwie, ich meine, wenn einer wie der Professor fünfundneunzig ist und immer noch Kettenraucher und auch sonst klar in der Birne? Wenn der nicht Bescheid weiß?

Sie sollten sie aufsuchen, riet er dem Tabakhändler, wozu ich Ihnen auch aus eigener Erfahrung raten möchte, weil ich selbst einmal ihr Patient gewesen bin. Mich hat vor Jahren ein, wie soll ich es nennen, ein irgendwie lähmender Jammer befallen, ein Gefühl des Unwohlseins mit mir, nichts Körperliches, eher etwas, das wie ein Stein in meine Seele gefallen war – *auf* meine Seele, besser gesagt. Schwer zu erklären. Ich war in Gefahr, wollte mir aber die Gefahr, von der ich mich bedroht fühlte, nicht zu meinem Feind machen. Ich war ja schließlich mit meinen damals neunzig Jahren kein ganz junger Mann mehr. Eine Nervenkrise schien mir das Wahrscheinlichste, aber wodurch ausgelöst? Falsche Ernährung? Mehr als ein halbes Jahrhundert Zufuhr von Nikotin, und das in durchaus bemerkenswerten Quantitäten? Was ganz sicher auch eine Rolle gespielt haben könnte, mein Sitzfleisch? Ich war motorisch kaum in Bewegung zu bringen. Etwas war jedenfalls gerissen. Ich war dabei, das Interesse an mir zu verlieren, an meinem Leben, auch an meiner Ehe, an der Welt insgesamt. Ich, ein alter, bis auf bisweilen auftretende Verdauungsprobleme gesunder Mensch, ertrug die Intimität mit einem Neunzigjährigen nicht mehr. Ich ertrug es nicht, mit einem Neunzigjährigen auf die Toilette gehen zu müssen. Ich neige nicht unnötig oft zu Anfällen von Schwermut. Ich bin eher einer, der begabt ist, mit sich und der Welt zufrieden zu sein. Aber es hatte mich erwischt. Ich war nicht mehr der Mann mit der verlässlichen Haltung, sich nicht wichtig zu nehmen. Ich verlor mich in nutzlosen Grübeleien. Und, was ich nie für möglich gehalten hätte, ich rührte kein Buch mehr an. Ich, der ich ohne Bücher nicht leben konnte; natürlich auch nicht ohne Musik! Die Musik von Mozart, versteht sich.

Und ob sich das versteht! Der Professor hatte dem Tabakhändler schon oft von diesem, wie er ihn nannte, „kleinen, frechen, unscheinbaren Bub" vorgeschwärmt. Kaum auf der Welt, schon ein Musiker! Er war schneller tot, als die Welt Zeit hatte, vor ihm den Hut zu ziehen. Aber dafür war er zu Lebzeiten bei Leuten beliebt, die keinen trugen. Mein Briefträger pfeift Mozart, was ein untrügliches Zeichen dafür ist, dass ihm noch nicht die Beine weh tun. Und plötzlich das! Alles hinfällig! Alles Tünche und Leere! Mit einem Mal war mir, als sei diese Leidenschaft für die Bücher und die Musik ein Irrtum gewesen, vergeudete Zeit, ein schweres Vergehen, eine Beschäftigung für, wie soll ich sagen, für faule Leute wie mich, für Deserteure. Mir war immer, als suchte ich nach etwas; etwas hinter den Büchern. In einem Menschen suchte ich einen anderen. Etwas verstehen hieß: es unsichtbar machen. Ich wollte klüger sein als die Rätsel, die ich nicht lösen konnte. Ich war zufrieden damit, die Welt mit einem Tritt in den Hintern aus der Welt schaffen zu können. Raus aus meinem

Zimmer, raus aus meinem Leben. Das war auch der Grund, dass ich keine Zeitung mehr anrührte. Das alles, diese Suche nach allem, was nicht sichtbar und doch auf Erden da war, was lautlos, aber unüberhörbar war – das alles bedeutete mir plötzlich nichts mehr.

Ich war, ohne je getrunken zu haben, nie nüchtern gewesen; jetzt war ich es.

Es ging nicht so weit, dass ich den Wunsch verspürt hätte, mich nützlich machen zu wollen, aber ob ich es wollte oder nicht, ich schämte mich meiner mondänen, im Grunde, wie mir jetzt schien, nutzlosen Ambitionen. Ich war *untouchable*, wie selbst meinem Sohn aus der Entfernung auffiel.

Eines Tages erreichte mich eine Postkarte mit dem Ausschnitt eines Gemäldes einer Herde von Büffeln, mit nur einem einzigen Satz auf der Rückseite: Dad, beweise mir, dass es Dich noch gibt! Genau die Frage, die ich mir auch stellte. Ich antwortete mit einem handgeschriebenen Brief, den ich mit der Frage beendete: Reicht das? Oder soll ich Dir, na Du weißt schon was, schicken, geruchlos eingeschweißt per Paket? Daraufhin bekam ich von ihm ein Paar psychedelische Hosenträger geschickt, die zwar ein wenig geschmacklos sind, aber den Vorteil haben, dass man nachts nicht so leicht von einem Auto über den Haufen gefahren wird, immerhin.

Untouchable? Wie gerne hätte ich einen dieser gemalten Prachtkerle lebendig gemacht und ihn in die Arme genommen, mich unter ihn oder auf ihn gelegt, nur kurz, nur für die Dauer einer Nacht. Stattdessen schaute ich auf die brennende Zigarette und meine Hände. Hände, die einmal gezeichnet hatten, Skizzen, Grundrisse, ganze Baupläne, nur noch dazu da, die Seite eines Buches umzuschlagen? Sollte man sein Leben nicht vernünftigeren Dingen widmen?

Ich war, glauben Sie mir, in einem bedauernswerten Zustand. Ich weiß nicht, was ich gemacht hätte, hätte einer vor meinen Augen Feuer an meine Bibliothek gelegt; ich vermute, nichts – oder den Brandstifter einen „braven Mann" genannt und ihm applaudiert. Ich hätte den Flammen, ja, ganz gewiss, ich hätte auch den Flammen applaudiert; und hätte es überdies nur gerecht gefunden, dabei selbst in Flammen aufzugehen. Ein mythologischer Tod, einer auf dem Scheiterhaufen vieler Ideen. Als letzte hellste Flamme sterben. Welcher Sterbende gäbe ein schöneres Bild ab?

Nicht ungewöhnlich für einen Mann seines Alters und seiner Bildung, verweilte er noch ein wenig bei diesem Thema, und das in einem Ton, als hielte er es für keine unlösbare Aufgabe, den Tod abzuschaffen. Die Drohung, sterben zu müssen, habe er, wie er den Tabakhändler wissen ließ, nie sonderlich ernst genommen.

War sein hohes Alter die Belohnung für den Mut, gegen den Tod recht behalten zu wollen?

Es waren dies Überlegungen, die dem Tabakhändler nicht nur unbekannt, sondern gänzlich unzugänglich waren.

Er habe, was ihn beträfe, letztlich nur zu einer Medizin wirklich Vertrauen gefasst, sagte der Professor und wurde lebhaft, einem Wirkstoff, der nicht aus dem Labor komme und auch auf keiner Wiese unter freiem Himmel wachse, einem Heilmittel, bekannt unter dem Namen Humor. Im übrigen, meinte er, sei das Leben selbst ein Zwischenreich und die Angst vor dem Tod wahrscheinlich nichts weiter als die Furcht vor der Enttäuschung, einfach nur zu sterben, nur so. Keine Engel weit und breit. Kein Kranz aus Licht. Keinerlei Anzeichen einer Verklärung. Die zum Sterben Verdammten, weg damit, ab mit ihnen in die dunkelste Finsternis.

Das sind so Gedanken! Die Tatsachen, soweit ich mich erinnere, waren andere. Ich lief Gefahr, ein durchschnittlicher Mensch zu werden, ohne Freude, ohne jeden Ehrgeiz. Meine – bitte verzeihen Sie, wenn ich das sage – nicht unbescheidenen Ansprüche an mich, auch übrigens an jeden meiner Freunde und Bekannten, sanken gegen Null. Eine ärgerliche Geschichte! Da so etwas ansteckend wirkt, ansteckend wie das Gähnen, und ich meine Frau nicht auch noch damit belasten wollte, habe ich mich eben überwunden – und bin bei Frau Friedrich vorstellig geworden, einer Studienkollegin meiner Frau übrigens. Nicht direkt eine Ärztin, wie gesagt, sondern eine, wie sie sich nennt, Heilerin. Ich würde sie eine Künstlerin nennen, wenn man es nicht ganz abwegig findet, der Kunst heilende Kräfte zuzugestehen. Jedenfalls ist sie, was ihre Methode betrifft, nicht sehr orthodox. Sie fischt, könnte man sagen, im Trüben, eben da, wo es sich lohnt, Netze auszuwerfen.

Der Professor war an diesem Tag zum Plaudern aufgelegt, eine für einen im übrigen wortkargen Mann ungewöhnliche Reaktion, die sich vielleicht dadurch erklären lässt, dass er dem Tabakhändler die Entscheidung erleichtern wollte, seinem Rat zu folgen und sich tatsächlich in Behandlung zu begeben. Aber ganz schlau wurde der Tabakhändler aus dem, was der Professor alles von sich gab, nicht; aber wann war ihm das je gelungen? Sie verhielten sich wie zwei, die sich über Schlangen unterhalten: der eine möchte sie am liebsten streicheln, der andere schreiend davonlaufen. Es war Ansichtssache – oder eine Sache der Eingebung. Im Fall des Tabakhändlers lag der Fall klar: er wunderte sich erst, wenn der Professor weg war. Der spazierte durch sein Gehirn wie durch einen Garten. Mal schaute er, mal ruhte er, schlief ein bisschen ein und beugte sich, kaum wach und wieder bei Kräften, zur Blüte einer Blume hinunter, bis ihm das Kreuz weh tat. Er reicht die Zigarette, die er selbst gerade raucht, Mozart, mit dem er ein Gespräch über Leben und Sterben führt, ein Gespräch voll ausgelassenem Gelächter. Es war, als würden sie sich Witze erzählen. Der Professor mit seinen komischen Hosenträgern, Mozart ohne Perücke, sie waren selbst ein Witz, wie sie sich gegenseitig Zuckerpflaumen in den Mund schoben. Vielleicht liebte er das an Mozart, seinen Humor.

Welches Alter hat die Seele des Menschen?

Das Alter vieler Träume.

Der Tabakhändler war nach diesen Spaziergängen

jedes Mal wie erschlagen; was kaum ein Wunder ist, denn der Professor ging nicht nur in den Gärten seines Gehirns spazieren, dem genügte für einen Spaziergang ein Satz. Und mehr noch: Er konnte auf diesem Satz tanzen. Oft auf einem Wort nur, der Anregung, die er einem Wort entnahm. Es schlug dem Tabakhändler jedes Mal die Ordnung seiner Gedanken kaputt; bei aller Geduld!

Was zum Himmelteufelswillen haben Auenlandschaften, über die er vor Wochen einmal plötzlich zu philosophieren angefangen hatte, mit dem eigentlichen Gegenstand ihres Gesprächs zu tun, seiner Migräne? Sollte er sich mit dem alten Herrn anlegen, ihn unterbrechen, ihn bitten, sich kurz zu fassen? Was meinte er? Diese schlammigen, immer irgendwie unheimlich wirkenden Überschwemmungsgebiete entlang großer Ströme, was war damit? Was brachte den guten Mann dazu, darin ein Universum zu sehen, dem der Himmelssterne vergleichbar, ein „Chaos in Vollendung“, wie er sich ausdrückte, eine Welt aus abgestorben vor sich hin moderndem Treibholz, faulenden Baumstämmen, grotesk wuchernden Schwämmen und Wasserpflanzen? Dagegen dachte der Tabakhändler im Zusammenhang mit Auenlandschaften an nicht viel mehr als einen idealen Ort, um erst einmal gefahrlos die eine oder andere Leiche entsorgen zu können. Schließlich: Enten gehen nicht zur Polizei.

Sie konnten sich auch über den Unterschied des Nützlichen und des Nutzlosen nicht verständigen, wie auch.

Die Augen des Professors waren wenig praktisch veranlagt, er sah Licht und Schatten, Schmetterlinge und Libellen, jedes von der seltensten Art, eine Wunderwelt scheinbar nutzlos wuchernden Lebens, in der alles wirke wie tot und doch, über und unter Wasser, unruhig sei und lebendig; er sah das Utopia einer sich selbst überlassenen Welt. Und wenn Sie die Augen schließen und lange genug geschlossen halten, hören Sie eine nur noch selten aufgeführte Musik aus Vogellauten, dem Quaken von Kröten und Fröschen, dem Sirren und Surren von Insekten. Und wer weiß, ob an der Musik, die da spielt, nicht auch die Ameisen beteiligt sind, die Fische, die Äste, die knacken, die Regentropfen bei Regen, der Wind, der sich einmischt; ich glaube, ja. Und natürlich reagiert jedes Tier, jedes Lebewesen je nach Sonnenstand musikalisch anders, und wir selbst hören nach Einbruch der Dunkelheit anders als bei Tage. Aber wie dem auch sei, mein lieber Freund, wir haben es hier mit einer Musik zu tun, die zu den ältesten Tonschöpfungen der Erde zu zählen ist, und das im wahrsten Sinn dieses Wortes: die Schöpfung macht Musik. Alles ist Zufall und nichts. Es klingt, wie es klingt. Es ist gemacht, aber nicht gewollt. Es ist eine Musik, die selbst Erde ist. Erde, Luft und Licht, alle Schattierungen von Licht.

Danach schien er eine Besorgung machen zu müssen, anderswo, und streichelte der Länge nach seinen Gehstock.

Der Tabakhändler atmete auf; zu früh, denn der Professor hatte trotz seiner Gehhilfe Stehvermögen.

Istvánka Báthory-Bernstein, in ihrem Garten in Antwerpen, um 1963

Gleich bin ich auch wieder so glatt wie der hier. Nur eben zwei Ecken weiter zu Herrn Heideck, meinem Friseur. Er dürfe sich, meinte er, ein wenig, aber nicht ungebührlich ausgiebig verspäten, zumal er keinen anderen Friseur kenne, der noch das Rasieren auf der Liste seiner Dienstleistungen anböte. Eine Rasur sei nichts mehr, was man einfordern könne! Es dürfte wohl keine zwei in der Stadt geben, die bereit oder überhaupt fähig wären, das Messer zu wetzen, und wer würde einen Mann warten lassen wollen, der noch nach guter alter Tradition arbeite, mit Seifenschale und Pinsel, einem mit einem Griff aus Bernstein, mit ausgiebig Schaum und reichlich Puder zum Schluss? Aber der will kein Lob hören, Komplimente schon gar nicht. Man wird mich, wenn er aufhört, mit Vollbart begraben müssen; im übrigen hat er das auch schon durchblicken lassen, das Geschäft verkaufen und in die Staaten, nach New York, übersiedeln zu wollen.

Und was, fragte ich ihn, haben Sie vor, in New York zu tun?

Meine Hunde im Central Park ausführen, mich einmal die Woche bei Madame Báthory-Bernstein zum Tee einfinden und ein Buch schreiben.

Worüber, wollte er mir nicht verraten. Aber ich werde es noch aus ihm herauskriegen. Leute, die Bücher schreiben, reden bekanntlich nur allzu gern über die Bücher, die sie schreiben. Das ist so. Sie reden von ihnen wie von einer dritten Person, deren Geheimnis auszuplaudern sie kein Recht hätten. Außerdem tun sie gern so, als seien sie der Arbeit, noch bevor sie damit begonnen haben, bereits überdrüssig. Sie wirken deprimiert, zumindest gelangweilt, von nichts geplagt als von einem sich ohne Vorwarnung einstellenden leichten Unwohlsein, dessen Ursache, sie wissen es, ihre Schlaflosigkeit ist. Sie stehen, in Gedanken versunken vor sich hin träumend, an einem Fenster, schauen auf das Angebot der Fenster gegenüberliegender Häuser oder gehen, um die Geistergeschichten der Gegenwart zu erkunden, spazieren. Hin und wieder bleiben sie – unter der fernen Einwirkung aller je von ihnen eingenommenen verbotenen Substanzen – stehen, um etwas auf einen Zettel zu notieren, einen Satz, ein Wort, eine Botschaft, die sie, zuhause angekommen, nicht mehr deuten können. Freude an dem, was sie tun, denken sie, könnte sie verraten. Also bieten sie alle Kräfte gegen eine Arbeit auf, die ihnen aber ohne den Verschleiß aller Kräfte wertlos vorkäme. Sie wollen bemitleidet werden, aber mit dem größten Respekt bemitleidet, einem Respekt, der ihnen mehr bedeutet als bloße Bewunderung. Sie sind unfähig, eine Leistung, die ihnen zur Ehre gereicht, gerecht einzuschätzen. Selbst Höchstleistungen sind ihnen suspekt, die eigenen eingeschlossen. Gelingt etwas, war es keine Arbeit, und also nicht zu beurteilen. Das weiße Blatt, das sie vor der Nase haben, wiegt schwerer als der Tisch, an dem sie sitzen. Die armen, armen Kerle! Sie brauchen das Unglück wie andere ihr täglich Brot. Unter einer kaputten Ehe machen sie es nicht. Wenn Sie mich fragen, warten sie, vielleicht mehr noch als auf Geld und Ruhm, darauf, dass ihnen mal jemand den Kopf wäscht oder richtig den Hosenboden versohlt. Das setzt Geist frei!

Während der alte Herr redete – und der Tabakhändler, wie so oft schon, den Versuch, den Ausführungen Sir Edwards folgen zu wollen, aufgegeben hatte –, fuhren seine Hände immer wieder in die Taschen seines Mantels, die ihn ganz gehorsam mit der Information versorgten, die Zigaretten, die zu kaufen er gekommen war, auch tatsächlich eingesteckt zu haben. Ohne irgendeine Anstrengung fielen ihm dabei auch gleich noch die abgetretenen Absätze seiner Schuhe ein, die zur Reparatur zu bringen er sich vorgenommen, aber mitzunehmen dann doch vergessen hatte. Mochte ihn seine zunehmende Vergesslichkeit zuweilen trübsinnig stimmen, so funktioniert sein Gedächtnis andererseits noch immer quälend genau. So ärgert ihn bis heute die lebendige Erinnerung an seine jahrelangen Auseinandersetzungen mit den frisch gebackenen jungen Architekten in seinem Büro, wenn er sie dabei ertappt hatte, wie sie, mit einer ganzen Armada ungespitzter Bleistifte bewaffnet, an ihren Zeichentischen saßen; eine in seinen Augen nicht nur unentschuldbare Schludrigkeit, sondern auch der Beweis, wie immun diese Kerle waren gegen das ästhetische Vergnügen, den ein frisch angespitzter Bleistift seinem Benutzer zu schenken vermag. Nur die Entdeckung von Druckfehlern in Büchern haben ihm einen ähnlich schmerzhaften Stich versetzt und können ihn, noch dazu, wenn er zwei dieser Schnitzer auf einer einzigen Seite entdeckt, geradezu schwermütig machen. Die einzig ihm bekannte Medizin dagegen ist, das betreffende Buch umgehend aus seiner Wohnung zu entfernen. Ab damit in die Mülltonne. Es kostenlos einem Antiquar abzugeben, hätte er sich nicht verziehen.

Eine Biographie des sizilianischen Schriftstellers Guiseppe Tomasi, Herzog von Palma und Fürst von Lampedusa, in der er einmal in einem Antiquariat geblättert hatte, war so kompakt mit Druckfehlern bestückt, dass sie in jedem Kuriositätenkabinett einen Ehrenplatz verdient gehabt hätte; der junge Mann, der dort arbeitete, quittierte den höflich vorgebrachten Hinweis mit einem Achselzucken, dem nicht zu entnehmen war, ob er die Sache für eine Lappalie hielt oder einfach nur seine Nerven schonen wollte. Aber er reagierte und fischte aus einem Stapel ganz anderer Bücher ein schmales gelbes Bändchen mit Gedichten von Joseph von Eichendorff hervor, das er ihm mit der Bemerkung „garantiert druckfehlerfrei“ überreichte.

Er schlug es auf.

Wenn die Klänge nahn und fliehen,
In den Wogen süßer Lust,
Ach! Nach tiefern Melodieen
Sehnt sich einsam oft die Brust!

Und kaufte es.

Und stutzte und schlug, bereits auf dem Weg nach

draußen, noch einmal das Gedicht auf der erste Seite auf. *Melodieen?* Aber nein, nicht der Setzer hatte sich vertan, sondern er selbst, und das gleich um mehr als hundert Jahre.

Mein Leben, fuhr der Professor fort, war nicht nur lang, sondern auch interessant genug, um, neben vielen anderen gescheiten Köpfen, auch einigen Schriftstellern begegnet zu sein. Lassen wir uns nicht täuschen von ihrer alle Komplimente abweisenden Eitelkeit. Sie sind für Schmeicheleien empfänglich wie junge Witwen. Wahrscheinlich wird sich meine Vermutung am Ende als wahr herausstellen, und es wird sich bei dem Buch meines Friseurs um eine Art Biographie handeln, eine Geschichte, die aus ihm und dieser Ungarin ein wunderbar exzentrisches Paar macht, ein Buch erfundener Erinnerungen; was keinen Tadel verdient, es kommt auf die Hand an, die schreibt. Zuzutrauen wäre ihm das. Ein eleganter Schwindel, eine hoffentlich kunstvolle Täuschung. Wie oft habe ich selbst darauf gehofft, dem unheilvollen Verrinnen der Zeit ein Schnippchen schlagen zu können, und davon geträumt, meinem Leben einen Doppelgänger unterjubeln zu können, der sich die Zeit und das Recht nimmt, hin und wieder ein paar Korrekturen vorzunehmen an dem, was man so gemeinhin Schicksal nennt; einen Erzähler in eigener und fremder Sache, einen in den Kulissen versteckten, unsichtbaren Puppenspieler, einen mit eigenem Text.

Er seufzte. Schade nur, dass ich das Resultat wohl

nicht mehr werde lesen können, wie so manch anderes Buch meiner Bibliothek. Das ist das Dumme am Sterben, es bleiben zu viele ungelesene Bücher zurück. Noch ein Seufzer. Na ja, jedenfalls wünsche ich ihm Glück und ein paar herzhafte Einfälle. Er stieß seinen Gehstock auf den Boden. Nun aber los, alter Knabe.

Er stand da, bereit zum Aufbruch. Aber bis er sich dann tatsächlich auf und davon machte, dachte er doch noch ein wenig nach und musste plötzlich schmunzeln, weil ihm einfiel, wie es seine Frau noch nicht einmal am Tag ihrer Hochzeit geschafft hatte, pünktlich zu sein. Sie hat ihr ganzes Leben lang nie auch nur eine Minute lang einen Gedanken an die Tatsache verschwendet, dass es Menschen gibt, denen Pünktlichkeit etwas bedeutet. Aber glauben Sie nicht, sie sei auf den Mund gefallen gewesen. Sie hatte eigenwillige, aber nicht leicht zu widerlegende Ansichten. Den immer Pünktlichen mangle es an Phantasie, hat sie sich verteidigt. Und Phantasie, die hatte sie.

Die Erinnerung, die ihn gerade noch hatte schmunzeln lassen, schien ihn zu betrüben. Er senkte den Blick. Als sie mir den Ehering an den Finger steckte, hat sie mich angeschaut und gesagt: Versprich mir eines: Gib meinen Gedanken einen Grund, es nie eilig zu haben.

Der Tabakhändler sah, wie es den Professor sichtlich noch immer Mühe kostete, den Verlust seiner Frau zu verschmerzen. Seine Verzweiflung war der Ruhe, zu der er sich zwang, anzumerken. Geübt im Griff zur Zigarette schaffte er es aber, sich so weit abzulenken, dass die ihm anerzogene Pflicht zur Diskretion halb wieder hergestellt war; ein weiteres besorgte das Hantieren mit den Streichhölzern, die ihm nicht gehorchten; einige fielen zu Boden, andere zerbrachen. Die ihm vom Tabakhändler angebotene Flamme aus einem Gasfeuerzeug starrte er an wie das letzte Licht. Aber Augen sind indiskret, sie verraten alles. Gegen ihren Tod gab es kein Argument, und gegen Erinnerung keine Medizin. Er hatte mit Atemübungen versucht, einen Zustand der Konzentration zu erreichen, der es ermöglichen soll, an nichts zu denken; mit dem Ergebnis, dass er am Ende nicht nur zu denken, sondern am liebsten gleich ganz zu atmen aufgehört hätte. Weiter als bis an die Grenze zum Ersticken kam er nicht, aber es stellten sich Bilder ein. Eine Allee, gepflastert mit Grabsteinen. Die Bäume Grabschmuck. Der Himmel gleichgültig. Ein Mann gräbt sich ein, kopfüber. Raben sind zur Stelle. Gott, einen Geigenkasten unterm Arm, telefoniert. Elektrische Entladungen wie die Nachzügler eines Wetterleuchtens.

Ein ganz und gar irdischer Leib war zu überwinden, um ans Ziel zu kommen. Da ich damit allein nicht recht fertig wurde, wollte ich in ein Kloster, in eines, das für eine bestimmte Zeit Laien aufnimmt, ich hatte darüber gelesen. Ich nahm also Kontakt auf und erfuhr, dass die Wartelisten für einen Aufenthalt voll seien, die entsprechenden Kapazitäten erschöpft, die klösterlichen Zellen ausgebucht für mindestens ein Jahr. Man stelle sich das vor. Ich könne meine Anmeldung einreichen, meinten sie, aber große Hoffnungen könnten sie mir nicht machen. Ich nannte ihnen mein Alter, ich war damals neunzig, und wollte wissen, ob sie sich nicht vielleicht bereit finden könnten, eine Ausnahme zu machen. Nein, war die Antwort, keine Ausnahme, als ob meine Bitte, wie soll ich mich ausdrücken, unmoralisch, unchristlich sei. Eigenartig, nicht? Aber sie wunderten sich nicht einmal. Da Sommer war und das Wetter in jenem Jahr trocken und warm, schlug ich vor, im Klostergarten unter freiem Himmel nächtigen zu wollen, ein Feldbett und vielleicht eine leichte Decke würden genügen. Aber auch das lehnten sie ab, man kann schon sagen: kategorisch. Ich denke, sagten sie, wir haben uns verstanden – und beendeten das Gespräch. Sie hielten mich bedauerlicherweise offenbar für einen Lügner, der versucht, sich einen Vorteil zu verschaffen. Den Herrschaften scheint etwas abhanden gekommen zu sein, ein Verstehen anderer Art, vielleicht auch nur etwas wie Liebenswürdigkeit. Mein ganzes Leben lang war ich unfähig, Unfreundlichkeiten zu ertragen. War das, was ich mir unter göttlicher Ruhe vorstellte, deren Privatbesitz? Eine Ware, die, weil selten, hoch gehandelt wird? Bekannte verwiesen mich auf ähnliche, aber sozusagen profane Einrichtungen, die Kurse in Meditation abhielten. Eigenartig, was es auf diesem Markt für Angebote gibt. Ich kontaktierte einige, mit dem gleichen Ergebnis. Tut uns leid, wurde mir auch da mitgeteilt, aber die Nachfrage übersteige ihre Möglichkeiten. Einzig bei einem Workshop im Hochland von Kaschmir seien noch Plätze zu buchen – was wie ein Witz klingt, aber wohl keiner war. Der Wahnsinn der Welt scheint Früchte zu tragen. Die Menschen fliehen. Es hat, gebe ich zu, etwas von falschem Alarm.

Ich verzichtete. Ich begnügte mich schließlich damit, in die Auen zu gehen.

Wir, Frau Friedrich und ich, konnten über die Melancholie, die über den Auen liegt, stundenlang philosophieren. Sie gab mir Recht. Es gibt sie auch in uns, diese Landschaften, auch wir seien, in welchem Alter auch immer, von Anfängen überwuchert. So wie Neues altert, wolle etwas im Alten neu werden – und werde es. Der kleinste Tümpel beweise es: Leben und Sterben seien im Grunde eins. Der Tod reißt keine Lücke, Unsinn. Er vollendet einen Kreis.

Oh ja, lobte er sie, eine kluge Frau. Ich hatte nie den geringsten Zweifel, sie könnte den Stein, der auf meiner Seele lag, zertrümmern; und sie schaffte es. Sie hat mich stabilisiert. Man kann, wenn man ein Ziel hat, nicht den Weg dorthin ignorieren.

Er nahm seine Brille ab, steckte sie in sein Jackett und reichte dem Tabakhändler die Hand.

Die noch bessere Nachricht zum Schluss. Ich lese wieder mit dem alten Vergnügen. Mein Bett ist übersät mit Büchern. Ich finde selbst kaum noch ein Plätzchen, um mich auszustrecken.

Er sieht den Professor noch vor sich, Sir Edward, wie er ihn seit langem insgeheim getauft hat, obwohl er mit richtigem Vornamen Eduard heißt, Wolf Eduard Morkus, von Beruf Architekt, ein Kavalier alter Schule, ein Mann mit dem Habitus eines britischen Adligen, wie er ihn mit seinen leicht wässrigen, aber freundlichen Augen anschaut, und hört noch seine Stimme, eine Stimme im tiefen Register, die nicht mehr ganz seine eigene war, sondern wie die eines Schauspielers, der durch die Gewölbe einer alten Burg wandelt und zu sich selbst spricht, jedes Wort melodisch intonierend: *Ursachen gibt es, die noch kein Arzt bewies. Doch Irrsinn war es, Krankheit oder Gram.*

Auf ihn, das war dem Tabakhändler klar, traf alles drei zu.

Das Telefon läutet.

Der Tabakhändler, der gerade jetzt nicht gestört werden will, nimmt nach dem fünften Läuten schließlich doch ab, nickt einige Male, während er dem Anrufer zuhört, und legt dann („Ja! Ich auch! Ja!") auf. Er hat die Hand noch nicht vom Hörer genommen, als das Telefon wieder klingelt. Nein, nicht schon wieder! Er nimmt ab, hört wieder eine Weile zu, nickt, sagt dann: Ja, Schatz, ich auch! und will auflegen, was den Anrufer offenbar aber nicht hindert, einfach dranzubleiben.

Ach du mein guter Gott, da scheint aber jemand verliebt zu sein.

Ich auch. Ja! … Hör zu … Ich muss jetzt … Halb ohnmächtig vor Ungeduld bringt er das Gespräch über die Runden und legt auf.

Arthur ist davon nicht überzeugt. Verliebt? Das sind Kontrollanrufe. Das hab ich auch durchgemacht und hinter mir. Wo steckt der Kerl? Was macht er? Bring endlich den Zauberteppich, bevor wir ins Paradies fliegen, in die Reinigung.

So kennen sie Arthur, den Eisenbahner, wie sie ihn nennen, witzig und unverschämt. Man weiß nie, meint er, was er sagt, ernst oder macht er Witze. Er weiß es wohl selbst nicht. Einige hier halten ihn für ein unentdecktes komisches Talent, andere schlichtweg für geistig etwas zurückgeblieben. Dass er so gern und so viel redet, mag viele Erklärungen haben – aber die von Roberto bringt die Sache wohl auf den Punkt: er muss, wenn er redet, weniger denken.

Ich hab mich, sagt Arthur, bevor es vor den Altar ging, erst einmal seelenruhig vollaufen lassen! Man weiß ja nie.

Nein, weiß man nie, stimmt Rudi zu. Das ist wahr. Besser, man erledigt alles, was im Leben richtig was taugt, solange man jung ist; was bei ihm in eine Zeit fiel, als er mitten in einer Ausbildung zum Konditor stand. In seiner Jugend Saft und Blüte! Obwohl er mit dem Aufstehen um drei Uhr früh seine Schwierigkeiten hatte – und mehr als verwelkt seinen Dienst antrat. Gegen zehn Uhr fühlte er sich langsam besser und pünktlich zu Dienstschluss großartig. Es war jeden Tag der gleiche Rhythmus. Familienbetrieb. Über hundert Jahre. Alles aus eigener Herstellung: Erdbeertorte („mit Rum"), Mandeltorte („eine italienische Köstlichkeit"), Prinzregententorte („Königlich"), Sachertorte („Besser als das Original!"). Braucht einer, der jung ist, keine Abwechslung? Er hielt sich ran. Bald war keine, die als Lehrmädchen eingestellt wurde, vor ihm sicher. Sein Chef, ein Enkel des Firmengründers, war von den privaten Überstunden seines Lehrlings, seinen Unzumutbarkeiten, wie er sie nannte, weniger begeistert. Es häuften sich die Krankmeldungen, es gab Zank und Tränen; also nahm er von den Mädchen, die sich bewarben, nur noch die hässlichsten. Was auch nichts half, ich habe mir trotzdem die Hörner abgestoßen, aber immer schön aufgepasst, dass mich keine für sich alleine hat haben wollen. Bis es dann, und es musste ja so kommen, eine endlich doch geschafft hat, da war ich allerdings bereits selbstständig. Ich habe bis heute keine Erklärung dafür, wie sie es geschafft hat. Ich hatte auch keine Ahnung, dass ich mich da auf etwas Lebenslängliches eingelassen habe. Aber ich müsste lügen, wenn mich nicht die eine oder andere meiner weiblichen Angestellten noch immer an etwas erinnert, woran ein verheirateter Mann besser nicht denkt. Oh Herr, vergib mir.

Ich vergebe dir, sagt Arthur.

Arthur war, bis es zu einer Anzeige gegen ihn wegen einer angeblichen Vergewaltigung und seiner vorläufigen Suspendierung vom Dienst kam, Schlafwagenschaffner gewesen, und das mit Leib und Seele. Der im Gegensatz zum normalen Dienst eines Zugschaffners viel direktere Kontakt zu seiner Klientel entsprach ganz seinem Temperament. Er war zur Stelle und in Hochform, wenn dem einen oder anderen seiner Gäste das Gemüt schwer wurde auf langer Fahrt und er ein wenig Aufmunterung nötig hatte. Er hätte die Höchstnote verdient. Er servierte ein Glas Wasser zum Einnehmen von Herztropfen mit der gleichen Freundlichkeit, wie er das Tattoo auf der Innenseite eines Oberschenkels bestaunte. Er hörte sich Witze an, die nicht witzig waren, und tröstete eine Mutter, die untröstlich war über den Sohn, der sich am Bahnsteig wie ein rücksichtsloser, ihre Abschiedsempfindungen beleidigender Rüpel aufgeführt hatte. Er half ihr sogar, nachdem er ihren Koffer und ihre Tasche verstaut hatte, aus dem Mantel. Sie war ganz gerührt von so viel Freundlichkeit. In ihrer Aufregung fand sie kaum Worte, um ihm zu danken, und die Packung mit den mandelbestreuten Waffelkeksen in feiner Vollmilch-Schokolade, ohne die sie sich eine Zugreise nicht vorstellen konnte und nach der sie ihre Tasche absuchte, um sie ihm zu schenken, fand sie auch nicht.

Es war niemals Ruhe unter den Ruhenden, und nicht immer waren alle in einem Abteil untergebrachten Reisenden mit der Verteilung der Betten einverstanden, was Geschick erforderte, gerade in aussichtslosen Fällen. Alle machten ihn für alles verantwortlich. Wie einem Schnarchenden beikommen? Wie einer in einem heftigen Traum rhythmisch Aufstöhnenden, was naheliegende Gedanken noch näher legte? Gab es Vorschriften zur Beförderung eines Vogelkäfigs samt Inhalt, zumal der Inhalt, ein junger Rabe, sich nicht an die Vorschrift hielt, ab zehn den Schnabel zu halten? Wie sich mit einer komischen, leider völlig humorlosen Heiligen verständigen, die noch den schläfrigsten ihrer Mitreisenden mit Nachrichten ihrer karmischen Wiedergeburten belästigt?

Arthur war als Schlafwagenschaffner die ganze Nacht hindurch auf den Beinen und in vielen Berufen tätig, als Kellner, Krankenschwester, Beichtvater, Alleinunterhalter und Wecker, zur Not auch Aufpasser und Familienvater. Er versorgte einen zum Jähzorn neigenden alten Mann mit einem zweiten Kopfkissen, eine Frau, die fror und insgesamt in zerbrechlicher Verfassung zu sein schien, mit einer zusätzlichen Decke, die er gleich auch noch mit eleganter Routine über ihr ausbreitete – kein Zehennagel durfte unbedeckt bleiben! –, und einen Teenager, die mit dem Tattoo, mit einem Kriminalroman. Er äußerte, wenn erwünscht, bereitwillig seine Meinung über alles, ausgenommen die Politik, über Frisuren, Horoskope, die Farbe von Lippenstiften. Um das Interesse ihres Ehemanns an ihr zurückzugewinnen, verfiel eine Frau auf die Idee, ihn bei ihrem Wiedersehen mit der Kenntnis der Abseitsregel im Fußball zu überraschen, und bat Arthur um Aufklärung. Nichts leichter als das, sagte er und legte, den Ball am Fuß, los wie ein Angreifer, der eine gut stehende Abwehr durch ein Dribbling zu knacken versucht, was aber erst einmal misslang; er merkte, wie er den Faden verlor, sich verzettelte und ohne Raumgewinn selbst schwindlig spielte. Er startete – na gut, also alles zum Mitschreiben noch mal von vorne – einen neuen Versuch, aber es war wie verhext, es gab einfach kein Durchkommen, er biss sich schon nach wenigen Metern erneut fest – und spielte den Ball schließlich einem Kellner des Speisewagens zu, der – ganz klar im Abseits! – gerade draußen vorbeikam. Erkläre der Dame doch mal kurz, was Abseits ist, ja?

Arthur ließ kein Interesse an ihm unbeantwortet. Dazu kam, dass er damals noch bei weitem nicht so schwergewichtig war wie heute und sich viel von einem Oberlippenbärtchen versprach, einem wie mit Kohle gezogenen Strich, der frech und leicht frivol wirkte. Er hatte ihn sich nach einem Kinobesuch zugelegt, einem alten Mantel-und-Degen-Schinken, wo der Held, ein Franzose natürlich, von einem ganzen Harem außerordentlicher Schönheiten angehimmelt worden war; es hatte ihm bisher, wie er fand, das nötige Vertrauen und der nötige Schwung gefehlt, die Augen rollen und funkeln zu lassen.

Seine Freunde waren sich einig, ganz unschuldig konnte Arthur an der ihm zur Last gelegten Vergewaltigung nicht sein, aber er war eben auch nicht, wie das Gericht dann feststellte, schuldig, was das Urteil auch bestätigte. Er wurde in allen Punkten freigesprochen. Die Klägerin, eine den Behörden bestens bekannte Person, war ein Opfer weniger der Männer als einer psychischen Erkrankung, die sie immer wieder dazu trieb, ohne Ziel in Zügen durch die Republik zu reisen und im Wahn, jemand bedrohe ihre Sicherheit, die Notbremse zu ziehen. Dem Zugführer und später der Polizei präsentierte sie nicht zuerst ihren Ausweis, sondern ein Dokument, das sie im Reisegepäck immer bei sich trug. Sie war Jungfrau; und hatte es schriftlich.

Arthur war etwa drei Monate, bevor es zu der Anschuldigung und zu seiner vorläufigen Festnahme gekommen war, während seiner Dienststunden tatsächlich auf engstem Raum zwischen Thermoskannen, Plastikbechern und Tüten von Chips sexuell aktiv geworden, wenn auch einvernehmlich. Dabei hatte er aus der Hand einer ihm unbekannten Frau nur einen Beutel Kamille entgegengenommen und damit einen Tee aufgebrüht – und serviert. Die Geschichte endete, anders als drei Monate später, nicht vor Gericht, sondern vor dem Standesamt. Sie gingen eine Weile miteinander, dann wurde sie seine Geliebte und schließlich seine erste und bis heute einzige Ehefrau, jene Inge eben, Spitzname Flossie.

Flossie?

Weil mir die Felle weggeschwommen sind, deshalb. Vom ersten Augenblick an. Er schnalzt mit der Zunge. Ich hätte mir keine großen Chancen gegeben, bei ihr landen zu können.

Aber wie fing die ganze Geschichte wirklich an?

Mit einer Maus! Es gab sie oder gab sie nicht. Inge wollte jedenfalls eine gesehen haben, und was für eine. Vielleicht sogar eine Ratte?

Arthur nahm die Beschwerde entgegen und redete

erst einmal beruhigend auf die Ängstliche ein, wobei er, in Gedanken mehr bei Inge als bei der Maus, sich veranlasst sah, die Existenz eines Nagers in einem Zug für unwahrscheinlich zu halten. Nicht die Maus, aber die Angst vor ihr löste sich in das Wohlgefallen auf, mit einem Kompliment verwöhnt worden zu sein. Und Arthur wäre nicht er selbst gewesen, wenn er es dabei belassen hätte. Er mutierte vom Bundesbahnangestellten, der diensteifrig so tat, als suche er das Abteil nach einem winzigen, aber schrecklichen Tier ab, zu einem textsicheren Verführer („Was für eine Nacht, Madame! Hier bin ich und werfe mich Ihnen zu Füßen!" Darauf sie, noch immer mit ängstlich angezogenen Beinen: „Lassen Sie das. Ich bin keine Madame, ich bin Inge! Und rutschen Sie nicht auf den Knien herum, sondern helfen Sie mir!") – mit dem Ergebnis, dass sie ihm schließlich doch die Wahrheit beichtete. Das mit der Maus sei ihre Erfindung gewesen, der Wahrheit erster Teil. Ein Vorwand, ihn anzulocken und für länger als nur Minuten bei sich zu haben, der Wahrheit zweiter und entscheidender Teil. Sie entschuldigte sich, seine Hand berührend, für ihr Verhalten, und das so mädchenhaft scheu, dass es Arthur, jetzt wieder auf den Beinen, wie ein Stromschlag traf.

Er machte ihr, noch unter Strom, einen Heiratsantrag.

Von Inge hatten Bruno und Rudi allerdings eine weit von Arthurs Erinnerung abweichende andere Version gehört.

Eine Maus? Lächerlich! Sie sei in Hannover ausgestiegen, ein halbes Jahr später wieder eingestiegen, zurück nach Lindau, wo ihre Mutter in einem Altersheim untergebracht und erkrankt war. Sie habe Arthur, als er vor ihr stand, zuerst nicht einmal wiedererkannt. Meine Güte, warum gerade er? Na, wieder auf Verbrecherjagd, hab ich ihn gefragt, weil er nämlich bei unserem ersten Zusammentreffen, wie ich mich erinnerte, hinter einem Dieb her war oder einer ganzen Bande von Dieben und jedes Abteil kontrollierte und auch die Polizei bereits alarmiert worden war. Er wollte wissen, ob mir auch was abhanden gekommen sei, Bargeld, Scheckkarte, Schmuck? Ich schaute nach. Nein, nichts, alles da. Wirklich nichts? Ich schaute noch einmal nach. Nein, alles da. Plötzlich hat er auf meine Hand gedeutet. Da, sagte er, Ihr Ehering ist weg. Welcher Ehering? Wurden Sie vielleicht betäubt? Haben Sie nichts bemerkt? Hatten Sie Besuch? Wie liebenswert eifrig er war mit seinen Fragen. Wieso Ehering? Ich klärte ihn darüber auf, dass ich keinen Ehering besitze und auch nie einen besessen habe. Er war beruhigt und mehr als beruhigt. Er schien auf die Information erleichtert, geradezu beunruhigend heftig erleichtert zu reagieren.

Haben Sie Zeit?

Wer, der in einem Zug sitzt, könnte es eilig haben?

Darf ich Ihnen ein Kompliment machen?

Bitte.

Ich war gespannt, ob ich mal was zu hören kriege, was nicht jeder, der anbandeln will, üblicherweise so von sich gibt.

Sie riechen gut.

Originell? Na ja, nicht dass ich das nicht auch schon gehört hätte, aber originell war der ganze Auftritt dieses sonderbaren Menschen. Er hatte die Hand auf sein Herz gelegt, was, glaube ich, Fußballspieler tun, während sie ihre Nationalhymne singen, und die Augen geschlossen und mit seiner Nase kleine schnappende Geräusche gemacht wie ein Hund, der Witterung aufnimmt. Sie konnte es selbst noch immer nicht ganz glauben.

Aber irgendwie schwante mir schon damals etwas – oder ich bilde mir das nachträglich auch nur ein. Er hat, was er damals dachte, später mal so formuliert: Sie war zwar nicht das Opfer eines Diebstahls geworden, könnte aber mit etwas Glück das Opfer eines Schlafwagenschaffners werden! Er sah irgendwo komisch aus, wie eine Ziege, die sich wie ein Hund aufführt – ob das am Ende einen Liebhaber ergibt? Aber warum nicht? Warum eigentlich nicht einer, der es sich, nachdem sich der ganze Trubel erledigt hatte, im Abteil neben mir bequem machte, mich mit strahlenden Augen anstarrte und mir mit einer Geschichte, in der, das kann sein, eine Maus die Hauptrolle spielte, die Zeit vertrieb? Er wollte wohl einfach nur reden, weiter nichts. Sie kennen ihn, das tut er doch bis heute. Er hat nie aufgehört damit. Heute weiß ich, es geht ihm gut, wenn er redet, also lasse ich ihn. Er redet um sein Leben. Dafür hat er dann sogar seinen dünnen Schnauzer geopfert.

Und seine Karriere als Komiker. Er wurde und wurde nicht entdeckt.

Eines Tages kam er nachhause, ohne das Ding. Gut, er sah ohne den Strich unter seiner Nase jünger aus, aber das konnte nicht der Grund gewesen sein, weil er ja immer älter aussehen wollte. Was passiert sei, wollte ich wissen. Und er darauf: stört mich beim Reden!

Typisch Arthur!

Ich erinnere mich auch noch an unsere Diskussion im Taxi auf dem Weg zum Standesamt, eigentlich fast schon ein handfester Streit. Er bestand darauf, eine Ansprache halten zu wollen, die er sich in Stichworten auch schon zurecht gelegt hatte. Er wollte mir damit, nehme ich an, eine Freude machen, aber natürlich vor allem selbst Spaß haben. Er hatte keine Ahnung, dass er den Mund halten und lediglich die Frage beantworten sollte, ob er, Arthur Köhler, mich, Inge Grollhuber, zu seiner rechtmäßig angetrauten Frau nehmen wolle.

Ich? Meine Frau zur Frau nehmen? Klar will ich das. Wäre ich sonst hier?

Der Standesbeamte legte ihm nahe, nur einfach seine Frage zu beantworten, einfach mit Ja oder Nein.

Aber Arthur machte weiter.

Klar, sich kurz zu fassen, überfordert ihn.

Nichts überstürzen, Herr Standesbeamter, lassen Sie sich Zeit. Schauen Sie sich doch bitte mal dieses Prachtexemplar einer Frau an. Schauen Sie sich ihre Augenbrauen an. Na? Können Sie das Glück ermessen, im Glück willkommen zu sein? Das Glück, in ihrer Leibesmitte liegen zu dürfen?

Ich gab ihm, damit er still ist, einen Kuss. So redet er nicht einmal, wenn er getrunken hat.

Der Standesbeamte wandte sich an mich. Will er?

Natürlich will er, was denn sonst?

Na gut. Und Sie?

Ich auch, ja. Ich will.

Dann hätten wir das, sagte der Standesbeamte wenig feierlich und bedachte Arthur mit einem Blick milden Bedauerns. Ihm war alles zuwider, was den gewohnten Ablauf einer standesamtlichen Handlung störte oder unnötig in die Länge zog, denn auf dem Flur draußen wartete die nächste Gruppe und unten unter dem Portal mit den Säulen eine gute alte Bekannte, ein Dauergast, eine Schauspielerin, die es ein drittes Mal mit der Ehe versuchte, und wieder mit einem um Jahre jüngeren Mann. Das Glück anderer war nicht seines, und auf alles Glück wartet Unglück. Er war ein alter Hase in diesem Geschäft. Er spielte jeden Samstag Skat mit Freunden, und einer von ihnen war Scheidungsrichter. Man gab sich sozusagen die Klinke in die Hand.

So gesehen, konnte er seine Berufsjahre als pure Zeitverschwendung abbuchen. Und so war ihm auch zumute. Seit mehr als zwanzig Jahren saß er nun im gleichen Zimmer hinter dem gleichen Tisch und leierte immer den gleichen Text herunter, vor ihm ein Brautpaar, Männlein und Weiblein, die Trauzeugen und alles, was an Vätern und Müttern und Geschwistern noch aufzutreiben war, und über seinem Kopf, an die Wand genagelt, der Gekreuzigte; eine wahre Schinderei für einen

Mann, der andere Interessen, ganz andere, verfolgte, als in der Sackgasse einer bürgerlichen Ehe vor die Hunde zu gehen.

Ich hoffe, alles entwickelt sich gut für Sie, sagte er zu mir, die er für die Vernünftigere hielt, und gab mir die Hand, die sich, er hatte es geahnt, leer anfühlte. Kein Dank, kein Schein, nichts.

Eine Sekunde noch, wenn Sie gestatten, unterbrach uns Arthur und trat nahe an den Standesbeamten heran, näher, als dem Mann lieb sein konnte. Schon mal auf einem Wasserbett genächtigt? Platsch platsch?

Nein! Aber ich habe einmal in einer Wohnung, in der ich zu Gast war, so ein Monstrum gesehen, glaube ich. Aber es ausprobiert? Nein.

Wird Ihnen gefallen, bin ich sicher. Sie können das Ding mit Wasser jeder Temperatur abfüllen, je nach Jahreszeit. Wenn Ihnen der Arsch abfriert, macht nichts. Warmes Wasser rein und die Wüste bebt, leichter Seegang, die Sonne geht auf.

Also, ich weiß nicht recht, sagte der Standesbeamte. Mein Freund war jedenfalls nicht sehr begeistert.

Dass die Sonne aufgeht? – Ihr Freund? Ich wollte nur wissen, ob ich mich nicht verhört hatte.

Mein Lebenspartner, erklärte sich der Standesbeamte.

Hier, eine Anzahlung, sagte Arthur und schob ihm einen Geldschein in die Hand. Kaufen Sie ihm eins. Lohnt sich. Das Leben ist hart genug. Er legte sogar noch einen zweiten Schein nach. Viel zu tun heute, was? Übrigens, Sie haben das was am Ohr. Darf ich? Er wischte es weg und zerrieb, was es war, zwischen den Fingern. Kleiner Rest Rasiercreme.

Oh, danke.

Nichts zu danken, sagte ich, packte meinen nagelneuen Ehemann am Ärmel und bugsierte ihn durch die Tür auf den Flur und die Treppe hinunter. Mit jedem Schritt wurde mir eines immer klarer: eine kirchliche Trauung würde ich nicht durchstehen, auch wenn es mich Mühe kosten würde, Arthur das auszureden, ihm, der schon dabei war, die Stadt nach Geschäften mit Brautmoden abzusuchen, vor allem türkische Geschäfte, wo jedes Kleid wie das Kunstwerk eines Konditors aussieht, wie er mir vorschwärmte, wie eine übergroße Portion Speiseeis mit Sahne. Ich kriegte ihn kaum noch zu Gesicht, beschäftigt wie er war; und aus allem machte er ein großes Geheimnis. Im Glauben, mir Geschenke machen zu müssen, schleppte er türkische Torten an, eine türkische Wasserpfeife, ein Kopftuch, die Fotografie der Blauen Moschee, alles spottbillig, wie er mir versicherte. Ich solle mir, schlug er vor, in einem türkischen Friseursalon meine ohnehin schon dunklen Haare schwarz färben lassen, streng schwarz; auch das sei für fast kein Geld bei Türken zu bekommen. Ich brauche Ihnen nicht zu sagen, wohin unsere Hochzeitsreise gehen sollte. Nein, nein, viel zu gefährlich. Er würde sich nämlich die Gelegenheit zu einem großen Auftritt kaum entgehen lassen, würde bei der ersten sich bietenden Gelegenheit den Geistlichen über den Haufen rennen, die Kanzel besteigen, um Ruhe bitten und, jetzt erst recht, zu einer Rede, einer feierlichen öffentlichen Ansprache ansetzen. Und ich? Sollen alle sehen, wie ich den Kopf einziehe, wie ich über und über rot werde und gleichzeitig vor Glück weine, während mir aus allen Poren der Schweiß rinnt?

Schade, schade. Die Freude hätten Sie ihm doch ruhig gönnen können, und uns auch, sagte Bruno.

Nein, nein. Das Problem ist, dass er nicht so schnell denkt, wie er redet. Es käme dabei nur Unsinn heraus, und was für ein Unsinn. Und dann, wie peinlich, sich in aller Öffentlichkeit und in einer Kirche auch noch Liebeserklärungen anhören zu müssen, die völlig übertrieben sind – und bei ihm, wenn er damit erst einmal anfängt, ganz schön saftig ausfallen können.

Was uns da entgangen ist! Inge, wie konnten Sie nur!

Auch Rudi machte ihr Vorwürfe. Der schönste Tag seines Lebens. Arthur, die Hochzeitsnacht vor Augen, in Hochform.

Hochform? Von wegen! Die Hochzeitsnacht war ein Reinfall.

Das ist sie in der Regel immer. An einer Hochzeit stößt sich nur die Brauerei gesund.

Es war trotzdem schön. Wir waren Mann und Frau. Ich habe ihm dann vorgeschlagen, ein Fest für ihn organisieren zu wollen, für uns beide. Mir schwebte so was wie eine Bauernhochzeit vor, etwas Ausgelassenes. Jeder lädt ein, wen er will. Er seine Freunde, seine Busenfreunde, ich meine Freundinnen. Nur eines habe ich mir verbeten: keine Verwandtschaft, um Gottes willen, das nicht. Aber Blasmusik. Na ja, ich dachte, das würde ihn aufheitern, aber er hat mich nur angeschaut. Tut mir leid, Inge, hat er gesagt, das muss vor Gott, dass ich dich liebe.

Das hat schon manchen Mann ruiniert, einer Frau zu vertrauen. Das war Brunos Meinung. Deshalb brauchte er Zeugen. Ein volles Gotteshaus. Eine Bühne. Ach, Arthur! Was für ein Kreuz!

Rudi war baff. Das überraschte ihn jetzt doch, das mit Arthur und Gott. Nicht im Traum hätte er das für möglich gehalten. Dass die sich was zu sagen haben?

Werd' einer schlau aus dem Burschen.

Inge stöhnte leicht auf. Das versuch ich, seit ich seine Frau bin. Ergebnislos.

Aber sie blies keine Trübsal. Sie war in der Ehe erblüht. Ihr Herz stand offen.

Mein Arthur! Mir ist keiner lieber.

Was ist mit der Geschichte mit dem Teebeutel?

Mit was?

Es waren einmal eine junge schöne Frau und ein junger schöner Schlafwagenschaffner – und es war Nacht. Hat er das alles erfunden?

Bruno klärte sie auf.

Inge blieb die Spucke weg. Und brach dann in hemmungsloses Gelächter aus. Das hat er erzählt? Da hat er Ihnen aber einen Bären aufgebunden. Ich glaube nicht, dass er es gewagt hätte, mir mit Kamillentee zu kommen, nicht nachts um drei. Er hat mich regelrecht abgefüllt. Ich weiß nicht einmal mehr, was es war, außer dass mich das Zeug bei jedem Schluck durchgeschüttelt hat. Jedenfalls war ich, um ehrlich zu sein, ganz schnell ganz schön hinüber.

Schon möglich, dass sie das war, aber war sie auch ehrlich?

Es lag etwas in der Luft, gab Inge zu, von Anfang an. Auch mit dem Licht geschah etwas. Und mit mir! Ich bin nämlich keine, die sich mit jedem, der es auf mich abgesehen hat, einfach so betrinkt. Aber manchmal ist es besser, ein Haus durch den Hintereingang zu betreten, nicht wahr? Ins Glück stolpern, sagt man nicht so?

Kaum mit Bruno und Rudi allein, zauberte Arthur eine weitere, dritte Version aus dem Ärmel. Er habe sich, um Inge in jener Nacht kurz hinter Göttingen überhaupt bändigen zu können, mit der Behauptung zur Wehr zu setzen versucht, er sei nur aushilfsweise bei der Bahn tätig, im Hauptberuf aber Leichenbeschauer. Eine Notlüge, von der er sich einiges versprach, die ihre Wirkung aber verfehlte. Auch auf die nächste Lüge, seine Probleme mit einer eingeschränkten Belastbarkeit im Beckenbereich aufgrund eines noch nicht vollständig ausgeheilten Leistenbruchs, habe Inge nicht weiter reagiert, nicht jedenfalls wie erhofft. Sie strich die Seide ihres Morgenmantels glatt; eine Geste, die ihn vollends zu ihrem Gefangenen machte.

Arthur gingen die Lügen aus. Er gab sich geschlagen.

Und dann?
Der Zug raste durch die Nacht.
Und dann?
Das Übliche.

Meine Frau, meldet sich plötzlich der immer Schweigsame in der Runde zu Wort und wischt sich mit einem Taschentuch über das Gesicht, meine Frau war nach unserer Hochzeit nie mehr dieselbe, nie mehr.

Seine Augen schauen ins Leere.

Niemand hat die sich stauende starke Erregung des Mannes wahrgenommen. Sie haben den ganzen Mann nie wahrgenommen, warum auch. Er ist da, beteiligt sich an keinem Gespräch, und irgendwann geht er..

Jeder spürt, wie unangenehm ihm die Aufmerksamkeit ist, die er auf sich gezogen hat. Jeder hier hat das Gefühl, der Mann wird gleich ohnmächtig.

Aber nein, er schwankt nur ein wenig – wie einer, der einer Melodie nachsinnt, die zu laut und zu langsam verklingt. Und so ausgiebig, wie er sich Zeit nimmt, scheint er auch noch mit der Addition all der Jahre beschäftigt, die seine Ehe auf dem Buckel hat, mit den Jahren und ihrem Sinn. Und warum er das alles nicht besser für sich behalten hat.

Sein Gesicht rötet sich, als er ohne jeden Gesichtsausdruck hinzufügt: Ich bin kein Mensch mehr.

Er sieht verloren und elend aus.

Niemand, nicht einmal Arthur, wagt jetzt eine Bemerkung, geistreich oder nicht, obwohl es ihm schwer fällt, den Mund zu halten. Schweigen gehört nicht zu den Fähigkeiten, an denen ihm viel liegt.

Alle schauen den Mann an.

Der immer Schweigsame hat sein Schweigen gebrochen, was einer Sensation gleichkommt – und setzt, und alle starren auf seinen Mund und sehen, welche Mühe es ihn kostet, zu noch einem, einem dritten Satz an, einem noch mutloseren, seltsam verlorenen Satz, den selbst einem Tagebuch anzuvertrauen Überwindung gekostet hätte. Ich stand ihr, glaube ich, immer irgendwie im Weg.

Was, wenn nicht bedingungsloses Mitgefühl, kann man einem Menschen entgegenbringen, der so etwas sagt?

Wie erschöpft von der Tatsache, alles gewagt und tatsächlich einmal, endlich einmal, den Mund aufgemacht zu haben, schweigt der immer Schweigsame wieder, wischt sich den Schweiß vom Gesicht, reibt seinen Hals und Nacken trocken und knöpft – und das bis hinauf zum letzten Kragenknopf – seinen Mantel zu, was er mit der Handfläche, die darüber streicht, Knopf für Knopf nachprüft.

Er wirkt niedergeschlagen. Er wirkt wie einer, den das Gefühl bedrückt, gerade seine Frau verraten und seiner Ehe Leid zugefügt zu haben. Schlimmer noch, er traut seiner Frau zu, obwohl abwesend, alles mitangehört zu haben – und ihm, wenn er heimkommt, das Verbrechen anzusehen, dessen er sich gerade schuldig gemacht hat.

Aber die Schockwirkung verebbt. Seine Augen erfassen langsam wieder die ihm vertraute Umgebung. Er scheint sich zu erholen, sich, den Blick zu Boden gerichtet, wieder in Sicherheit zu fühlen. Erklären kann er sich sein Verhalten nicht. Er geht unter Menschen, um sich zu verstecken, nicht um zu reden.

Er wendet sich an den Tabakhändler. Ich habe bezahlt?

Alles bezahlt, sagt der Tabakhändler.

Auch die Lottoscheine?

Alles bezahlt.

Dann einen schönen Tag auch. Und, bitte, entschuldigen Sie. Bitte entschuldigen Sie, verzeihen Sie! Er sagt das, wie man sich für eine unabsichtliche Berührung in einer überfüllten Straßenbahn entschuldigt.

Ihnen auch einen schönen Tag, und danke.

Der immer Schweigsame grüßt noch einmal mit einem kurzen ratlosen Kopfnicken in die Runde, das Mädchen, das wartet, eingeschlossen, und schleppt sich durch die Männer hindurch zur Tür. Aber irgendetwas hält ihn auf. Oh, ruft er, aufgepasst, Regenwolken! Ein Kind hätte das sagen können – und wie ein Kind scheint ihn der Gedanke, dass es gleich regnen könnte, in Seligkeit zu versetzen.

Er wischt sich noch einmal mit seinem Taschentuch über das Gesicht. Und weg ist er.

Wer war der Herr, will Hans wissen.

Keine Ahnung, sagt Bruno. Vorgestellt hat er sich mir nicht. Weißt du Näheres, Richard?

Ich weiß nur, wie er heißt. Pfahl. Anton Pfahl. War,

glaube ich, im Schuldienst. Er kommt nur, um seine Scheine abzugeben.

Und seine Frau, hast du die mal zu Gesicht bekommen?

Er kommt, wenn er kommt, immer allein.

Ist ja irre, was der gerade gesagt hat, denkt Arthur – und wie es seine Spezialität ist, denkt er es laut. Jeder andere hätte sich doch an seiner Stelle längst umgebracht. Er überlegt kurz. Oder vorsichtshalber besser erst einmal sie.

Der sich umbringen? Nee. Dazu ist er viel zu anständig.

Der muss doch Angst vor dem Einschlafen haben.

Hans wirkt richtig mitgenommen. Was für ein Schicksal. Man liest ja von so was sonst nur in der Zeitung.

Was ich denke, steht nicht in der Zeitung, sagt Arthur und bedient sich aus der Packung von Hans. Ich weiß nicht, was die Dame mit den großen Füßen auf die Waage bringt, aber Frauen werden schwer mit den Jahren, in jeder Hinsicht schwer. Besonders die katholischen. Das mästet.

Quatsch! Ausgerechnet du musst so etwas sagen, ausgerechnet. Nimm dir lieber ein Beispiel an deiner Inge, die im Gegensatz zu dir ja wirklich kein Gramm zu viel hat.

Er gibt sich geschlagen – und streicht mit der Hand über seinen Bauch, der über seinen Hosenbund hängt. Na gut! Ich habe gegen Inges Küche einfach keine Chance.

Und nicht nur gegen ihre Küche nicht. Du hast in keiner Beziehung gegen sie eine Chance. Und sie hat das von Anfang an gespürt. Du wolltest sie, sie und keine andere. Ums Verrecken keine andere. Schlechte Karten, Arthur.

Sie werden mit der Zeit irgendwie schwerfällig, unleidlich, unhandlich, irgendwie unbeweglich, schwer eben.

Bruno nickt. Da ist was dran. Doch. Irgendwie unnahbar! Irgendwie ungnädig. Irgendwie, was weiß ich, unempfindlich.

Was immer sie sind, was für Ungeheuer auch immer, sie sind vor allem eines, sagt ein zufällig anwesender Kunde, der sich mit einer Stange Zigaretten und einer Zeitung eingedeckt hat und bereits wieder im Gehen ist: Sie sind unzerstörbar! Einen schönen Tag noch.

Ach du mein guter Gott, ja, sagt Hans, der ihm nachschaut. Das sind sie. Das sind sie wirklich. Unzerstörbar!

Stimmt, sagt Arthur, leider.

Wie dem auch sei, versucht der Tabakhändler wieder mit der Geschichte seiner Heilung durchzustarten – und dem Glück seines neuen, schmerzfreien und mit einer erst kürzlich erfolgten Eheschließung vor Gott und der Welt abgerundeten Lebens.

Jedenfalls bist nicht mehr du es, von dem sie sich Wunder erwarten, knurrt Arthur. Was ja nicht gerade den Appetit anregt. In einer Ehe, soviel ist klar, ist es der Mann, der zum Untergang verurteilt ist. Ich hab nur noch nicht herausgefunden, warum. Und, was meine Inge und ihre Diät angeht, Jungs, das macht sie nicht mir, sondern ihren Stöckelschuhen zuliebe, die würden ihr sonst, wenn sie zunimmt, glatt wegbrechen. Die steilsten Treter, darunter macht sie's nicht. Bringt ihr die Hüften in Schwung, wie sie behauptet.

Manche wissen eben, wie man, was man hat, zur Geltung bringt.

So ist es recht, Arthur. Schwärme ruhig mal ein wenig von ihr. Sie hat es verdient.

Einfälle hat sie. Schenkt mir zum Geburtstag eine Waage, die aber nicht das Gewicht, sondern die Uhrzeit anzeigt.

Dann ist es bei dir fünf vor zwölf.

Sieh mal einer an, wen haben wir denn da! In der Tür erscheint Adrian, die Nachtigall genannt, der die Runde anschaut und betrübt feststellt, dass der erwartete Beifall für sein Erscheinen ausbleibt. Aber er wäre nicht zu seinem Spitznamen gekommen, wenn er auf die Enttäuschung nicht auf seine Art reagiert hätte, mit einer wie der Aufschrei eines verwundeten Herzens intonierten und nur von Hundegebell unterbrochenen Schnulze. *Schön war'n die Tage in Hawaii* singt er und gibt sich ganz seinem Gesang hin; alle hier wissen, dass der Schmerz nur halb der Schnulze anzulasten ist, der andere Teil dem Kummer über seine zwergenhafte Erscheinung, die ihm jede Möglichkeit einer Karriere als Schlagersänger von Anfang an unmöglich gemacht hat. Schon in der Schule war es aufgefallen. Er droht, sobald er sich verbeugt, zu verschwinden.

Ganz gut für einen Versicherungsangestellten, bemerkt Arthur und applaudiert, man kann sich nicht beklagen.

Hier bin ich, sagt der Sänger. Frisch aus dem Süden! Er streift seine Handschuhe ab.

Aus dem Sonnenstudio willst du sagen.

Seine Freunde haben sich an die Marotte, dass er bis auf wenige Wochen im Hochsommer Handschuhe trägt, gewöhnt.

Warum so humorlos, liebster Bruno? Süden und Sünde! Schließ die Augen und lass dich verwöhnen. Jeden Tag ein kleines halbes Stündchen.

Klar, Sonne auf Krankenschein!

Die Extras gehen leider extra.

Und die wären?

Ich war gerade dabei, in den angenehmsten Schlummer meines Lebens hinüber zu driften, als sich der Vorhang öffnet und … wie soll ich sagen, eine … also das Problem ist, dass mir dieser Service nicht bekannt war … was ist denn jetzt los, denke ich, was soll das, was soll der unangemeldete Besuch und der kleine niedliche Waschlappen, mit dem sie mir zwischen die Beine geht. Ein Handtuch hatte sie auch im Gepäck. Die Dame war keine fünfzehn und selbst klein wie ein Handtuch. Nun sind Asiatinnen, alle übrigens leicht krummbeinig, wenn man genau hinschaut, nicht gerade meine Geschmacksrichtung, ganz und gar nicht, aber die kleine Person hatte Augen wie lebendige, leuchtende Blumen, wie Blumen, die dort, wo sie herkommt, auf kleinen Teichen schwimmen. Man wird entweder ganz langsam religiös oder ganz schnell verrückt, aber man hat keine Wahl, ich nicht.

Ich bin so schnell da wie nie. Und, wie sich herausstellt, zum Glück! Ich bin noch am Bezahlen und will gerade verschwinden – wer kommt mir da entgegen? Zwei von der Sitte. In Zivil. Was ich hier mache, wollen sie wissen.

Ich? Nichts.

Aha, sagt einer der beiden. Dann sind Sie der erste, den ich kennenlerne, der für Nichts bezahlt.

Nanu, sage ich, Sie haben recht, und stecke mein Geld wieder ein.

Sie können sich, hoffe ich, ausweisen?

Ich merke, wie mir die Hose rutscht, als ich nach meinem Ausweis suche. Verdammt, der Gürtel. Ich hab den Gürtel im Land der Lotusblüte liegen lassen, ein nicht gerade billiges Exemplar. Aber besser der Gürtel ist weg als der Ausweis. Hier, bitte.

Er vergleicht mein Gesicht mit dem Gesicht auf dem Foto, was ihn offenbar zufrieden stellt, und gibt ihn mir zurück. Los, sagt der andere, hauen Sie ab, verschwinden Sie. Raus mit Ihnen.

Adrian fängt wieder an zu singen. *E lucevan le stelle*, und das am helllichten Tag. Er wäre nicht die Nachtigall und ein unverbesserlich leidenschaftlicher Liebhaber italienischer Opern, wenn er diese Arie nicht in der Originalsprache zum Besten geben würde.

Das ist alles, bist du sicher?

Hat wer ’ne Kool?

Der Tabakhändler wirft ihm eine hin.

Dieses niedliche, supersüße, junge, unschuldige Ding, schwärmt Adrian. Was es auf der Welt für Geschöpfe gibt.

Die mit den Blumen in den Augen?

Blumen in allen Farben.

Die hat keine Blumen in den Augen, sondern Heroin, korrigiert ihn Bruno. Es schüttelt ihn, wenn er nur daran denkt. Irgendein asiatisches Kartell schleust ganze Schiffsladungen dieser Mädchen nach Europa, macht sie süchtig, wenn sie es nicht ohnehin schon sind, verspricht ihnen eine Arbeitserlaubnis, gutes Geld und, als höchstes der Gefühle, einen deutschen Ehemann. Das ist gewerbsmäßiger Menschenhandel, also ein Verbrechen.

Rudi, ein Zeitungsleser vor dem Herrn, hat auch Informationen, die er loswerden will. Sie überschwemmen ganz Europa. Das kleinste Dorf kriegt was ab. Sogar bei uns zuhause. Da gab es, solange ich denken kann, ein kleines Geschäft für Kurzwaren, da hat schon meine Großmutter ihre Nähseide, ihre Knöpfe und Borten gekauft, und jetzt ist da was? Eine Bar. Bar Flamingo. Richtig ein kleiner Tempel. Oder ein Tümpel, besser gesagt.

Sie sind aber ganz ein Schlauer, Bruno, sagt Adrian, der beleidigt und plötzlich schlechter Laune ist.

Bin ich nicht. Ich bin nicht schlauer als du, ich hab nur eine Frau, deren Bruder zufällig beim RD arbeitet. Da fällt halt mal, so bei Kaffee und Kuchen, die eine oder andere Information ab.

Gut zu wissen, flötet Adrian ganz erleichtert. Falls ich im Süden wieder Schwierigkeiten kriege.

Oder so was wie 'ne Geschlechtskrankheit, Blumenfreund. Such dir besser was weniger Gefährliches, um Sonne zu tanken.

Mach ich, Kumpel. Und macht euch um mich keine Sorgen. Ich bin schneller als jede Krankheit.

Niemand ist schnell genug, mein Freund, nicht einmal der Schnellste.

Adrian bleibt die Sonne, die den Tod im Gepäck hat, im Hals stecken. Er wischt sich das Gel, das ihm aus den Haaren tropft, von der Stirn und schaut sich nach etwas mit glatter Oberfläche um, am besten einem Spiegel, worin er den Sitz seiner Frisur überprüfen kann. Heroin? Das wird doch nicht, wenn man sich küsst, ansteckend sein?

Er wird, beschließt er, seine Mundhöhle mit Mundwasser ausspülen, seine Klamotten in die Reinigung geben und seine Haut, bevor es zu spät ist, nach Flecken absuchen. Außerdem hat er plötzlich Hunger.

War da nicht um die Ecke immer eine Pizza-Bude?

Das sind jetzt Türken drin.

Gegrillter Halbmond? Da streikt mein Magen.

Er wischt seine klebrig gewordenen Finger mit einem seidenen Einstecktuch ab, geht in Gedanken den Inhalt seiner Gefriertruhe durch und überlegt, ob sich mit einer Packung tiefgefrorener junger Erbsen, einer Jumbo-Packung eingefrorener Himbeeren und einer

Portion eingeschweißtes Forellenfilet etwas gegen seinen Hunger unternehmen lässt. Türken?

Türken hin, Türken her, aber das Zeug schmeckt. Und kostet kaum was.

Mein Hunger sagt Pizza.

Er bezahlt seine Kool und verabschiedet sich. Freunde des Atomzeitalters, adieu! Ich muss mich hinlegen. So ein Urlaub ist anstrengend.

Arthur, gerade dabei durchzuatmen, um an das durch Adrian unterbrochene Gespräch über die Frau als jeden Mann erdrückende Zentnerlast anzuknüpfen, wird erneut abgelenkt – und dieses Geräusch kennt er. Es sind die schmatzenden Lippen von Hans, der auch gerade den Süden bereist, seinen Kopf aber nach ganz anderen Erinnerungen durchsucht. Es ist, als höre er Stimmen.

Das Paradies. Segel setzen. In See stechen. Dem Ruf der Träume folgen.

Der schönste seiner Träume war, wie er es geschafft hat, das Mädchen, in das er verliebt war, zu seiner Frau zu machen. Zu einer glücklichen Frau, wie er – auf Arthur gemünzt – in die Runde wirft. Nur wurde der Aufbruch zu neuen Ufern zu einer Kammeroper, einer komischen dazu. Sie wurde nämlich schon, wenn sie an Schiffe nur dachte, seekrank; die kriegte Hans nicht einmal in ein Ruderboot. Auf dem Rücken eines Elefanten indische Tempel besichtigen, hatte er ihr vorgeschlagen. Wir fliegen nach Indien. Nur dass Hans sie auch nicht in ein Flugzeug kriegte. Langsam wurde es eng. Eine Zugreise zum Gardasee? Ausgeschlossen, sie mochte keine Gewässer, die tiefer waren als ein Schwimmbad. Außerdem mochte sie keine Italiener, am wenigstens die vielen schreienden Kinder dort. Hans versucht die Hochzeitsreise zu retten. Aber da verbringen jeden Sommer jede Menge Deutsche ihren Urlaub, mehr als genug. Das auch noch, beschwerte sie sich, da kann ich ja, wenn ich Deutsche sehen will, gleich zuhause bleiben.

Und sie blieben zuhause, bis heute.

Ach, Hans, sagt Bruno voller Mitgefühl und gibt ihm einen Klaps auf den Rücken. Das Paradies! Irgendwo, glaub mir, hält es sich versteckt. Einfach immer der Nase nach. Und nie mehr zurückkommen, nicht einmal tot.

Elefanten? Das gefällt Arthur.

Das sähe komisch aus, ich auf einem Elefanten. Eine Einsitzer-Rakete, und ab ins All. Ich würde nur meinen Hund mitnehmen, für alle Fälle. Und Zigaretten.

Ist das möglich, dass ein Hund, kaum ist von einem Hund die Rede, zu knurren anfängt?

Eine Ehefrau zu haben, kann sich eines Tages als sehr nützlich herausstellen, meine Herren, als mehr als nützlich.

Ein Mann im Ornat eines Priesters war unbemerkt eingetreten und entschuldigt sich, das Gespräch belauscht zu haben.

Ah, schau an. Da spricht der Fachmann.

Ich komme privat, wenn auch im Namen des Herrn.

Und spielen gleich den Spielverderber!

Das täte mir leid, sagt der Priester, aber eines Tages kommt der Tag, auch für Sie. Und ich wünsche Ihnen, dass Sie ihn noch erleben. Und dass Sie dann nicht allein sind. Jeder braucht jemand, der für ihn betet.

Arthur lässt sich so leicht nicht bekehren. Ich werde hundert, setze mich zur Ruhe und züchte Kaninchen.

In jeder steckt eine gute Maria, und das ist es, was letzten Endes zählt. Irgendwann kommt die Einsicht. Und irgendwann die Dankbarkeit, was der Liebe wahres Herz ist.

Der Gottesmann wendet sich an den Tabakhändler. Ich bin gekommen, um eine Zigarre zu kaufen, eine sehr gute Zigarre, etwas Besonderes.

Etwas Besonderes? Der Tabakhändler nickt, verschwindet in dem kleinen hinteren Raum und kommt mit einer Cohiba wieder nach vorne. Hier, er hält sie ihm unter die Nase, ein Prachtstück. Riechen Sie. Damit können Sie nichts falsch machen.

Wenn Sie das sagen. Es ist nämlich ein Geschenk.

Verstehe.

Unser Bischof besucht uns. Und ich weiß …

Eine Zigarre für den Bischof.

Hans ist vor Rührung ganz außer sich. Er ist einer, der leicht dahinschmilzt. Der Liebe wahres Herz, wiederholt er. Wie schön. Gratuliere.

Arthur ist sprachlos. Der Liebe wahres Herz? Die absolute Härte!

Rudi mag weder Priester noch Bischöfe, und er mag kein Geschwätz, ausgerechnet auch noch aus dem Mund der Kirche. Eine Zigarre für den Bischof? Ich möchte nicht wissen, was da sonst noch dahinter steckt.

Als der Priester das kostbare Stück an sich genommen und bezahlt, sich bedankt und von allen verabschiedet hat, und sie wieder unter sich sind, legt Bruno seine Hand auf Rudis Schulter. Das, Rudi, weiß nur der Himmel. Und wem wäre es je gelungen, ihn einer Sünde zu verdächtigen? Und du, Arthur, sagt Bruno, wirf, bevor du hundert wirst, bei Gelegenheit einfach mal einen Blick in deinen Pass. Da steht, wie alt du bist. Noch ein paar Jährchen.

Na gut, ein paar Jährchen noch, du Geizkragen. Dann bin ich der alte Arthur, ein Landeplatz für Fliegen.

Mach's einfach wie unser Tabakkönig hier, sagt Rudi. Der nimmt, wenn er heimkommt, seine Frau in den Arm, sagt ihr was Nettes und lässt sich überraschen, stimmt's?

Schöne Überraschung! Da könnte ich mich bei meiner auf was gefasst machen. Weil die glaubt nämlich, wenn ich nett zu ihr bin, dass ich sie gerade betrogen oder sonst was ausgefressen habe. Er will es sich gar nicht weiter ausmalen. Hab ich euch übrigens schon die Geschichte von dem Mann erzählt, der an einem kalten Tag im Dezember in ein Bordell geht und erst im Frühling wieder rauskommt?

Himmel noch mal, Arthur, bitte, wie oft willst du uns das noch antun?

Na gut.

Der Tabakhändler wartet, bis sich der kleine Disput über die richtige und falsche Art, sich mit Frauen, Ehefrauen oder Freundinnen wohlzufühlen, gelegt hat. Er hat sich in die völlige Windstille eines reinen Gewissens zurückgezogen. Er hat seit mehr als vier Monaten kein Hotelzimmer mehr von innen gesehen, eine Kneipe auch nicht. Keine Schäferstündchen, keine Stelldichein, keine heimlichen Dummheiten mehr. Es hatte ihn ohnehin fast ruiniert.

Die Heilerin hat sich nicht getäuscht. Der Professor auch nicht. Das war eine wirklich heiße Spur.

Der Tabakhändler war, das war der Tatbestand, nach jedem Herumgetolle mit Frauen (was Frau Friedrich „sexuellen Klamauk“ nannte und manchmal „den eines Mannes unwürdigen Versuch, fliegen lernen zu wollen“) mit den verteufelten Qualen einer tagelang anhaltenden Migräne bestraft worden – ein Zusammenhang, der nie auf seinem Radar erschienen war. Wie sagte der Professor jedes Mal, nachdem er einem jungen, hübschen weiblichen Geschöpf die Ehre seiner Aufmerksamkeit hatte zuteil werden lassen? Niemand kann verlangen, dass Gott ein Heiliger ist. Er ist Biologe.

Und was war seine Heilerin, außer dass sie eine Frau von ernster, würdevoller Haltung war?

Sie machte jedenfalls Ordnung! Sie brachte nach und nach System in das ganze, für ihn längst undurchschaubar gewordene Durcheinander in seiner Seele. Sie machte ihm, geduldig, geduldig, den Zusammenhang zwischen, na ja, zwischen einer Krankheit und dem

Lebenswandel eines Kranken klar, seinen Gewohnheiten, seinen Ängsten.

Sie wird Ihnen guttun, hatte der Professor prophezeit. Sie wird Ihnen das Atmen beibringen.

Das Atmen?

Wir alle atmen falsch. Wir atmen nicht, wir schnappen wie die Fische nach Luft.

Aber wir atmen doch alle.

Tun wir nicht. Wir tun nur so.

Dem Tabakhändler blieb die Luft weg. Kein Streit mit Kunden, schon gar nicht mit einer Kapazität wie dem Professor. Ab welchem Alter steigt einem Menschen die Weisheit zu Kopf?

Sie können eine Tür, die verschlossen ist, allein mit Ihrem Atmen öffnen. Sie werden staunen. Gönnen Sie sich einen tiefen Schluck aus der Quelle des Atems, einer, wir wissen es nur nicht mehr, unerschöpflichen Quelle der Ruhe, Klarheit und Lebensfreude. Es kann, mein Freund, süchtig machen zu atmen.

Er staunte jetzt schon. Aber ganz wohl war ihm nicht.

Das Atmen und das Lachen. Wir laufen in zu engen Schuhen.

Er hatte keine Ahnung, worauf das alles hinauslaufen würde. Aber war Sir Edward nicht die Garantie, dass sich nicht nur verschlossene Türen öffnen ließen, sondern der Himmel, eine kleine Ecke des Himmels, ein Streifen?

Es gibt, teilte ihm die Heilerin gleich bei ihrem ersten

Zusammentreffen mit, was uns und unsere Gespräche betrifft und den Erfolg oder Misserfolg am Ende, nur eine Verabredung, nur eine, nennen wir es so, Geschäftsbedingung. Sie lautet, und ich fasse mich kurz: Wer Hilfe erbittet, muss sich anvertrauen, ganz, vorbehaltlos. Entweder – oder! Mein Lehrer hat es auf seine Art so gesagt: *Furzen erlaubt, schwindeln nicht!* Ich bin, was uns angeht, nur rein zufällig eine Frau. Am besten, Sie vergessen es einfach, was die Angelegenheit für Männer erfahrungsgemäß bequemer macht. Und nein, in die Augen schauen müssen Sie mir auch nicht. Es genügt, Sie schauen sich selbst an. Das wär's. Entscheiden Sie, wo wir anfangen. Nur, wenn ich bitten darf, nicht in der Kindheit. Dafür sind andere Kollegen da. Habe ich mich klar ausgedrückt?

Es war diese feste klare, unverschämt sachlich klingende Stimme, die in dem Tabakhändler den Impuls abtötete, sich die Sache doch noch einmal überlegen zu wollen. Durch welches Labyrinth würde sie ihn führen? Wie viele Männer hatte sie vor ihm dort begraben?

Wie sich herausstellte, schienen ihr all die Ausreden und Ausflüchte und die kümmerlich kleinlaut vorgetragenen Halbwahrheiten so vertraut wie die Männer, die ihr gegenüber saßen, Männer im besten Alter, die sich im Glauben, sexuell auf der Höhe der Zeit sein zu müssen, überarbeiten. Und sie reagierte entsprechend. Sie verstellte jeden Ausweg. Sie deckte jede Lüge auf. Sie hörte und hörte zu. Und spielte dabei so auffällig mit einer Sicherheitsnadel, dass er versucht war, dahinter eine Bedeutung zu suchen.

Sie müssen ein bisschen aufräumen. Hausputz! Fenster auf! Durchlüften! Höchste Zeit! Wie alt sind Sie?

Er nannte ihr sein Geburtsdatum.

Da hat sich ja wohl einiges an Schmutz angesammelt!

Hausputz, brummt Bruno, nette Vorstellung.

Es kommt noch netter. Sagt sie zu mir: Ich will Ihnen nicht zu Leibe rücken, aber ein Blick auf Ihr Genital wäre hilfreich. Sie gestatten?

Das sind ja reizende Geschichten.

Sie war entschlossen, der Sache auf den Grund zu gehen. Sie nannte es: Das Einsammeln von Eindrücken.

Und? Wie war ihr Eindruck?

Ein schwer zu deutendes Schweigen. Dann ein: Danke, Sie dürfen sich wieder anziehen.

Bruno schaut Rudi an, ein zaghafter Versuch, sich zu verständigen. Er weiß einfach nicht, ob er, statt sich auszuschütten vor Lachen, Verständnis für Derartiges aufbringen sollte.

Die können, das glaube ich schon, einen Menschen an seiner Handschrift erkennen, sein Talent, sein Gut und Böse, sein Schicksal. Das ist so. Oder an den Handlinien. Rudi versucht sein Bestes, die Heilerin zu entlasten. Deshalb ziehe ich auch vor jedem Arztbesuch eine frische Unterhose an. Man weiß nie, wo diese verdammten Ärzte fündig werden.

Im Flur, gleich neben einem altmodischen Kleiderständer, macht jeder, der zur Tür hereinkommt und seinen Mantel loswerden will, Bekanntschaft mit einem Spruch, der lautet: *Erkenne die Tatsachen und dich selbst!*

Ich mach mich vom Acker, sagt Roberto, nimmt die für ihn bereitgelegte Stange Zigaretten, zahlt, verabschiedet sich und wünscht, was soll er in seiner Ratlosigkeit auch tun, gute Besserung.

Ich mach mich besser auch auf die Socken, sagt Hans.

Das Mädchen steht immer noch da und wartet.

Nach der vierten oder fünften Sitzung, von der mich jede ein Vermögen kostete, liefert mir die Dame zwei Befunde und eine Schlussfolgerung. Erster Befund: Die Migräne kommt und geht. Zweiter Befund: Mit jeder Lüge ist sie da, nach jeder Beichte auf der Flucht.

Er sieht den Gesichtern derer, die noch geblieben sind, an, wie froh jeder von ihnen ist, sich, wenn schon, mit anderen, handfesteren Krankheiten herumschlagen zu dürfen und – sage man gegen sie, was man wolle – mit Schulmedizinern.

Und weiter?

Ja, weiter. Die Schlussfolgerung. In aller Regel, so ihre Schlussfolgerung, geht es, wenn gelogen wird, um Frauen. Und jetzt reden Sie. Erzählen Sie, was Sie selbst Ihrem besten Freund nicht erzählen würden. Den Rest, den Bodensatz.

Er zündet sich, obwohl das Rauchen selbst in Tabakläden inzwischen unter Strafe verboten ist, erst einmal eine Zigarette an.

Ich wurde, so peinlich war es mir, fast verrückt. Ich kam mir vor wie, na ja, ich weiß nicht. Elend! So elend wie jedes Mal bei einem Migräneanfall, wenn ich mit geschlossenen Augen in meinem abgedunkelten Zimmer auf dem Bett lag und mein Ende herbeisehnte.

Das ist doch alles reine Theorie, mein Freund.

Theorie? Einer Frau dein Privatleben beichten? Ihr von anderen Frauen erzählen? Das ist keine Theorie, das ist die Hölle! Was man wo und wie oft und mit wie vielen so alles angestellt hat? Man glaubt das ja alles selbst nicht, wenn man sich reden hört. Alles, was man immer für nur halb so schlimm gehalten hat, ist noch schlimmer.

Das Gesicht ist ihm heiß geworden. Wie einem das Herz so verwahrlosen kann. Die Wahrheit, sagt er dann und versteht es kaum selbst, kann einen zur Verzweiflung bringen.

Er schlief – entgegen dem Rat seiner Heilerin – weiter mit Frauen, und nichts änderte sich. Er wachte jede Nacht mit einem Katzenjammer auf, den zu bekämpfen er kaum noch die Kraft hatte. Ein schrilles Schreien kündigte seinem Kopf weiteres Unheil an. Da half auch kein vorher in Eiswasser eingelegtes Handtuch mehr, das er sich gegen die Stirn, die Augen, die Schläfen drückte.

Auf eigene Faust – und weil er nicht so erzogen worden war, glauben zu können, dass ausgerechnet eine Frau, noch dazu eine so attraktive, Recht behalten sollte – forschte er weiter nach Ursachen. Er kreiste die halb erloschenen, halb noch glühenden Brandherde ein

– und jeder hatte ein Datum, ein Gesicht, einen Namen. Es war kein Zuckerschlecken, sich gegen den spröden Stolz einiger dieser Frauen behaupten zu müssen, den Gewittern ihrer Launen standzuhalten oder ihrem Kummer darüber, sich ergeben, sich aufgegeben zu haben. Eine alles in allem nur noch lästige Beschäftigung mit dem immer gleichen Resultat: einer schon auf dem Heimweg einsetzenden Bestrafung durch die ersten kleinen Explosionen pochender Kopfschmerzen, denen dann die größeren einer ausgewachsenen Migräne folgten. Natürlich hatte ich auch kräftig getrunken. Was einem, wenn man trinkt, alles egal sein kann!

Doch dann, eines Tages, machte der Tabakhändler eine erstaunliche Entdeckung. Es war vor einigen Monaten gewesen, das übliche Schäferstündchen mit einer jungen unverheirateten Frau, das übliche schnelle Abenteuer, das er sich, entgegen aller Erfahrung, als eine unbeschwerte und harmlose Sache ausmalte. Und tatsächlich, dieses eine seltene Mal war dem Leben ein Kunstwerk geglückt, jeder Strich saß, das Helle und Dunkle Arm in Arm, die Farben leise und laut, alle Kraft konzentriert in der Mitte. Das Ergebnis war eine lustvoll behagliche, in entspannter, unkomplizierter Natürlichkeit verbrachte Stunde. Statt der üblichen Bauchlandung eine Stunde sanfter Seligkeit! Das einzig Sündige daran sei das offene Fenster gewesen, das Tageslicht und das Gefühl, in einem Hotel zu sein. Und ein wenig auch, dass er, glücklich und außer Atem, wie er gewesen sei, nicht aufhören konnte, mit Dankbarkeit an die Frau zu denken, die andere, seine Sphinx.

Er schlief die Nacht durch, schmerzfrei, und die nächste auch. Er traf die Frau wieder. Wieder rein mit ihr ins Hotel und wieder raus. Ein Testlauf und noch einer. Aber so ganz traute er der Sache noch nicht. Noch war ich nicht über dem Berg. Ich wusste ja, mit wem ich es zu tun hatte, mit einem zähen, zu jeder Gemeinheit fähigen Burschen, der vor allem eines konnte: warten. Warum sollte er sich geschlagen geben? Aber alles schien gut.

Und blieb gut.

Ich rief Frau Friedrich, meine Sphinx, an, die nur wiederholte, was sie mir immer schon gepredigt hat. Lieben Sie die, die Sie gesund macht.

Sie wollte mich zu einem abschließenden Gespräch noch einmal sehen, und so ging ich sie, geheilt wie ich war, besuchen.

Sie spielte ihre Rolle sympathisch herunter. Ich musste nichts anderes tun, als in Ihnen den Wunsch zu wecken, sich selbst heilen zu wollen, statt es anderen, in dem Fall mir, zu überlassen. Und noch etwas musste ich tun, und das war die heiße Stelle, die Voraussetzung für alles Kommende: Sie zum Weinen bringen, zum Weinen über sich selbst. Sie waren weiß Gott reif dafür. Und mit weinen meine ich nicht, wehleidig weinen, weinen aus Wut über sich, noch weniger weinen aus Selbstmitleid. Ihnen würde, das war klar, nur ein Weinen helfen, das weh tut, das man am ganzen Leib spürt, ein

Weinen, das darum kämpft, die Seele zu retten. Wie es in alten Büchern heißt: Er oder sie weinte heiße Tränen! Und in noch älteren Büchern steht es noch schöner, da weinen die Menschen mit Inbrunst.

Im stillen Kämmerlein weinen, das kann und tut jeder, aber ich war anwesend, ich saß nicht versteckt hinter einer spanischen Wand, ich saß Ihnen gegenüber. Sie mussten die Scham bekämpfen, die alles in den Menschen verschließt, und haben es geschafft. Sie sind nicht auf halber Strecke aufgestanden und davongerannt. Chapeau, mein Herr. Das hält so leicht nicht jeder durch. In einem Meer von Tränen sahen Sie schließlich den Feind – und sahen ihn untergehen.

Als Sie zu mir kamen, war Ihnen zum Heulen zumute, aber weinen konnten Sie nicht. Als das dann aber geschafft war, war ich erleichtert. Wir hatten die Hälfte der Therapie hinter uns. Sie haben es, wie ich denke, schließlich sogar regelrecht genossen, die Schleusen zu öffnen und offen zu halten, bis alles, was raus musste, abgeflossen war! Man konnte Ihnen das Aufatmen, das es Ihnen verschafft hat, ansehen.

Es gibt immer wieder Menschen, die sich im Wasser beleben und auf dem Trockenen ertrinken. Sie leiden, auf Dritte kann das aber schnell komisch wirken. Wie lange kann man einen Mann ernst nehmen, der seine Tränen nicht weint, sondern sie wie ein verrückt gewordener Sportler aus allen Poren ausschwitzt und sich dabei aus Eitelkeit, Ehrgeiz oder Dummheit übernimmt? So begann Ihre Leidensgeschichte. Sie hatten sich mit dem Vergnügen vergiftet, Frauen verführen zu wollen. Sie haben Orgasmen getankt wie andere Benzin an der Tankstelle. Sie fühlten sich blamiert, wenn es Ihnen nicht gelang, eine Frau schwach und gefügig zu machen. Eigentlich eine Art Vampirismus, und selbst die Uhrzeit stimmt. Alles musste vor Sonnenaufgang erledigt sein. Sex als Sprint. Sex an der Grenze zur Vergewaltigung. Sex als Verbrechen an der Liebe. Aber jeder Jäger wird bald zum Gejagten. Und der Täter zum Patienten.

Ich habe Ihnen während unserer Sitzungen absolute Aufrichtigkeit abverlangt. Und die bin ich Ihnen, denke ich, zum Schluss auch schuldig. Ich bin keine Theologin und auch keine Ordensschwester, und manchmal, wenn ich Ihnen so zugehört habe, fühlte ich einen Widerwillen, dass ich mich fast versündigt hätte an meinem Beruf, zu dem ja gehört, helfen und, wenn möglich, heilen zu sollen. Ich war wütend. Ich reagierte auf das, was Sie erzählten, als Frau, nicht als Ärztin. Das war nicht in Ordnung, aber hin und wieder passiert es eben. Recht geschieht ihm, dachte ich, soll er leiden, soll ihm seine Migräne den Schädel spalten, zur Hölle mit Männern wie ihm, zum Teufel mit ihren Vorlieben und Abneigungen, ihren Geständnissen, die Frauen wehrlos machen, der verführerischen Geduld, mit der sie ihnen zuhören. Meine Liebe zu Menschen ist belastbar, aber nicht unendlich. Hier, diese Sicherheitsnadel! Sie hielt sie ihm entgegen. Sie haben sie sicher bemerkt und sich vielleicht gefragt, was für eine Bedeutung sie für mich hat. Nun, ich will es so sagen: Sie ist ein perfekter Gegenstand, ein Gegenstand meiner Bewunderung. Sie ist leicht, einfach und angenehm anzufassen. Sie nimmt keinen Platz weg, ist nützlich und rentabel. Sie hat nur Vorzüge; auch den, dass sich verletzt, wer achtlos mit ihr umgeht. Reimen Sie sich den Sinn selbst zusammen.

Sie gab mir zum Abschied die Hand. Ich war nicht Ihr Kapitän, sondern Ihr Maulwurf. Ich habe Ihnen den Weg unter der Tragödie hindurch in die Komödie freigeschaufelt. Sie dürfen wieder lachen.

Übrigens, wollte sie noch wissen und legte die Sicherheitsnadel auf den Tisch zurück, haben Sie was von unserem Freund gehört?

Leider nein. Sie?

Vor einem halben Jahr die letzte Postkarte. Eine Handschrift wie ein junger Mann.

Ich war schon aus der Tür, da fiel ihr noch etwas ein. Und nicht vergessen: Sie müssen viel trinken, Wasser, keinen Alkohol. Sie haben viel Flüssigkeit verloren.

Alles vor seinen Augen verschwimmt ein wenig, was zu der Sinnestäuschung führt, sich für unsichtbar zu halten. Er ist trotzdem, was ihn wundert, nüchtern und hat plötzlich Hunger. Du lieber Himmel, denkt er, da steht sie, das ist deine Chance, vergiss den Hunger. Er hat stattdessen das Gefühl, nach einem Schluck Wasser wäre alles, was er sich vorgenommen hat, einfacher.

Er hat keinerlei Kenntnisse, wie man etwas in der

Beziehung zu einer Frau tatsächlich ernst meint. Hat's nie gelernt. War immer schon so, als Kind schon, selbst unter ungünstigsten Umständen. Im Wald. Unter der Schulbank. Denen fehlte was. Das war zu wenig. Wollten sich nicht mal küssen lassen. Was man kriegte, war was in die Rippen. Selbst die jüngsten der Jungfrauen hatten den Dreh raus. Nichts Geschlechtliches! Wie soll einem da warm werden ums Herz? Die Sache hatte einfach kein Tempo! Was soll das! Schlampen waren in Ordnung. Man galoppierte drauflos. Man gab die Sporen, blieb im Sattel und stieg ab. Armes kleines Ding. Und nächstes Wochenende das nächste Rodeo. Ein Mann vom Stamme der Eroberer. Kein Feinschmecker. Egal. Muss in den Lenden landen. Ein Mensch ist auch nur ein Mensch. Und wenn es nichts war, ungesund war es nicht – nicht bis zu jenem ersten Schlag, der ihn wie ein Blitz traf! Ein Beben von der Magengrube bis in den Kopf. Ein Stromschlag! Was wie ein Kinnhaken der Extraklasse. Macht aus dem stärksten Mann eine Leiche. Augen offen. Die Zunge zuckt noch. Irgendwer knipst das letzte Lichtchen aus.

Da lag er, der Ungläubige! Über ihm, vielarmig und endgültig, die Krankheit: Migräne.

Er hatte Durst wie nach vielen Kämpfen nicht. Er fühlte, wie leer seine Hände waren. Er kam sich wie ein Spieler vor, der das eigene Herz knacken will. Wie ein Einbrecher im eigenen Haus. Noch eine Sinnestäuschung! Und gleich geht der Alarm los.

Um auf sich aufmerksam zu machen – sie kramt,

noch im Bademantel, gerade in ihrer Handtasche herum und bringt schließlich einen Lippenstift zum Vorschein –, räuspert er sich, holt, etwas umständlich, Luft, zieht den Bauch ein und macht ihr, während er mit dem Handtuch kämpft, das ihm immer wieder von seinen Hüften rutscht, einen Heiratsantrag – was sie, kein Wunder bei seinen Verrenkungen, erst einmal für einen gut gemeinten Scherz hält.

Sie versucht zu lächeln, unsicher, nachsichtig. Sie kennt das nur aus dem Kino. Sie hat es, wenn sie Filme sah, geträumt. Sie hätte, da war sie noch ein Kind, gern Charlie Chaplin geheiratet, am liebsten auf der Leinwand da oben, mit richtig viel Musik. Mit Augen, die jeden, der sie sieht, blind machen können. Aber alle wissen, alles wird gut.

Sie will das alles erzählen. Sie will ihm helfen. Sie will tapfer sein.

Danach ist auch dem angehenden Bräutigam zumute, nach Tapferkeit, nach einer letzten entscheidenden Tat, die ihr den Ernst seines Anliegens bestätigen und gleichzeitig den Beweis liefern soll, dass ein Leben mit ihm voller Überraschungen sein könnte. Er bückt sich, wobei sich erneut das Handtuch von seinen Hüften löst, greift – nein, nicht nach dem Handtuch, sondern nach einem seiner Schuhe und wirft ihn zum Fenster hinaus.

Endlich, und das war die Entscheidung, laufen ihr Tränen über das Gesicht.

Mit einem Seufzer des Wohlbehagens breitet der Tabakhändler seine Arme aus. So sieht einer aus, der

Frieden geschlossen hat mit seinem Kampf gegen eine lebenslange unerklärliche Unzufriedenheit.

War das alles passiert? Wie flüchtig war das alles? Wie das Klopfen deuten, mit dem sich das Zimmermädchen bemerkbar machte, die wissen wollte, ob alles in Ordnung sei?

Alles in Ordnung, jedenfalls schien es ihm so.

Ich glaube, ich stand danach erst einmal eine Stunde unter der Dusche.

Unten am Empfang sah er das Eichhörnchen, dachte, vergnügt wie er war, sofort an den Professor und wollte es kaufen. Es gehörte, erfuhr er, einem Gast, der das traurige Stück offenbar bei seiner Abreise vergessen, sich aber bis jetzt auch nicht wieder gemeldet hatte. Wenn er sein Eigentum nicht bald reklamiert, können Sie es haben. Melden Sie sich in einer Woche.

Das tat der Tabakhändler – und seither steht es bei ihm, ebenso nutzlos wie auffallend (und noch immer nicht ganz bezahlt) auf dem Regal.

Kürzlich, vor ein paar Tagen erst, war ein gutaussehender, groß gewachsener, schlanker Mann hereingekommen, wie für eine Beerdigung ganz in Schwarz gekleidet. Er sprach Deutsch mit einem starken amerikanischen Akzent, wofür er sich entschuldigte. Er sei, sagte er, seiner alten Heimat zu lange untreu gewesen und aus der Übung, was ihm sein Vater, wie er sagte, wenn auch voller Nachsicht bis zuletzt vorgeworfen habe, er, der beide Sprachen perfekt beherrscht, sie aber nie, wie er sich das in den Staaten leider angewöhnt habe, zu einem Kauderwelsch aus beiden vermengt hatte.

Der Kunde hatte sich nach Pfeifentabak erkundigt, immer mehr eine Seltenheit unter Rauchern, vor allem unter Rauchern unter sechzig, und etwa so alt schätzte ihn der Tabakhändler, der alles auf der Theke ausbreitete, was er an Sorten vorrätig hatte, was nicht gerade viel war. Er hatte sich, ein wenig zu großzügig, wie der Tabakhändler fand, Zeit gelassen, die Etiketten zu studieren, war unschlüssig, für welche Geschmacksrichtung (Vanille? Backpflaumen?) er sich entscheiden sollte, und tat das alles so beiläufig, dass man leicht den Eindruck haben konnte, er sei weniger am Erwerb von Pfeifentabak interessiert als an dem Ort, an dem er sich gerade aufhielt; er hatte sich das ganze Geschäft mit vornehmer Zurückhaltung, aber doch mit einer so wachen Neugier angeschaut, als hoffte er, etwas wiedererkennen zu können – und dabei dann das leicht angestaubte tote Tierchen entdeckt und es angestarrt. Das Ganze hatte nur ein paar Sekunden gedauert, in denen der Mann aber Mühe zu haben schien, dem Druck aufsteigender Erinnerungen zu widerstehen.

Es war dem Tabakhändler nicht in den Sinn gekommen, aus dem Verhalten seines Kunden für ihn nützliche Schlussfolgerungen zu ziehen; wie er überhaupt für die geisterhafte Genauigkeit, mit der das Leben die Karten verteilt, nie ein Gespür entwickelt hat. Er befindet sich, ganz mit sich beschäftigt, noch immer im Ausnahmezustand. Nichts soll jetzt stören. Er ist heilfroh, dem kalten, strengen Kopf von Frau Friedrich entronnen und trotzdem wieder gesund zu sein; eine Leistung, die er uneingeschränkt sich selbst zuschreibt. Er fühlt sich stark wie lange nicht. Was ihm den Gedanken eingibt, auf dem Heimweg Blumen zu kaufen, gleich einen Arm voll. Oder kleine gelbe Handschuhe? Was für zierliche Hände sie hat. Was für ein Triumph, den Ausdruck von Verlegenheit in ihrem Gesicht zu sehen.

Als die betäubende Wirkung seiner Anspannung schließlich nachließ, hatte der Kunde nur verwundert den Kopf geschüttelt. Ein Squirrel! Das hätte ihm gefallen, sagte er, weiß Gott, und ausgerechnet hier. Aber es war das nichts, was er einem, der ihm zuhörte, hätte erklären wollen.

Ich bin wieder auf dem Damm, verkündet der Tabakhändler, ich bin wieder auf dem Damm, Herrschaften. Und noch eine Neuigkeit: Ich glaube, ich werde Vater.

Die Wirkung auf Bruno und Rudi, die einzigen noch herumstehenden Männer, ist mäßig. Sie sind nur geblieben, weil es draußen zu regnen begonnen hat.

Du glaubst?

Besuch ihren Bauch und schau nach.

Und nimm eine Taschenlampe mit.

Und eine Stoppuhr.

Wenn er so weitermacht, denkt Rudi, wird er noch in der Kirche im Chor singen.

Endlich fasst sich das Mädchen ein Herz, tritt an den Männern vorbei nach vorne, richtet Grüße von ihrem Chef aus und überreicht dem Tabakhändler das Geld. Dass sie zwei Päckchen Zigaretten mitbringen soll, hat sie inzwischen natürlich vergessen.

Der Geldschein verschwindet – mit einer Büroklammer an einen Zettel geheftet, auf den er „Anbei die restlichen Erdnüsse! Ihr Richard Genzbach" geschrieben hat, eine nur für den Empfänger verständliche Information, das Ganze verziert mit ein paar Strichen, die wohl alles in allem ein zu fettes und leicht eckig geratenes Tier darstellen sollen, jede Rasse, nur kein Eichhörnchen – in einem mit einem Namen beschrifteten Kuvert, das einem Taxifahrer anvertraut wird. Sie kennen das kleine Hotel?

Wie meine Westentasche, sagt der und lacht.

Und hier, der Tabakhändler deutet auf das Mädchen, das in der Tür steht und sich nicht entscheiden kann, ob sie nicht lieber noch warten oder einfach doch durch den Regen gehen soll, nehmen Sie sie mit, so wie es schüttet.

Komm, sagt der Taxifahrer.

Der Portier hält den Schein, er weiß selbst nicht warum, gegen das Licht einer Wandlampe, untersucht beide Seiten und steckt ihn schließlich ungerührt ein. Er schaut auf die Uhr.

Da taucht, gerade rechtzeitig, unser Gast wieder auf, der sich umständlich mit einem Schirm und in Begleitung eines kleinen Mädchens, das er an der Hand hält, durch die Tür zwängt. Er teilt ihm mit, dass er sich inzwischen doch für eine andere Unterkunft für die Nacht entschieden hat, woraufhin ihm der Portier den von ihm am Morgen hinterlegten Einhundert-Euro-Schein anstandslos wieder aushändigt.

Bevor es hinausgeht, dreht sich das kleine Mädchen, wie von etwas Unbekanntem seltsam irritiert, noch einmal um.

Der Portier ist sich sicher. Diese Augen hat er schon einmal gesehen.

dtv

Wolf Wondratschek

Chuck's Zimmer

Gedichte – Lieder

ISBN 978-3-423-**13576**-4

Freunde, die wir niemals fanden
Farben, die in uns verbrannten
Frauen, die wir nie verführten
Adler, die wir nie berührten

Viele von Wolf Wondratscheks Gedichten gehören zu den Klassikern der Gegenwart. Kaum ein anderer Lyriker hat eine vergleichbare Popularität erreicht. Sein Ruhm begann 1968, als er von der Darmstädter Jury als erster Preisträger überhaupt mit dem Leonce-und-Lena-Preis ausgezeichnet wurde.

Dieser Band versammelt alle Gedichte Wondratscheks, die zwischen 1974 und 1980 vom Autor über den Vertrieb von ZWEITAUSENDEINS veröffentlicht wurden, vier dünne Heftchen, die Kultstatus erlangten. ›Chuck's Zimmer‹, ›Das leise Lachen am Ohr eines anderen‹, ›Männer und Frauen‹ sowie ›Letzte Gedichte‹.

Wolf Wondratschek im dtv

»Wondratschek erzählt unerhörte Begebenheiten und wunderliche Schicksale mit seltener Prägnanz, lakonisch und lebendig.«
Gert Mattenklott

Die große Beleidigung
Vier Erzählungen
ISBN 978-3-423-13059-2

Mozarts Friseur
ISBN 978-3-423-13186-5

Die Einsamkeit der Männer
Carmen
oder Bin ich das Arschloch der achtziger Jahre
Gedichte
ISBN 978-3-423-13332-6

Im Dickicht der Fäuste
ISBN 978-3-423-13362-3

Mara
Eine Erzählung
ISBN 978-3-423-13407-1

Einer von der Straße
Roman
ISBN 978-3-423-13426-2

Tabori in Fuschl
Gedichte
ISBN 978-3-423-13458-3

Kelly-Briefe
ISBN 978-3-423-13480-4

Früher begann der Tag mit einer Schußwunde
Ein Bauer zeugt mit einer Bäuerin einen Bauernjungen, der unbedingt Knecht werden will
ISBN 978-3-423-13527-6

Die weißen Jahre
Reportagen und Stories
ISBN 978-3-423-13541-2

Chuck's Zimmer
Gedichte-Lieder
ISBN 978-3-423-13576-4

Saint Tropez
und andere Erzählungen
ISBN 978-3-423-13647-1

Lied von der Liebe
ISBN 978-3-423-13664-8

Das Geschenk
Roman
ISBN 978-3-423-14200-7